# LA SÉLECTION

## LES BAGUES MAGIQUES

### TOME I

D1235379

# LA SÉLECTION

## LES BAGUES MAGIQUES

### TOME I

Guillaume Jacques

ADA éditions

Éditeur : François Doucet
Révision linguistique : Isabelle Veillette
Correction d'épreuves : Nancy Coulombe, Katherine Lacombe
Conception de la couverture : Tho Quan
Photo de la couverture : © Thinkstock
Mise en pages : Sébastien Michaud
ISBN papier 978-2-89667-472-5
ISBN numérique 978-2-89683-247-7
Première impression : 2011
Dépôt légal : 2011
Bibliothèque et Archives nationales du Québec
Bibliothèque Nationale du Canada

Éditions AdA Inc.
1385, boul. Lionel-Boulet
Varennes, Québec, Canada, J3X 1P7
Téléphone : 450-929-0296
Télécopieur : 450-929-0220
www.ada-inc.com
info@ada-inc.com

Diffusion
Canada :        Éditions AdA Inc.
France :        D.G. Diffusion
                Z.I. des Bogues
                31750 Escalquens — France
                Téléphone : 05.61.00.09.99
Suisse :        Transat — 23.42.77.40
Belgique :      D.G. Diffusion — 05.61.00.09.99

Imprimé au Canada

Participation de la SODEC.        $ODEC

Nous reconnaissons l'aide financière du gouvernement du Canada par l'entremise du Programme d'aide au développement de l'industrie de l'édition (PADIÉ) pour nos activités d'édition.
Gouvernement du Québec — Programme de crédit d'impôt pour l'édition de livres — Gestion SODEC.

# Note de l'auteur

Afin que les nouveaux venus dans le monde de la fiction comprennent plus aisément les termes scientifiques et fictifs des tomes de cette série, un glossaire a été créé pour eux. Il se trouve en fin de volume.

Bonne lecture!
Guillaume Jacques

## Dédicace

Pour Carine Paradis, qui a eu confiance
en moi et a accepté de me publier.

# Prologue

L'artefact fut découvert par un navire fort perfectionné. Un vaisseau doté d'une technologie moyenne n'aurait pas signalé l'existence de l'objet mystérieux.

Le vaisseau mère se plaça en orbite autour de la planète et un vaisseau d'exploration sortit par sa soute. Le petit vaisseau se posa non loin du lieu à fouiller, dans une plaine rocheuse. De petits êtres gris en sortirent, munis de scaphandres. Ils étaient trois à se diriger vers un amoncellement rocheux, ayant tous de petits détecteurs à leurs menues mains. À première vue, l'amoncellement rocheux ne ressemblait pas à autre chose qu'une formation naturelle de rochers recouverts de végétaux et de mousse. Pourtant, c'était là que se cachait l'entrée. Mais pour la détecter, il fallait encore être muni d'un bon moyen de détection.

La planète était déserte, très chaude et inhabitée. Des visiteurs ayant passé à côté de l'amoncellement n'auraient rien vu. Les trois petits êtres détectèrent la roche à déplacer. Une fausse roche en fait. L'analyse de leurs appareils sophistiqués révéla qu'il fallait qu'elle soit enfoncée et, une fois rendue au fond de son socle, tournée dans le sens des aiguilles d'une montre sur un angle de 45 degrés. Lorsque cela fut fait, une porte coulissa, révélant un passage qui s'enfonçait sous terre. Les trois Nantasiens empruntèrent prudemment le couloir descendant, toujours armés de leurs détecteurs. Un d'entre eux portait avec lui un canon désintégrateur de fort calibre au cas où... Mais cela était inutile. Aucune forme de vie étrangère ne les attendait en bas.

Le couloir s'éclaira soudain, faisant sursauter les trois petits êtres grisâtres. Ils discutèrent entre eux un court moment, dans un piaillement rapide et indescriptible. Puis, ils reprirent leur marche vers le lieu où se trouvait l'objet mystérieux. Ils finirent par atteindre un local brillamment éclairé. Sur un piédestal reposait l'artefact en question. Il s'agissait d'un cylindre doré et métallique d'environ 20 centimètres de long par un diamètre d'environ la moitié. Des hiéroglyphes étaient gravés sur toute la circonférence du cylindre. Les petits êtres en firent le tour, l'analysant avant de le toucher. Ils échangèrent nerveusement entre eux leurs commentaires sur l'objet inconnu. Puis, ne relevant aucun danger, ils s'emparèrent du cylindre en prenant beaucoup de précautions.

Lorsque le cylindre fut enlevé de son piédestal, les lumières du local s'abaissèrent un peu. Les trois Nantasiens, de véritables boules de nerfs, quittèrent l'abri rapidement sans regarder derrière eux. Ils y rejoignirent leur vaisseau d'exploration. Ce dernier quitta rapidement l'atmosphère pour aller rejoindre le vaisseau mère.

Une fois à bord, le cylindre fut examiné par les scientifiques du navire. Ils devaient trouver à quoi il pouvait bien servir. Leurs premières analyses leur révélèrent qu'il était creux. Ils devaient alors essayer de l'ouvrir, mais ils ne trouvèrent aucune touche ou fente grâce auxquelles l'objet mystérieux allait révéler ses secrets. Les hiéroglyphes semblaient détenir le secret pour ouvrir l'artefact composé d'un métal inconnu.

L'une des extrémités du cylindre affichait un emblème circulaire bleu représentant le froid, car des flocons de neige y étaient dessinés. Par contre, l'autre extrémité arborait un dessin rouge de même dimension, représentant le feu.

Les Nantasiens en déduisirent qu'il fallait probablement utiliser un grand contraste de température à chaque extrémité de l'objet afin qu'il se passe quelque chose. Ils chauffèrent donc une extrémité du cylindre tandis que l'autre extrémité reposait sur de la glace.

Lorsque le contraste fut assez élevé, le cylindre s'ouvrit sur sa longueur en basculant sur un angle de 90 degrés. Les Nantasiens excités babillèrent rapidement un court moment et prirent conscience du contenu. Il s'agissait, entre autres, de sept bagues, portant chacune une pierre de couleur différente. Il y avait ensuite trois petits appareils aux fonctions inconnues pouvant se porter comme des montres-bracelets.

Puis, soudain, un hologramme s'anima alors qu'un Nantasien retirait l'un des petits appareils du coffret. Il sursauta comme les autres, puis se figea, fasciné par l'animation colorée tridimensionnelle. L'animation montrait un humanoïde quelconque qui enfilait l'une des bagues. Il y eut par la suite une animation d'une chaîne ADN qui semblait démontrer un lien entre celui-ci et l'utilisation des bagues.

Puis, l'un des objets du coffret fut montré comme étant un activateur progressif de la puissance des bagues. L'autre semblait être un localisateur du porteur des bagues.

Enfin, le troisième objet fut décrit comme étant un annulateur du pouvoir des bagues, au cas où son ou ses porteurs devenaient dangereux ou incontrôlables.

Après cette brève description vidéo, une démonstration visuelle de l'alphabet de base des créateurs de cet artefact fut affichée. Il semblait contenir une trentaine de lettres. L'animation montra des mots sous des objets courants. Ces mots semblaient décrire les objets en question, afin que ceux qui mettraient la main sur l'objet puissent entamer l'étude de la langue. Cette analogie visuelle permettrait aux Nantasiens d'apprendre des mots de base. On pouvait y voir des objets courants que n'importe quelle race évoluée pouvait comprendre, comme, par exemple, l'image d'une planète, d'une chute d'eau, du feu, de la mer, etc.

Une fois les nombreuses images présentées en analogie visuelle, les Nantasiens aperçurent des phrases complètes avec des vidéos. Le puissant ordinateur embarqué à bord analysa à mesure les subtilités du langage employé et réussit, au bout de quelques heures, à déchiffrer et à analyser complètement la langue étrangère.

C'est ainsi que les Nantasiens découvrirent que cet artefact avait été conçu par une antique civilisation du nom de Quandrasiens. Ces êtres originaires de la planète de Quandra semblaient avoir créé ces objets afin que leurs découvreurs puissent utiliser les possibilités de puissance des bagues. Pourquoi les Quandrasiens avaient-ils permis une telle découverte ? Cela demeurait un mystère. Était-ce une sorte de test ? Ou peut-être que les Quandrasiens les avaient tout simplement abandonnés sur cette planète inhabitée alors qu'ils avaient en leur possession des artefacts encore plus puissants... Les théories pouvaient être nombreuses. La fin de la présentation vidéo de l'artefact laissait aussi supposer plusieurs idées. Le message de la fin spécifiait la mention : « Nous reviendrons… »

Les forces magiques contenues dans chaque bague étaient incroyables, selon ce qu'avait décrit l'hologramme, alors mieux compris par les Nantasiens. Chaque bague contenait son propre domaine de pouvoir, et le fait de concevoir de tels objets relevait d'une technologie qui dépassait l'entendement. Les Nantasiens, qui s'étaient longtemps crus comme étant probablement la race la plus avancée dans le domaine, venaient de faire connaissance avec une civilisation encore plus ancienne qu'eux, qui devait posséder des navires spatiaux inégalés…

La technologie des trois petits appareils était également inconcevable. Celle du localisateur, par exemple, permettait à son utilisateur de localiser les porteurs des bagues, et ce, quelle que soit leur distance dans l'Univers par rapport au localisateur. Lorsque les scientifiques du navire finirent par apprendre le fonctionnement complet des artefacts, l'équipage fit route vers Nantas.

Les Nantasiens étaient une race d'explorateurs, friands d'expériences de toutes sortes au détriment des formes de vies inférieures à eux. Par le passé, ils avaient découvert bon nombre de formes de vies intelligentes. Les Nantasiens pouvaient arriver sur une planète, enlever quelques individus comme s'ils n'étaient que du bétail et effectuer toutes sortes de tests sur eux : résistance aux éléments, expériences génétiques, etc.

Une fois les analyses terminées, ils renvoyaient les individus sur leur planète sans aucune forme d'excuses ou d'explications.

Les Nantasiens, cependant, n'étaient pas une race belliqueuse ou conquérante. Ils auraient pu annihiler toutes formes de vies sur les planètes découvertes et les coloniser, mais ce n'était pas dans leur nature. Les expérimentations scientifiques demeuraient leur point d'intérêt. C'était dans leurs gênes, ils étaient faits ainsi. Ils ne savaient pas encore que la découverte de cet artefact allait leur apporter le summum de l'expérimentation scientifique.

Le Nantasien scientifique en chef, Gemi, se retrouva en face de la grande triade pour leur expliquer que les bagues et les trois appareils fonctionnaient à partir d'éléments inconnus. La grande triade était composée des trois personnages Nantasiens les plus importants de la planète.

Il s'agissait de Kion, Nantor et Zurg. Kion avait le tempérament le plus pacifique des trois. Il essayait toujours de trouver une solution à un problème épineux sans en venir à la violence. Nantor, assis au centre, se devait d'être neutre. C'était lui qui s'adressait la plupart du temps à son peuple, entre autres lorsque des décisions importantes étaient prises par la triade. Quant à Zurg, c'était le plus agressif des trois. Il était à la tête de toutes les décisions militaires de la planète.

Gemi commença son exposé devant la grande triade :

— Il y a dans l'Univers deux formes d'existence : l'énergie et la matière. L'énergie peut par exemple être le son d'une sirène ou la lumière d'une lampe. La matière, quant à elle, compose le solide, comme nos corps ou un rocher. Or, le fonctionnement de ces artefacts renferme une forme inconnue différente des deux. Une force sur laquelle la distance dans l'Univers n'a aucune emprise. Nous l'avons nommée le «facteur Zenor». Ce même facteur alimente la puissance contenue dans les bagues et les appareils. On ne sait pas encore quelle est la durée de vie de ce facteur Zenor ni s'il peut se reproduire. La trouvaille de cet artefact est pour notre civilisation la plus grande énigme scientifique découverte, surtout, entre autres, à cause du facteur Zenor.

Gemi décrivit les forces magiques contenues dans les bagues sous le regard fasciné des membres de la triade. Puis, il décrivit plus en détail ce qu'il savait des trois appareils retirés du cylindre. Lorsqu'il termina son exposé, la grande triade discuta un moment avec lui des marches à suivre pour l'essai. Des Nantasiens furent triés sur le volet afin d'essayer les bagues.

Une grande déception fut ressentie lorsque les Nantasiens s'aperçurent que leur ADN n'était pas compatible avec les bagues. Les scientifiques étaient formels : cela fonctionnait ou pas. Les Nantasiens porteurs n'arrivaient pas à se servir de la magie contenue dans les bagues. On avait beau essayer et réessayer l'activateur progressif, il ne se passait rien. C'était comme s'ils enfilaient de simples bagues sans pouvoir.

La grande triade décida alors de trouver une race dans l'Univers qui posséderait un ADN compatible avec ces fameux gadgets. Un membre important de la communauté, du nom de Vorg, fut appelé par la grande triade.

Vorg se retrouva ainsi devant eux pour écouter leur demande. La grande triade lui demanda de partir à la recherche d'une civilisation dont ses sujets posséderaient l'ADN compatible pour utiliser ces bagues. Vorg embarqua donc peu de temps après sur le navire amiral de Nantas, l'*Irisa*, afin de dénicher la race élue.

L'*Irisa* était un spatiocroiseur intergalactique de fort tonnage qui avait la forme d'un dôme au sommet aplati. À sa base, le navire mesurait dans les 10 000 mètres de diamètre. Sa hauteur se situait à environ 7 000 mètres. Il comportait toute la dernière technologie nantasienne. Le croiseur était armé de plusieurs désintégrateurs et de divers canons radiants, d'un grand nombre de torpilles mégahydri, et de nombreux missiles à détonation quantique. Le champ de force à multi couches du navire se révélait d'une grande protection éventuelle contre un vaisseau ennemi qui aurait osé s'attaquer à un tel géant. De plus, tapi dans ses soutes, l'*Irisa* cachait une escadrille complète de différents types de navires, allant du vaisseau d'exploration au chasseur tactique, en passant aussi par des bombardiers planétaires. Les moteurs supraluminiques-hyperboliques de l'*Irisa* lui permettaient de franchir de grande distance dans l'hyperespace en un rien de temps. Il pouvait ainsi accomplir la prouesse de voyager d'une galaxie à l'autre en un temps relativement raisonnable.

Vorg voyagea un bon bout de temps à travers la Voie lactée afin d'y trouver une race compatible. Lorsque les Nantasiens détectaient une planète qui abritait une forme de vie intelligente, ils agissaient toujours de la même manière. Une équipe embarquait à bord d'un vaisseau d'exploration, analysait les forces militaires en présence et les neutralisait au besoin. Puis, se posant sur un coin tranquille, ils enlevaient quelques individus pour essayer les bagues sur eux. Si le résultat était négatif, on effaçait de la mémoire de l'individu son enlèvement et son court séjour à bord. Ensuite, on le remettait sur sa planète sans aucune forme de procès. L'individu se retrouvait sur le lieu de l'enlèvement avec un trou de mémoire de quelques heures, sans savoir pourquoi. Les Nantasiens agissaient vite et bien, sans bavure.

Les Nantasiens finirent par trouver, après la visite d'une centaine de mondes habités dans la galaxie, une jolie planète bleue, que ses habitants appelaient la Terre. L'époque sur cette planète se situait en l'an 2062. Les Nantasiens neutralisèrent facilement les forces d'interception de la Terre pour en retirer quelques « spécimens ». Les individus enlevés au hasard révélèrent, à la grande joie de Vorg et de son équipage, que les Terriens possédaient enfin l'ADN compatible aux bagues. Les Nantasiens en profitèrent au passage pour étudier les langues, les coutumes et les diverses races de la Terre. Vorg et les scientifiques découvrirent également au cours de l'exploration de ce système solaire que les Terriens avaient commencé la difficile terraformation de Mars et qu'ils cherchaient toujours un moyen rapide pour quitter leur système solaire afin de visiter les étoiles.

La grande triade remit toutes les bagues à Vorg ainsi que leur activateur. Kion garda avec lui le localisateur des bagues. Zurg eut la tâche de garder sur lui l'annulateur de pouvoir des bagues en cas de pépin.

Au cours de la délibération sur les individus capturés, une idée vint à Zurg : il voulait divertir le peuple de Nantas, qui s'ennuyait à mourir. Il voulait offrir à son peuple un divertissement comme il n'en avait jamais eu : l'aventure des bagues. Après avoir reçu l'accord de ses deux condisciples, il demanda à Vorg de trouver une planète idéale où les Terriens pourraient subir l'épreuve des bagues. Elle consisterait en un spectacle filmé dans lequel les Terriens allaient devoir affronter maints dangers afin de développer le pouvoir des bagues.

Vorg repartit donc à la recherche d'un nouveau monde idéal pour y fabriquer les épreuves des bagues. Après de nombreuses visites dans d'autres systèmes solaires habités, il trouva finalement une planète du nom de Vigeros, dans le système de Tell. Vorg communiqua à nouveau avec la grande triade et lui expliqua que la planète renfermait une quantité exceptionnelle de formes de vie intelligentes très variées, une grande variété animale insolite, et que cette planète offrait une grande possibilité de scénarios pour y établir les quêtes. La présence d'autres formes de vie sur les autres planètes du système ajoutait aussi aux possibilités de scénarios. La grande triade, fort heureuse de ce divertissement à venir pour elle et son peuple, donna carte blanche à Vorg pour faire ce qu'il voulait sur Vigeros.

Les Terriens qui avaient été capturés lors des premières expéditions d'exploration furent tous relâchés à la demande de Gemi. Ce dernier les avait examinés, et aucun d'entre eux ne semblait le satisfaire. Il désirait des individus parfaits, au passé ésotérique, pouvant mieux gérer des phénomènes extraordinaires et ayant la capacité de vivre des scénarios insolites. Vorg était entièrement d'accord avec cette façon de penser : tant qu'à former une équipe de « héros », autant prendre la crème de la crème pour chaque bague.

— Les sept porteurs de bagues devraient aussi être accompagnés de quelques individus, sans pouvoirs, mais dotés de dons exceptionnels pouvant servir à protéger les futurs magiciens, suggéra Gemi.

— Intéressant, fit Vorg. Que suggérez-vous ?

— Peut-être un combattant maîtrisant grandement ce qu'ils appellent dans ce monde « arts martiaux ». Puis, un autre individu posséderait un Q.I. plus élevé que la moyenne. On ne sait pas encore quels seront les scénarios, mais un bon cerveau dans l'équipe ne sera pas de trop... Il faudrait aussi un personnage qui peut attaquer à distance avec ce qu'ils appellent un arc ou une arbalète.

— Bien vu Gemi... Mais par où commencer ?

— Essayons de former une équipe dont les individus possèdent des caractères fort différents les uns des autres, pour ajouter encore plus de piquant dans le déroulement de cette aventure.

— C'est-à-dire ?

— Des tempéraments divers : un personnage positif, un colérique, un pacifique, etc. Ensuite, allons chercher un individu dans chaque pays au lieu de tous les choisir dans la même région. Mélangeons aussi les sexes. Enfin, je pense que nous aurions la chance de tester ma nouvelle machine temporelle.

— Vous ne pensez pas à chercher des individus dans le passé de cette planète ?

— Si, j'y pense. On n'est pas obligés de capturer tous les futurs « héros » à l'époque présente. Des individus d'époques passées sur cette planète pourraient se révéler de vrais trésors... Qu'en pensez-vous ?

— Je pense en effet que notre peuple se régalera de ce spectacle. Le documentaire que nous allons réaliser deviendra un élément historique de Nantas. Les futures générations se régaleront aussi de cette réalisation. Nous allons devenir célèbres, mon cher Gemi !

Vorg et Gemi balayèrent un bon moment les données contenues dans les terminaux de la Terre. Ils téléchargèrent ainsi les données sur l'ordinateur du navire. Les deux Nantasiens étudièrent l'histoire des cas de phénomènes paranormaux les plus cités au cours des derniers siècles sur Terre. Cela leur permit de retracer les individus principaux qui les avaient vécus, facilitant de ce fait la recherche de l'endroit et de l'époque pour capturer l'individu en question. Un seul individu qui allait être capturé, celui du temps présent, n'avait pas eu de passé paranormal, sauf qu'il représentait la crème de la crème dans les arts martiaux. Les neuf autres individus avaient tous vécu des phénomènes étranges et représentaient les acteurs idéaux pour construire les scénarios. Gemi allait faire voyager l'*Irisa* à travers le temps, dans différentes époques passées sur Terre afin d'y capturer les personnes visées.

Cependant, la première personne à être capturée se trouvait à l'époque présente sur Terre : en 2062.

# Chapitre I

## *Cauchemar virtuel*

### 1

Spécimen numéro 1
Sexe : mâle
Âge : 34 ans
État physique : exceptionnel
Dénommé : Darellan Thorn

Saint-Pétersbourg, Russie, 2062.

Darellan pouvait se permettre de souffler un peu. Son service de garde du corps du président prenait fin. Il se dirigeait vers l'aéroport de Moscou pour aller à sa ville natale de Saint-Pétersbourg. Il revenait à la résidence de ses parents, qui étaient absents la plupart du temps.

Son père faisait partie du KGB et sa mère pilotait des avions de chasse.

Fils unique, Darellan Thorn était un homme au sommet de la forme physique, mesurant environ 1,80 mètres. Modérément musclé et pas une once de graisse sur le corps, il atteignait un poids d'environ 105 kilos. Il avait les cheveux bruns très courts, coupés en brosse. Ses yeux bleus et son menton carré faisaient de lui un assez bel homme pour la gent féminine. Il était cependant célibataire et désirait le rester, métier obligeait.

Son entraînement intensif à divers arts martiaux et sa maîtrise exceptionnelle des armes blanches faisaient de lui un adversaire hors du commun. Il maîtrisait aussi des armes à feu de tout genre. Mais ce qui différenciait le plus Darellan de ses collègues de travail, c'était sa grande vitesse d'action. Il pouvait frapper vite comme l'éclair et terrasser plusieurs ennemis à la fois dans un combat au corps à corps. Aucun de ses camarades ne pouvait se mesurer à lui. Dans son entraînement avec les autres gardes du corps, il affrontait souvent trois individus simultanément sans problème.

Darellan n'était cependant pas vantard. Son comportement était neutre, ni trop gentil ni trop mauvais. Sa grande maîtrise de soi et son calme imperturbable complétaient la qualité de cet homme hors de l'ordinaire.

Une semaine après être arrivé à Saint-Pétersbourg, Darellan eut l'intention d'aller essayer un nouveau divertissement haut de gamme dans cette ville. Il s'agissait d'un centre de simulation virtuelle d'une rare efficacité. En effet, le client était immergé dans un monde imaginaire tellement réaliste qu'il pouvait réellement avoir l'impression de vivre l'aventure choisie.

Il pénétra dans le bâtiment en question du nom de Rêves-réalités 3000 en plein centre de la ville. C'était un édifice fort moderne et agréable à regarder. Une réceptionniste l'accueillit aussitôt qu'il fut entré et on le fit patienter un instant dans une salle d'attente.

Un peu plus tard, une femme l'invita dans son bureau et lui fit connaître le dispositif qui allait plonger son client dans un monde virtuel d'un réalisme inégalé. Darellan apprit ainsi qu'il allait être allongé dans un fauteuil. On allait ensuite l'endormir et le coiffer d'un casque spécial émettant des ondes sur son subconscient. Le procédé allait en fait commander à son subconscient de créer un rêve ordonné et réaliste suivant le scénario choisi par le client.

Puis, la femme commença à énumérer les scénarios possibles que le client pouvait choisir. Cela pouvait autant être une aventure sous la mer qu'une aventure dans l'espace en passant par des aventures policières ou sentimentales. Il y en avait pour tous les goûts.

Darellan fit finalement son choix. Il allait devenir le détective Darellan Thorn, en vacances, et il allait découvrir un complot incroyable sur une planète entièrement con-sacrée aux divertissements pour des visiteurs d'autres mondes.

Après avoir payé une somme faramineuse pour ce divertissement unique, Darellan se fit guider dans la salle de rêves. Il s'allongea confortablement dans le fauteuil.

— Un peu nerveux ? lui demanda l'infirmière près de lui.

— Un peu oui…

— Il n'y a pas de raison de vous inquiéter, monsieur Thorn. On vous surveillera constamment, un médecin et moi. Tous vos signes vitaux et vos ondes cérébrales seront sous constante surveillance. En cas d'urgence, on peut vous réveiller n'importe quand. Vous pouvez vous détendre.

— Bon d'accord. Je me fie à vous.

— Prêt pour l'injection ?

— Oui madame !

L'infirmière lui fit l'injection. Darellan commença rapi-dement à se sentir détendu. Puis, ses paupières se firent de plus en plus lourdes. Il se sentit glisser vers un sommeil bienfaisant.

Juste avant qu'il perde connaissance, l'infirmière lui chuchota à l'oreille :

— Faites de beaux rêves, monsieur Thorn...

## 2

Le détective Darellan Thorn pouvait se reposer un peu. Il venait d'obtenir deux semaines de congé et voulait en profiter au maximum. Son métier, qui consistait à coincer des criminels de tous genres, était assez stressant. Il côtoyait le danger très fréquemment, et c'est pour cette raison qu'il était bien rémunéré.

Darellan Thorn œuvrait sur une planète du nom de Tirabis, colonisée par les Terriens depuis quelques dizaines d'années. Le système solaire de Tirabis était voisin d'un autre système dans lequel se situait une planète du nom d'Angeris, que les Terriens surnommaient «Funnyworld».

C'était une planète habitée par une race de petits êtres à la peau rose. Pratiquement toute la surface habitable de cette planète comportait de gigantesques parcs d'attractions ayant la capacité d'accueillir un grand nombre de races diverses. Darellan voulait se distraire pendant son congé et avait choisi de se rendre sur Funnyworld pour la première fois de sa vie. Il voulait s'y rendre avec l'un des petits vaisseaux des forces policières de Tirabis doté d'un bon système de camouflage. Cet équipement pouvait rendre le vaisseau indétectable pour la plupart des vaisseaux des autres races. Mais pour l'instant, il n'avait pas l'intention de s'y rendre incognito.

Lorsqu'il arriva sur cette planète, il resta surpris de toutes les mesures de sécurité en place. Avant de pouvoir aller sur le terrain récréatif, Darellan dut passer dans une salle qui scrutait son corps à la loupe pour déterminer s'il était vraiment ce qu'il prétendait : dans ce cas, un humain. Tout ce que le client avait à faire était de pénétrer dans la salle par une grande porte et en ressortir par l'autre bout. Durant la traversée du local, plusieurs senseurs et appareils divers analysaient en détail la composition du corps du client. Lorsque le client arrivait à la sortie, on lui indiquait s'il pouvait aller ou non sur le terrain.

Lorsqu'un client faisait partie d'une nouvelle race venant sur Funnyworld, il devait subir une batterie de tests confirmant qu'il ne représentait pas une menace physique ou psychique pour le peuple d'Angeris. Si la race était acceptée, les autres clients de cette race n'avaient plus qu'à passer dans la salle pour confirmer leur vraie nature. Cela faisait quelques années que les Terriens venaient sur Funnyworld, alors Darellan n'eut qu'à traverser la salle d'examen. Les gens d'Angeris tentaient d'éviter ainsi qu'une créature hostile, cachée sous une métamorphose, ne s'introduise sur le terrain. Les races qui possédaient des dons psychiques, comme la télékinésie, par exemple, étaient systématiquement refusées. Un autre exemple de refus pouvait s'appliquer aux races possédant le don de contrôler la volonté d'autrui. La race humaine en étant une dénuée de pouvoirs spéciaux, elle était acceptée sans peine sur Angeris.

Après avoir traversé la salle d'examen, Darellan se fit donc confirmer qu'il n'y avait pas de problème et qu'il pourrait aller à volonté sur les terrains de Funnyworld. Il se fit donc estampiller sur la main un symbole à l'encre invisible.

Cette marque comportait un code pouvant identifier le client lorsque ce dernier se présentait aux portes de l'un des terrains de jeux.

En pénétrant dans un des terrains récréatifs, le détective Thorn fut surpris de constater le grand nombre de races diverses qui s'y trouvaient. Cela faisait un bon bout de temps que Funnyworld fonctionnait. La réputation de la planète des jeux s'était répandue à travers toute la galaxie, et de temps à autre, toutes sortes de races nouvelles allaient s'y présenter. Les races «connues» pouvaient se distraire dans des manèges ou dans des activités spécialement adaptées à leur morphologie. Darellan se fit guider vers une zone spécialement construite pour la morphologie humaine. Il resta ébahi par le choix immense et très sophistiqué des jeux proposés.

Avant de pouvoir essayer tel ou tel jeu, le détective, comme tous les autres clients, se faisait informer du prix demandé pour le jeu ou l'activité. À la fin, des agents attendaient le client et lui demandaient de payer la note. Le client était averti que s'il essayait un jeu sans payer par la suite, il devrait faire de petits travaux forcés pendant quelques heures la nuit, lorsque le terrain était fermé. Ces travaux consistaient à faire de l'entretien et des réparations de manèges et accessoires sur le terrain. Plus la note était élevée, plus il y avait d'heures à faire. Si le nombre d'heures était trop élevé, le client fautif devait passer la journée dans un hôtel d'où il ne pouvait pas sortir. La nuit venue, on revenait le chercher pour qu'il continue ses travaux, et ainsi de suite. Ces agents étaient petits et frêles, comme tous les habitants de cette planète. Cependant, chaque agent avait un puissant pistolet laser à sa ceinture, au cas où des clients deviendraient trop agressifs. Ils avaient également de petits communicateurs à leur poignet, leur permettant d'appeler du renfort au besoin.

Pourtant, cette race se disait fort pacifique et affichait toujours un petit sourire amical aux clients, quelle que soit la situation. Certaines races rapportaient qu'ils avaient vu deux agents se faire injurier par de mauvais clients refusant de payer. Les deux gardes n'avaient pas perdu leur sourire et avaient dégainé leurs pistolets pour les pointer sur les individus. Ces derniers n'eurent pas le choix d'obtempérer et se firent reconduire à l'hôtel-prison le plus proche.

Les agents d'Angeris, sans leurs armes, seraient continuellement en danger à cause de leur petitesse. Chacun de ces petits humanoïdes ne mesurait pas plus d'un mètre et pesait en moyenne une trentaine de kilos. Ils avaient tous de longs cheveux blancs leur tombant sur les épaules, qu'ils soient mâles ou femelles. Ils communiquaient entre eux dans un langage aigu, rapide et saccadé. La visite de plusieurs races les avait rendus très avancés au point de vue de la technologie. Ils possédaient une armada de puissants vaisseaux en orbite autour de la planète, prêts à repousser bien des envahisseurs qui auraient tenté de s'approprier leur planète. Darellan les avait d'ailleurs aperçus en faisant son approche sur Funnyworld avec son petit vaisseau.

Le détective essaya quelques jeux bizarres, dont l'un consistait à se laisser glisser dans des tubes d'une longueur inouïe. Le client pénétrait dans le tube les pieds devant et se couchait sur le dos. Le joueur se laissait aller dans le tube fortement incliné. Au cours de la descente vertigineuse, des images et des sons hallucinants sortaient par la paroi supérieure interne du tube. La descente durait une dizaine de minutes et en valait le coup. Darellan essaya le manège étourdissant.

À la sortie du tube, le détective légèrement titubant paya et alla dans un autre manège. Après avoir passé quelques heures sur Funnyworld, Darellan retourna sur Tirabis.

Le lendemain, il ressentit le besoin de retourner sur Angeris. Cependant, il se dit en lui-même qu'il avait assez dépensé d'argent dans ces jeux, et cette pensée le calma un peu, mais pas pour longtemps… Au bout de deux heures, la tentation étrange lui revint, plus forte. Il avait beau essayer de s'enlever Funnyworld de la tête, il ne réussissait pas.

La tentation eut finalement raison de lui. Il repartit sur la planète des jeux afin de se contenter pour de bon. Il se retrouva donc sur Funnyworld à essayer toutes sortes de jeux, jusqu'à en être las. Après avoir passé presque la journée entière à jouer, il retourna de nouveau sur Tirabis en étant convaincu qu'il n'éprouverait pas le besoin d'y retourner cette fois.

Pourtant le lendemain, une envie presque irrésistible naquit encore dans sa tête. Le besoin de retourner sur Angeris devenait tellement fort que d'y aller semblait devenir peu à peu la priorité numéro un dans sa vie. C'était comme une puissante drogue dont on ne pouvait plus se passer.

## 3

Constatant que son état psychique n'était plus normal et qu'il se sentait irrémédiablement attiré vers Funnyworld, Darellan alla voir un de ses bons amis qui pourrait peut-être l'aider avant que l'envie prenne définitivement le dessus sur sa volonté. Cet ami s'appelait Clumb. Il était une sorte de magicien étrange, et personne ne savait vraiment d'où il venait. Il pouvait maîtriser plusieurs incantations de magie blanche ou noire. Il était aussi un expert dans la création d'élixirs aux pouvoirs divers.

Clumb était un être mince mesurant près de deux mètres avec une teinte de peau tirant sur le violet. Les cheveux blancs et longs lui tombant sur les épaules, il avait un regard froid et pénétrant. Il était un des derniers survivants de sa race et s'était camouflé dans une caverne sur Tirabis. C'est dans cette caverne qu'il avait établi son repaire dont peu de personnes connaissaient l'existence. On pouvait accéder à son domaine dans la caverne en empruntant un labyrinthe souterrain très complexe dont seuls ses quelques rares amis connaissaient le bon parcours.

Un étranger qui se serait aventuré dans ce dédale aurait abouti soit dans un cul-de-sac, soit à une autre sortie. Si, par un pur hasard, un étranger avait réussi à atteindre les environs du domaine, il n'aurait pas pu entrer dans celui-ci, car l'entrée du repaire était fermée par une porte simulant un mur de pierre. L'étranger se serait alors dit qu'il était parvenu à un autre cul-de-sac.

Parfois, Clumb sortait de son repaire et allait dans un des bars d'une ville située pas très loin de la caverne. Plusieurs races allaient parfois dans ces bars, et les Terriens habitués ne faisaient plus attention lorsqu'une race étrange y venait. Sauf que Clumb semblait unique et pouvait parfois intéresser quelques curieux. Après avoir consommé quelques verres, il sortait du bar pour retourner dans son domaine. Les curieux qui le suivaient de loin perdaient toujours la trace du magicien, qui semblait se volatiliser.

Le détective Thorn était un des amis privilégiés qui connaissaient le parcours du labyrinthe pour aller au repaire de Clumb. Darellan se retrouva devant le faux mur après avoir circulé dans le labyrinthe de pierre. La porte du repaire se dressait devant lui. Le détective savait qu'il devait se tenir immobile un certain temps devant la porte secrète.

L'attente fut plus longue que d'habitude. Le faux mur se rangea enfin de côté. Les deux hommes croisèrent leurs regards et se firent un sourire.

— Entre donc Darellan! Ça fait longtemps, dis donc…

— Je commençais à croire que tu n'étais pas là, répondit le détective. Ou que tu ne réussissais plus à sentir ma présence derrière le mur…

Le sorcier sentait toujours venir la présence de quelqu'un derrière la porte. Il n'avait qu'à se concentrer quelques secondes pour pouvoir identifier précisément de qui il s'agissait. Le détective parla à Clumb de son irrésistible envie de retourner sur Angeris. Le magicien connaissait bien le monde des jeux et avait préparé quelques mixtures pouvant éliminer définitivement les tentations.

Darellan en avala une, et son envie se dissipa en quelques secondes. Ayant repris ses esprits, le détective eut la désagréable impression qu'on l'avait drogué sur cette planète de jeux. Il prit conscience que Funnyworld cachait peut-être des choses et qu'y conduire une enquête serait nécessaire. Le détective réfléchit un instant en fixant le plancher et continua finalement :

— Je crois que j'aurais besoin d'un autre de tes élixirs, confia-t-il sur un ton embarrassé.

— Quelle sorte d'élixir ?

— Tu sais… celui qui te permet de te volatiliser lorsque des curieux veulent te suivre.

— Cette potion dont tu me parles peut être nocive pour un humain. Seuls les êtres de ma race peuvent en boire sans danger !

— Les risques sont-ils si grands pour moi ?

— De toute façon, pourquoi veux-tu de cette mixture ?

— Ça, désolé, je ne peux pas te le dire.

— Alors tu n'en auras pas.

— Allons Clumb ! Comprends-moi. Je suis détective et j'ai une mission secrète à remplir ! Le secret professionnel m'interdit de te révéler l'endroit où je vais et ce que je vais y faire.

— Ta mission est pour servir le bien ou le mal ?

— Mais le bien, tu le sais ! C'est mon métier !

— C'est bon pour cette fois. Mais n'en prends pas l'habitude ! Cette recette peut être très nocive pour ton organisme, alors ne reviens pas contre moi si tu as des problèmes de santé !

— Ne t'en fais pas pour ça ! Tu n'entendras pas parler de moi si je tombe gravement malade. Je te le jure. Je suis prêt à prendre le risque.

— Cette mission doit être très lucrative ou tu as de gros problèmes personnels à régler… Est-ce que c'est par rapport à la planète des jeux ?

— Je ne peux rien te dire, désolé. Allons, donne-moi cette potion.

— Bon. C'est comme tu voudras.

Clumb se leva et se dirigea vers une armoire grisâtre. Il en ouvrit les deux grandes portes, qui révélèrent une quantité importante de flacons emplis de toutes sortes de potions diverses.

Darellan se demandait à quoi pouvaient servir les autres potions et il l'avait déjà demandé au magicien, mais ce dernier n'avait pas voulu lui révéler ses secrets. Clumb sortit un petit flacon rempli d'un liquide rougeâtre. Il en versa un peu dans une petite gourde qu'il referma minutieusement avec un bouchon. Il la remit au détective et lui dit :

— Cette préparation te permettra d'être invisible pour une période d'environ cinq heures… mais attention à tes pas et à ton souffle, car on pourra les entendre ! Tu devras boire le contenu complet de ce flacon en un seul coup.

— Comment fais-je pour vérifier si je suis réellement invisible ?

— La potion fait effet moins d'une minute après sa consommation. Lorsque ton corps deviendra invisible, tu verras une lueur blanche devant tes yeux. Elle disparaîtra quelques secondes plus tard. Lorsque tu ne verras plus la lueur, cela voudra dire que ton corps est entièrement invisible ainsi que tout ce que tu portes sur toi.

« Lorsque tu reverras la lueur au bout des cinq heures, ton corps redeviendra peu à peu visible en moins d'une minute. Mais je te le redis… cette potion peut avoir des effets néfastes sur ton corps, et je me demande si je ne fais pas une grave erreur en te la remettant…

— Sois sans crainte ! J'en prends entièrement la responsabilité. Merci pour la gourde. On se reverra bientôt.

# 4

Le lendemain, il fit route vers Funnyworld avec son vaisseau dans le but d'investiguer un peu sur ce monde. Il avait enclenché le dispositif de camouflage de son petit appareil. Il ne fut pas détecté par les vaisseaux qui patrouillaient dans les environs de la planète. Normalement, un vaisseau non camouflé se faisait approcher par des vaisseaux d'escortes qui accompagnaient les visiteurs afin de leur indiquer l'endroit précis pour atterrir. On faisait toujours atterrir les vaisseaux visiteurs sur la surface de la planète où il faisait jour. Darellan se dirigeait sur le même terrain de jeu qu'il avait déjà visité, mais cette fois, c'était au début de la nuit.

Au bout de quelques instants, il se posa sur l'aire d'atterrissage réservée aux vaisseaux visiteurs. Avant de sortir de son vaisseau, il prit la gourde et la vida d'un trait. Moins d'une minute plus tard, il vit apparaître la fameuse lueur, qui disparut rapidement. Puis, il ressentit de forts étourdissements et eut peine à respirer. Il se demanda s'il pourrait accomplir sa mission dans cet état. Les effets secondaires se calmèrent après quelques minutes, ce qui l'encouragea à sortir pour commencer son enquête.

Darellan se rendit près du terrain de jeu où il était allé. À cet endroit, le soleil était couché depuis trois heures, donc l'accès pour les visiteurs était évidemment fermé. C'était une entrée unique, interdite par une immense porte blindée. Les murs entourant le terrain de jeu, ainsi que le dôme le recouvrant, étaient également blindés. Chaque terrain de jeu était protégé de cette façon. Darellan s'approcha le plus possible de la porte géante et attendit qu'elle s'ouvre. Il avait entendu dire que cette porte, surveillée par une multitude de caméras et de microphones, s'ouvrait assez souvent, car elle devait céder le passage à des véhicules de transport divers qui venaient fournir du matériel de toutes sortes.

Darellan dut attendre une quinzaine de minutes avant que la porte coulissante entame son mouvement vers la gauche. Un véhicule tout-terrain en sortit. Il remorquait une cargaison que le détective ne pouvait identifier. Darellan pénétra en courant sur le terrain avant que la porte ne se referme. Le détective avait évidemment apporté avec lui le traducteur universel, car les Angeriens qui se faisaient surveiller à leur insu parlaient dans leur propre langue. Ce petit traducteur était gros comme la main et avait une forme rectangulaire. Il s'accrochait à la ceinture. Il recevait les paroles des étrangers grâce à son microphone sensible et les traduisait pour les envoyer par la suite à de petits haut-parleurs sans fil implantés dans les oreilles du porteur. En mode vidéo, le petit traducteur permettait également de lire des inscriptions ou du texte et de le traduire sur son petit écran intégré. Il suffisait d'approcher l'appareil près du texte, et sa mini-caméra recevait l'information à traduire. Cette petite merveille technologique permettait à deux porteurs de se comprendre entre eux sans effort grâce au petit haut-parleur intégré.

En se déplaçant silencieusement sur le terrain, le détective s'aperçut que plusieurs races s'affairaient à exécuter différents travaux de nettoyage et d'entretien. Ce qui l'intriguait le plus, c'était le grand nombre de races diverses qui se trouvaient là. Comment se faisait-il que tant d'individus n'avaient pas réussi à payer leurs dettes de jeu? Ces gens avaient-ils été comme lui, en proie à une irrésistible tentation de retourner au jeu jusqu'au point de s'endetter ? Le seul moyen pour Darellan d'en apprendre un peu consistait à s'approcher silencieusement des groupes de deux ou de plusieurs Angeriens et d'écouter les discussions. Non loin de lui, il vit un groupe de trois de ces individus qui discutaient entre eux et semblaient s'amuser. Il s'en approcha silencieusement, et son appareil commença à lui traduire ce qu'il captait.

— …viennent d'assez loin ceux-là !

— Assurément ! Cette nouvelle race a l'air tellement naïve qu'il ne sera pas difficile de les avoir… De plus, leurs corps robustes permettront peut-être de faire de gros travaux pendant la nuit !

— Il ne reste plus qu'à attendre que l'un d'eux vienne seul ici, et nous pourrons l'intégrer dans le Shim !

Darellan se demandait ce que pouvait être le Shim. Il les écouta encore un peu, mais la discussion avait changé et était devenue inintéressante. Le détective s'éloigna silencieusement du trio et marcha au hasard sur le terrain, espérant trouver autre chose. C'est alors que quelque chose attira son attention. Il vit que deux Angeriens, portant des costumes d'ouvriers, se dirigeaient vers une petite installation qui semblait être, après qu'il l'a bien regardée, un abri menant au sous-sol. Ils tenaient dans leurs bras une sorte de bonbonne de gros calibre. Il s'approcha des ouvriers le plus rapidement possible, sans faire de bruit. Lorsqu'il fut près d'eux, il s'aperçut qu'il était très essoufflé et avait de la peine à retenir son souffle pour ne pas être entendu des deux ouvriers. La potion lui avait enlevé beaucoup d'endurance physique. Il fit un effort démesuré pour respirer le plus silencieusement possible.

Dans le petit abri se trouvait un escalier menant à un souterrain. Les deux ouvriers commencèrent leur descente, suivis de près par Darellan. Le traducteur de ce dernier avait commencé à recevoir les paroles échangées par les deux travailleurs.

— …imbécile de Tao !

— Ça, tu peux le dire ! Cette erreur de distribution dans les gaz aurait pu être très dangereuse pour nous tous.

— Et c'est encore nous qui devons réparer les dégâts à temps ! Je ne ferai plus jamais confiance à Tao. Il est trop distrait.

La descente dans le long escalier étroit se poursuivit. La bonbonne dans les bras des deux ouvriers leur semblait très lourde à porter. Rendus en bas de l'escalier, ils la déposèrent avec soulagement dans la boîte d'une minicamionnette.

— J'ai hâte que l'élévateur principal soit réparé…

— Et moi donc, souffla l'autre.

L'élévateur principal était assez grand pour accueillir simultanément plusieurs petits véhicules chargés de bonbonnes ou non. Mais il était défectueux, et des réparateurs étaient en train d'y voir. Durant ce temps, le maniement des bonbonnes devait se faire quand même et les petits Angeriens devaient les déplacer avec leurs faibles corps pour les déposer de peine et de misère dans la boîte arrière de l'un de ces petits véhicules.

Les deux êtres prirent place à bord de la petite camionnette. Darellan monta délicatement dans la boîte, et ils démarrèrent. Le véhicule commença à circuler dans un labyrinthe à travers divers tunnels fortement éclairés. Ils rencontrèrent des véhicules semblables qui transportaient d'autres bonbonnes, probablement vides, et divers appareils étranges. Au bout de quelques minutes, ils aboutirent à un immense souterrain où étaient alignées d'un côté comme de l'autre de grandes rangées de réservoirs géants. Des tubes métalliques émergeaient du sommet des réservoirs pour s'enfoncer dans le plafond. Darellan supposa que ces tubes devaient aboutir à la surface par un système de conduite d'air quelconque. Un des Angeriens dit alors :

— On va d'abord remplir les réservoirs de drogue pour la race des Isharis avec celui qu'on a ici. Après ça, on va aller vérifier le niveau des réservoirs pour les autres races. Il va falloir souffrir du dos et des bras tant que l'élévateur ne sera pas réparé : il ne faut surtout pas que nos chers clients perdent leur dépendance au jeu !

— Non, surtout pas ça !

## 5

C'est ainsi que Darellan apprit qu'il avait réellement été drogué par les Angeriens. Il avait une envie folle de les assommer tous les deux, ou au moins de leur foutre une bonne claque en arrière de la tête, mais il se retint, car il voulait connaître plus de détails. Il sauta de la boîte du véhicule qui commençait à ralentir et entreprit de regarder ces réservoirs de plus près en marchant. Il voulait savoir ce que signifiaient les différentes inscriptions pour chacun des réservoirs. Darellan s'approcha de l'un d'eux et mit son traducteur en mode vidéo afin de pouvoir lire l'inscription et la traduire dans la langue du Terrien. Il approcha le traducteur près d'une inscription, et il lui donna la traduction : «Drogue pour la race des Verasos».

C'était une race bien connue des Terriens. Il continua sur quelques autres réservoirs. Chacun contenait la drogue pour une race choisie. Il ne fut pas tellement surpris d'arriver sur un réservoir où il était inscrit : «Drogue pour la race des Terriens».

Darellan recula et sentit la colère monter en lui. Il remit son traducteur en mode audio et se mit à courir avec des pas les plus légers possible. Il sortit du souterrain quelques minutes plus tard, haletant difficilement. La drogue diminuait d'au moins 50 % ses capacités cardio-pulmonaires. Cette faiblesse lui donnait l'impression d'être un vieillard qui avait couru trop longtemps et qui ne pouvait plus reprendre son souffle. Il lui restait cependant encore du temps pour aller visiter d'autres lieux.

Deux heures s'étaient écoulées depuis que le détective avait ingurgité la potion. En reprenant son souffle, il distingua un grand bâtiment de plusieurs étages qui semblait fortement gardé. Il entreprit de s'y diriger pour y pénétrer incognito. Quelques instants plus tard, il fut près de la bâtisse. Il semblait n'y avoir qu'une seule porte. Cette dernière paraissait être fortement blindée, et plusieurs gardes armés y surveillaient les va-et-vient.

Le jour, les gardes se faisaient beaucoup plus discrets pour ne pas attirer l'attention des clients, et personne n'entrait ni ne sortait de ce bâtiment. C'était seulement la nuit que les activités semblaient reprendre, et différents scientifiques angeriens allaient et revenaient de cette bâtisse sous le contrôle rigide des gardes. Darellan s'approcha de l'énorme porte coulissante et se faufila silencieusement entre les gardes qui ne le voyaient pas. La porte s'ouvrait lorsqu'un poids d'environ 25 kilos ou plus se tenait près d'elle. Lorsqu'il s'approcha un peu plus de la porte, elle s'ouvrit. Les gardes à l'extérieur se retournèrent pour voir qui sortait, mais ils ne virent personne. Idem pour les nombreux gardes à l'intérieur qui, eux, cherchèrent à savoir qui entrait. Les gardes se regardèrent entre eux d'une drôle de façon. Les gardes de l'extérieur dirent à ceux de l'intérieur de ne pas se mettre les pieds trop près de la porte. Ceux de l'intérieur leur répondirent qu'ils n'avaient pas bougé et que c'était plutôt à eux (les gardes de l'extérieur) à faire attention.

Darellan observa la scène en ricanant discrètement. La discussion entre les deux groupes empira et ils se disputèrent un court moment. Il les regarda encore un peu et décida de les laisser à leur sort pour aller explorer l'établissement. Il se demanda quel couloir choisir... À partir de la porte d'entrée, il avait le choix entre aller tout droit, aller à gauche ou à droite, ou bien de prendre deux autres couloirs obliques se situant entre celui devant lui et ceux de gauche et de droite. Il scruta du regard le fond de chaque couloir, mais ceux-ci étaient tellement longs qu'il ne parvenait pas à en distinguer clairement la fin.

Il entendit un sifflement venant sur sa gauche et tourna la tête dans cette direction. Au dernier instant, il dut faire un bond en avant pour éviter de justesse un petit véhicule biplace qui transportait deux scientifiques. Le véhicule bifurqua vers le couloir oblique de droite. Le détective choisit de prendre ce couloir. En le parcourant et en regardant de chaque côté de lui, il aperçut de nombreux locaux contenants divers appareils sophistiqués aux fonctions inconnues. Dans d'autres locaux, il distingua des savants en train de travailler dans des laboratoires bruyants. Plus il avançait, plus les locaux augmentaient en taille.

Un local attira cependant un peu plus son attention. La porte était fermée, mais une fenêtre permettait de voir ce qui s'y passait. Il vit un être bizarre allongé sur la table. C'était une race que Darellan n'avait jamais vue auparavant. Probablement une race inconnue des Terriens et nouvellement rencontrée par les Angeriens. Quelques-uns ce ces derniers s'affairaient autour du corps inerte et semblaient pratiquer une autopsie sur lui. Le détective aperçut les scientifiques parler entre eux, mais il n'entendait pas ce qu'ils disaient. Pendant qu'ils avaient tous le dos tourné à la porte, Darellan essaya d'entrer en douce, mais la porte était verrouillée. Il décida de s'amuser un peu.

Il frappa à la porte. Un des médecins s'approcha de la porte, regarda par la fenêtre et ne vit évidemment personne. Darellan était juste devant lui de l'autre côté et lui faisait des grimaces. Le docteur retourna à la table d'opération et reprit ses instruments. Darellan frappa de nouveau. Le docteur lâcha subitement ses instruments et se dirigea de façon colérique vers la porte pour la déverrouiller. C'est ce que le détective voulait. Le docteur regarda de chaque côté du couloir et marmonna des jurons. Pendant que la porte était entrouverte, Darellan pénétra dans la salle. Le scientifique referma derrière lui et verrouilla à nouveau la porte.

L'activité reprit autour du corps étendu sur la table. Darellan remarqua que les scientifiques semblaient s'attarder au cerveau et au reste du système nerveux de l'individu. Ils injectaient directement au cerveau des substances liquides dont Darellan ne connaissait évidemment pas les propriétés. Son traducteur ne le renseignait pas beaucoup sur ce que les docteurs pouvaient faire sur le corps, car le langage employé entre eux dépassait de beaucoup ses connaissances scientifiques. Dans la conversation, il entendit à nouveau le mot « Shim ».

Une idée lui vint soudain à l'esprit. Il devait s'arranger pour capturer un des Angeriens sans que personne ne le remarque, l'emmener dans un coin tranquille et l'interroger. Il avait d'ailleurs repéré, en explorant le couloir, un local qui semblait presque abandonné. Il lui fallait donc emmener un de ces individus dans ce local…

Cela ne devrait pas être très difficile : maîtriser un Angerien non armé pouvait se comparer physiquement à emmener de force un enfant d'un endroit à un autre. Malgré leur grande intelligence, ils étaient vraiment très faibles physiquement. Mais avant de passer à l'action, il devait sortir de la salle sans alarmer les autres. Il avait vu comment le docteur avait verrouillé la porte à l'aide de quelques touches sur un clavier numérique, mais il ne connaissait pas la combinaison pour sortir. Il essaya au hasard quelques combinaisons, mais évidemment, la porte demeura verrouillée. Il frappa à la porte et se rangea un peu. Il entendit un cri de colère de deux scientifiques qui se ruèrent sur la porte pour l'ouvrir. Darellan se faufila en vitesse et se promit de ne plus entrer dans un local verrouillé.

Il marcha pendant un moment et ne se retourna même pas pour regarder les docteurs qui se demandaient qui leur faisait une blague. Le détective se dirigea alors vers le local qui lui semblait abandonné. Il ne restait plus qu'à attendre qu'un scientifique passe à pied tout seul dans ce couloir, et qu'il n'y ait personne dans les alentours pour s'apercevoir du rapt.

Peu de temps après, Darellan aperçut un groupe de scientifiques qui approchait et qui semblait tirer une cage d'environ un mètre cube montée sur roues. Le détective discerna une forme animale ressemblant vaguement à un chien noir d'une taille moyenne. Mais lorsque le groupe fut plus près, Darellan vit quel était exactement l'animal. Il avait effectivement le corps d'un chien, sauf que sa tête avait l'apparence de celle d'un humanoïde étrange. La bête, qui se tenait immobile et qui émettait de drôles de sons, comme des plaintes, possédait sous son ventre une série de pattes griffues. Darellan, qui regardait fixement la bête, sursauta lorsque la créature se retourna brusquement vers lui et cria des paroles incompréhensibles. Les sons affolants de la bête intriguèrent les scientifiques qui la gardaient. Ils regardèrent un moment dans la même direction que la bête. Darellan marcha silencieusement, son cœur battant la chamade, pour s'éloigner du groupe du bout des pieds. Il envisagea la bête, qui le voyait aussi bien que s'il était visible. La créature se cabrait et s'agitait dans tous les sens en aboyant des paroles indescriptibles pour le traducteur. Les scientifiques ne voyant rien d'anormal autour d'eux reprirent leur route et tirèrent à nouveau la cage. Le détective, troublé, se demandait ce qu'avait bien pu dire la bête. L'avait-elle implorée de lui venir en aide ? Darellan se tint immobile un instant et laissa s'éloigner le groupe jusqu'à ce qu'il ne les voie plus. Il revint près du local et se colla à la porte. Il attendit un bon moment, mais personne ne passait. Il ne fallait pas que la situation s'éternise, car l'effet de la potion était limité…

Cependant, au bout d'un moment, la chance parut enfin lui sourire. Il vit un scientifique qui approchait lentement, tenant dans ses mains une sorte d'instrument portatif qui recueillait des données. Le savant tapait sur le clavier de son instrument en ne regardant pas devant lui. Lorsque Darellan s'apprêta à lui mettre la main dessus, il entendit le sifflement d'un véhicule qui approchait à vive allure. Le véhicule approchait sur sa droite, et il vit les deux savants à bord qui se parlaient en agitant les bras dans les airs comme s'il y avait une dispute entre eux.

« Pas question de capturer le solitaire, se dit-il. Ils me verraient sûrement… ou plutôt ils verraient leur collègue aspiré mystérieusement dans un local. »

Il laissa passer le véhicule en trombe devant lui. Le solitaire avait continué à marcher durant ce temps-là et s'éloignait de Darellan, mais il était encore proche.

Le détective changea d'idée et risqua de s'en approcher à nouveau quand soudain, deux autres Angeriens sortirent d'un local plus loin pour croiser le savant qui s'activait sur son instrument. Darellan freina brusquement son élan et faillit glisser. Il regarda fixement les trois Angeriens qui discutaient entre eux. Ils discutèrent une bonne dizaine de minutes, et le détective commençait à s'impatienter. Mais il ne voulait pas lâcher sa proie et tenait à capturer ce scientifique. Finalement, la conversation cessa et les deux compères reprirent leur route. Le scientifique, quant à lui, au grand bonheur de Darellan, demeurait sur place et regardait son instrument sans bouger. Puis, il recommença lentement à y introduire des données. La discussion l'avait déconcentré et il avait perdu le fil de ses calculs. Alors qu'il entreprit de marcher à nouveau, il se sentit soudainement soulevé dans les airs avec une main sur sa bouche.

## 6

Le détective immobilisa le petit être aussi facilement que prévu et dut même faire attention de ne pas trop le brusquer, car il aurait pu facilement lui briser un membre. Il l'emmena dans le local en question et activa le simple commutateur de fermeture de la porte avec le bout de son pied. Ce local n'avait pas un clavier d'ouverture et de fermeture comme celui de la salle d'opération. Il n'y avait qu'un simple bouton noir qui faisait ouvrir ou fermer la porte. Cette porte qui ne se verrouillait pas inquiéta Darellan pendant quelques secondes. N'importe qui pouvait entrer pendant qu'il tenait l'Angerien immobile. Mais il vit un comptoir dans le fond du local, emmena sa proie derrière celui-ci et le coucha sur le sol. Le détective resta accroupi. De cette façon, si quelqu'un entrait, il ne verrait rien d'anormal. Darellan dit à sa victime :

— Je vais enlever ma main de ta bouche, mais si tu cries, je te casse le cou, compris ?

L'Angerien, horrifié et ne comprenant pas ce qui se passait, acquiesça. Il tenait encore fermement dans sa main le petit ordinateur portatif. Darellan le lui enleva et le posa derrière lui. Darellan enleva lentement sa main et permit à l'Angerien de parler.

— Qui êtes-vous ? Que me voulez-vous ? haleta le petit être rose.

L'Angerien avait constamment sur lui un traducteur équivalent à celui du détective.

— Qui je suis importe peu, et c'est moi qui pose les questions, OK ?

— D'accord, mais… puis-je seulement savoir comment vous faites pour…

— La ferme, j'ai dit !

— C'est bon ne vous fâchez pas…

— Dis-moi ce qui se passe dans cet établissement.

L'Angerien demeura muet. Darellan reprit :

— Tu es devenu sourd ou quoi ?

— Je n'ai pas le droit de vous le dire, étranger !

Darellan lui tordit le bras, et le petit être grimaça de douleur.

— C'est bon ! C'est bon ! C'est un laboratoire, dit l'Angerien.

— Et dis-moi ce qui se passe ici !

— Relâchez un peu mon bras, vous allez le casser !

— Alors n'hésite plus à répondre, sinon ce sera pire encore…

— C'est que…

Darellan fit semblant de vouloir lui tordre le bras à nouveau.

— D'accord, je vous dirai tout ce que vous voulez, mais promettez-moi de ne plus me faire de mal !

— Ça, mon bonhomme, ça dépendra uniquement de toi.

— Qu'allez-vous faire de moi après vos questions ?

— Je vais te relâcher et tu n'entendras plus jamais parler de moi.

Darellan mentait, mais il ne devait pas le laisser voir à sa victime.

— Nous en étions à ce qui se passe ici. Raconte-moi tout!

— Vous savez que si quelqu'un ici apprenait que je vous raconte ceci, ils m'abattraient sur-le-champ?

— Si tu ne te décides pas à parler, je vais accomplir cette besogne à leur place!

Darellan lui serra à nouveau le bras.

— Allez, parle! ordonna le détective.

— Lorsqu'une nouvelle race vient ici, nous attendons qu'un de leurs individus vienne seul. Nous le capturons et le...

— Continue!

— Nous le tuons.

— Pourquoi?

— Nous devons examiner attentivement le système nerveux du nouveau visiteur afin de trouver quelle sera la composition chimique, diffusée dans l'air ambiant, qui pourra rendre les gens de sa race dépendants aux jeux...

— Cette intégration à l'air ambiant s'effectue grâce aux réservoirs de gaz dans les souterrains?

— Vous êtes allé au sous-sol?

— Oui, j'y suis allé! Espèce de pourriture!

— Les gaz, une fois découverts et mis au point, sont stockés dans les réservoirs que vous avez vus, et ceux-ci libèrent la drogue dans l'air ambiant sur le terrain afin d'affecter la race ciblée. Cette recherche pour la composition chimique d'un gaz s'appelle l'intégration au Shim et...

— Ah, l'interrompit Darellan, c'est ça, le fameux Shim... Mais que faites-vous du corps après?

— Je ne sais pas quel est votre truc pour demeurer invisible, mais vous ne sortirez pas d'ici vivant de toute façon! Pourquoi ne pas me relâcher... on pourrait sûrement s'ent...

Sa phrase fut coupée par une bonne gifle de la part du détective.

— Ne t'en fais pas pour moi, connard, et continue de vider ton sac!

— Bon, c'est comme vous voulez.

— Que faites-vous des corps?

— Nous en prélevons les organes et nous pouvons parfois les revendre à d'autres races qui viennent ici...

— D'autres races droguées?

— Non! Pas les commerçants. Ils peuvent venir se distraire ici gratuitement! Ce sont des races privilégiées. Ils ne savent pas ce qui se passe ici et nous font de la publicité gratuitement à bien des endroits de cette galaxie!

— Ah bon! fit Darellan en resserrant de nouveau le bras de la victime. Il semble que ma race, elle, ne soit pas privilégiée!

— Que voulez-vous dire? haleta l'Angerien, qui se tordait de douleur.

Darellan gifla à nouveau le petit être, qui lâcha un petit cri aigu. Il lui ordonna de se taire. Il ne pouvait évidemment pas lui faire de signe, car il était invisible aux yeux de l'Angerien.

— Tu sais très bien ce que je veux dire, salaud! Il y a un réservoir en bas exprès pour ma race! J'ai soudainement envie de t'arracher les yeux de ta tête de bonbon!

— Non, ne faites pas ça! J'ai fait ce que vous m'avez demandé!

— J'aimerais tellement te découper en morceau avec mon couteau… Ah… ça me ferait vraiment plaisir, tu sais!

— Non, pitié étranger!

— Continue, misérable ver de terre!

— Nous… nous nous débarrassons du corps et du navire du visiteur en les désintégrant avec nos armes. Les proches de ces visiteurs nous demandent évidemment où sont passés leurs semblables. Nous leur répondons qu'il est bien venu ici, mais qu'après son départ, il a pu avoir un accident. Vous savez, avec tous ces pirates qui rôdent dans ce système…

Darellan le gifla à nouveau.

— Vous êtes vraiment des êtres immondes! Vous méritez l'extermination! J'ai vraiment envie de te saigner!

— Non, pitié… gémit le scientifique, étourdi par les claques du détective.

— Continue!

— Euh… oui… alors… lorsque la race appartenant à celle de l'individu vient ici, nous commençons à les droguer, et le cycle commence avec cette nouvelle race : lorsque le ou les clients ne peuvent plus payer, on les retient ici et on leur fait faire des travaux la nuit sur le terrain…

— Merci, je connais le reste! conclut Darellan en brisant le cou de l'Angerien, qui retomba sans vie sur le plancher.

## 7

Quatre heures s'étaient écoulées depuis le début de son invisibilité, il ne lui restait donc qu'environ une heure pour explorer ce monde sans être vu. Il se hâta à sortir de l'établissement, regarda un peu derrière lui pour constater la discussion qui reprit à vive voix entre les gardes de l'extérieur et ceux de l'intérieur.

Il voulait se garder quelques minutes pour aller voir l'hôtel-prison réservé à ceux qui ne payaient pas leurs dettes. Il atteignit cette bâtisse en cinq minutes de marche. Ce bâtiment était un peu moins gardé que le précédent. Il se faufila à travers les gardes et s'approcha suffisamment pour que la plaque près de la porte perçoive son poids. La porte ouvrit et les gardes commencèrent à se demander qui l'avait ouverte. Darellan n'en tint pas compte cette fois : il devait se dépêcher.

Il localisa d'abord les cuisines de l'établissement et s'arrêta à ce point en premier pour écouter un peu ce qui pouvait s'y dire. Un Angerien, qui, d'après son uniforme, semblait être un haut gradé, parlait à voix haute en regardant les cuisiniers. Le traducteur commença à traduire aux oreilles de Darellan :

— …groupe de huit clients de Seri auront bientôt payé leurs dettes de jeu à force de travailler sur le terrain. Organisez-vous pour que l'antidote soit prêt !

— Ne vous inquiétez pas, votre excellence. Ces gens retourneront chez eux sans se douter qu'ils ont été drogués !

Darellan voulait capturer un autre Angerien. Il fallait qu'il attende un peu afin que l'un des cuisiniers sorte du département. Il dut finalement attendre une dizaine de minutes avant que l'un des cuisiniers se fasse demander de sortir pour aller chercher des aliments fraîchement arrivés dans un entrepôt. Ne connaissant pas les lieux, Darellan suivit silencieusement le cuisinier tout en observant autour de lui. Il voulait trouver un local isolé pour un autre «interrogatoire», mais il n'en vit aucun. Cependant, lorsqu'ils arrivèrent à l'entrepôt, Darellan constata que le cuisinier était seul. Il sauta sur l'Angerien et lui mit la main sur la bouche. Il l'emmena derrière une rangée de boîtes métalliques et le coucha par terre. Darellan lui dit :

— Je vais enlever ma main de ta bouche... si tu cries, tu meurs! Compris?

Le cuisinier fit un signe affirmatif. Darellan enleva lentement sa main de sa bouche.

— Qu'est-ce qui se passe? Qui êtes-vous? Comment faites-vous pour...

— La ferme! C'est moi qui pose les questions! Alors réponds-moi sans hésiter si tu tiens à la vie! lui dit Darellan en lui serrant le bras.

— Euh... oui... Mais... que voulez-vous savoir?

— Qu'est-ce que c'est que cet antidote dont ton chef t'a parlé tout à l'heure?

— L'antidote? Quel antidote?

Darellan lui tordit le bras et le cuisinier gémit.

— Si je te casse le bras, est-ce que la mémoire va te revenir?

— D'accord, d'accord, je vais vous expliquer, mais relâchez mon bras s'il vous plaît!

— Qu'est-ce que c'est que cet antidote! Réponds-moi, ou je t'arrache la tête!

— Euh... cet antidote, on le met dans le dernier repas des clients-prisonniers qui travaillent la nuit, juste avant leur libération. Il efface l'effet de la drogue qui leur a donné la dépendance aux jeux. Il faut m'assurer, monsieur, que vous ne direz pas que je vous ai parlé de cela, sinon, je suis fichu !

— Ne t'en fais pas… ton avenir est assuré ! Continue !

— Cet antidote efface en plus le souvenir de cet effet de dépendance de sorte que, lorsqu'on les libère, ils n'entretiennent pas de soupçons à notre égard. Avant leur libération, on leur fait un…

— Allez !

— …un petit lavage de cerveau. Lorsqu'ils repartent chez eux, ils ne se souviennent que d'avoir eu du bon temps chez nous.

— Ainsi, ces mêmes clients peuvent revenir vous voir !

— Oui… le cycle recommence !

Trois cuisiniers entrèrent dans l'entrepôt. Ils semblaient chercher quelque chose ou… quelqu'un. Darellan pensa qu'ils venaient vérifier si leur compagnon avait du mal à trouver ce qu'il fallait dans l'entrepôt. Le cuisinier prisonnier eut le temps de lancer un petit cri avant que Darellan ne lui remette la main sur la bouche. Cela orienta le groupe dans la bonne direction et ils aperçurent, derrière la rangée de boîtes, leur compagnon assis au sol se débattant. Ils le voyaient en train de lutter contre une force invisible qui le maintenait au sol. Puis, quelques secondes plus tard, ils virent la tête de la victime pivoter brusquement avec le bruit de rupture de son cou. Ils s'approchèrent lentement et virent le corps tomber inerte au sol. Ils sentirent alors un déplacement d'air passer près d'eux.

Darellan quitta la bâtisse aussi vite qu'il le put et se mit à courir sur le terrain. Il s'arrêta un moment pour reprendre son souffle quelques minutes et reprit une marche rapide pour se diriger vers la porte principale, qui était ouverte.

Un gros camion-remorque y entrait. Dans sa fuite, le détective observa un court instant le chargement sur la plateforme du camion et entrevit un appareil gigantesque aux formes insolites. Il pensa que c'était un nouveau manège ou quelque chose du genre. Il traversa la porte et commença à voir la lueur blanchâtre devant ses yeux. Peu après, il entendit l'alarme derrière lui se déclencher.

«On a peut-être également trouvé le corps du scientifique dans laboratoire», pensa-t-il.

Il entra finalement à bout de souffle dans son navire et décolla à pleine puissance en direction de Tirabis.

## 8

Le lendemain, Darellan était allongé dans son lit en proie à de fortes fièvres et à des nausées. Les effets secondaires de la potion le rendirent malade une bonne semaine. Son ami sorcier l'avait prévenu. Il dut attendre un bon mois avant de reprendre complètement ses forces. Mais tous ces malaises ne l'avaient pas découragé de sa mission : apporter une preuve irréfutable de ce que cachait ce monde afin que Funnyworld soit un jour fermé à jamais. Il fallait donc qu'il y retourne et que ce qu'il avait vu soit enregistré avec une caméra. Il regrettait tellement de ne pas l'avoir emmenée lors de sa première mission d'espionnage. Il n'aurait pas eu besoin d'y retourner. Il fallait en plus qu'il redemande à Clumb de lui remettre plus de potion. Il appréhenda un refus catégorique de sa part. Mais Darellan devait absolument y retourner… juste une dernière fois, afin que cesse ce manège et que le scandale éclate au grand jour.

Darellan retourna donc voir son ami sorcier, et la rencontre se passa comme il l'avait craint :

— Je te paierai le prix que tu voudras pour cette potion ! Trois fois le prix s'il le faut !

— L'argent ne m'intéresse pas, et tu le sais bien. Tu ne m'as pas encore révélé comment tu avais ressenti les effets secondaires et quelles en ont été l'importance !

— Bof ! Je n'ai pas ressenti grand-chose !

— Tu mens !

— Non, je t'assure ! Je n'ai éprouvé que quelques étourdissements !

— Je n'en crois pas un mot ! Et je sais d'ailleurs que si tu en reprends, tu mettras ta vie en jeu !

— Alors tu ne veux pas m'en donner ?

— Je regrette, c'est non. J'espère que tu me comprends.

— Mais parfaitement…

Darellan sortit son pistolet laser et le pointa vers Clumb pour lui déclarer :

— J'espérais ne pas en arriver là, mais tu ne me donnes pas le choix.

— Tu me déçois beaucoup, Darellan. Je crois que cette potion t'a fait perdre la raison…

— Pas du tout ! Tiens, voilà l'argent.

— Ça doit être vraiment important pour toi cette mission. C'est quoi au juste ?

— Il est question de milliers de personnes et même de plusieurs races que je pourrai délivrer d'un enfer si je parviens à réussir ! Alors donne-moi un flacon… s'il te plaît !

— Je crois que tu ne me donnes pas le choix ! Mais je t'aurai prévenu… si tu en reprends, tu risques d'y passer !

— Je t'assure que tout ira bien.

— Tu l'auras voulu!

Clumb lui remit un autre flacon de la potion.

— Allez, maintenant, sors d'ici et ne reviens plus jamais!

— Tu verras que tu as eu tort de m'en vouloir! Tu seras bientôt fier de m'avoir aidé. Quand j'aurai terminé ma mission, tu sauras tout et tu verras que je n'ai pas eu tort.

Darellan quitta le repaire de Clumb et, quelques instants plus tard, se remit en route pour Angeris, le monde des jeux. Il avait bien entendu apporté sa caméra...

Il atteignit Angeris et se posa de nuit au même endroit qu'il avait visité. Il regarda le flacon et y pensa à deux fois avant d'avaler son contenu. Il n'arrivait plus à se décider. Il pensa qu'il fallait absolument que tout soit filmé, car personne sur Tirabis n'aurait cru ses dires.

« Il faut que je me décide. La première fois n'était pas si horrible que ça. Clumb devait exagérer sur les effets secondaires. Une fois de plus ou de moins, ce n'est pas ça qui va me tuer! »

Darellan, aussi entêté que d'habitude, ouvrit le flacon et le vida d'un trait.

Quelques instants plus tard, il redevint invisible, mais pas très en forme. Il sortit de son navire en titubant et en toussotant. Un profond remords commença à naître en lui et il songea pour la première fois qu'il avait peut-être été trop loin. Il était trop tard maintenant pour reculer, et tant qu'à être invisible de nouveau, il était temps de passer au boulot. Il se dirigea sur le terrain armé de sa caméra.

Il était chanceux pour accomplir sa mission d'espionnage, car la grande porte du terrain s'ouvrait fréquemment :

il y avait toujours un véhicule qui entrait ou sortait du terrain de jeu. Quelques instants plus tard, il atteignit avec peine le souterrain avec ses jambes flageolantes. Il fut soudain en proie à une petite crise de toux. Il eut presque en même temps une bouffée de chaleur lorsqu'il crut qu'il s'était fait entendre. Mais il se rassura vite en constatant que les ouvriers continuaient leurs besognes comme si de rien n'était. Le bruit général dans le souterrain était suffisant pour camoufler sa toux. Lorsque sa toux cessa, il commença à filmer différents points du souterrain, et en particulier le réservoir de drogue pour les Terriens.

Il alla aussi à l'hôtel-prison en faisant un effort pour ne pas respirer trop fort et y filma divers points stratégiques : la cuisine, les chambres des clients-prisonniers, etc. Il garda la fin de son film pour le meilleur : le laboratoire. Il se dirigea donc vers une salle d'opération où l'on était en train d'examiner un corps inconnu de Darellan.

« Encore un nouveau visiteur », songea Darellan.

Il essaya la porte pour vérifier si elle était fermée et sursauta en la voyant glisser devant lui. Les scientifiques regardèrent vers la porte pour voir qui entrait, mais n'aperçurent évidemment personne. L'un d'eux se montra le nez dans les couloirs et ne vit personne. Il referma la porte et reprit ses occupations avec les autres. Darellan commença à filmer le cadavre et enregistrait les conversations que s'échangeaient les scientifiques. Soudain, une nouvelle crise irrésistible de toux lui prit. Il toussa deux bons coups avant de pouvoir retenir le reste en râlant. Les scientifiques éberlués regardèrent dans la direction où ils avaient entendu tousser quelqu'un.

— C'est toi qui as fait ça? demanda l'un des scientifiques.

— Non, répondit l'autre. Cela doit provenir de la salle d'à côté, car ils ont dû en tuer un autre…

— On aurait dit que c'était près de nous. C'est bizarre… La fatigue peut-être.

Les scientifiques se remirent au travail. Darellan, en sueur et très étourdi, se remit à filmer. Sa gorge lui picota de nouveau et il échappa malgré lui une bonne série de toussotements bruyants.

— Tu as entendu?

— Oui! Il y a un intrus ici et il a la faculté de se camoufler! Sonnez l'alerte. Il ne faut pas qu'il sorte d'ici!

Darellan, voyant les scientifiques se diriger vers lui à l'aveuglette, prit la fuite et quitta la salle. Les scientifiques aperçurent la porte s'ouvrir avec des bruits de pas d'une personne qui court.

— Cela doit être une créature qu'on a mal sondée! dit un autre scientifique. Mais quelle qu'elle soit, elle est maintenant prise au piège!

Darellan courut et commença à paniquer. L'alarme résonnait bruyamment dans toute la bâtisse. Un son aigu à rendre fou. Il accrocha au tournant d'un passage deux Angeriens qui tenaient un instrument fragile en verre. L'instrument tomba par terre dans un bruit de fracas bizarre. Le détective se sentait tellement étourdi et faible.

Lorsqu'il approcha de la sortie, il dut stopper sa course. Il vit des gardes armés qui se promenaient les bras étendus pour tenter de couvrir la largeur complète du corridor afin de cerner l'intrus au passage. Darellan sursauta en voyant un garde venant de derrière passer tout près de lui avec un

appareil scanneur. L'invisibilité semblait déjouer la sensibi-
lité de l'appareil, heureusement pour lui. Mais cela ne réglait
pas son problème pour autant. Il fonça sur les trois gardes
qui venaient aveuglément vers lui. Il donna un bon coup de
poing au garde du centre, qui tomba, inconscient, par terre.
Les deux autres, éberlués, n'eurent pas le temps de réagir et
reçurent des coups à la tête qui leur firent également perdre
connaissance. Darellan vit au loin l'autre garde qui revenait
vers lui avec l'appareil. Il dégaina son pistolet et l'abattit. Il
se faufila parmi les gardes affolés qui surveillaient la porte,
et celle-ci ne s'ouvrit pas, comme il le craignait. Puis, tout à
coup, les gardes se mirent à tirer un peu partout au hasard,
souhaitant atteindre l'étranger au passage. Le détective les
visa de son pistolet et les abattit tous.

Puis, il se dirigea à nouveau vers la porte pour donner
quelques coups de pieds à la plaque, mais elle ne s'ouvrait
toujours pas. Il se recula et visa la porte avec son pistolet.
L'alarme stridente, en plus de le stresser, lui défonçait les
tympans. Il commença un tir constant vers la base de
la porte blindée. Le détective s'aperçut avec désespoir que la
porte résistait facilement à son pistolet. D'autres gardes surgirent près de Darellan, s'étant guidés à l'aide du rayon qui
venait de nulle part. Il esquiva de justesse les gardes
qui foncèrent sur lui. Ils furent également tous abattus. C'est
alors qu'il se réfugia dans un local et s'enferma dans un placard pour s'accroupir. Il avait de fortes douleurs au ventre et
ses jambes ne semblaient plus capables de le supporter.
Darellan savait qu'il était foutu et retourna son arme contre
lui. Il perdit cependant connaissance avant même de tirer.

Au bout de quelques heures de recherches, les Angeriens
retrouvèrent un Terrien accroupi dans un placard d'un local

sans activité. Ils trouvèrent sur le cadavre un traducteur universel et un pistolet sur son ventre. Une caméra reposait par terre à côté de lui.

Les Nantasiens enlevèrent le corps de Darellan au moment où ce dernier crut qu'il était mort, avant même qu'il ne se réveille de son rêve artificiel.

Les personnes à la clinique Rêves-réalités 3000 constatèrent que leur client était disparu subitement sans être sorti de la clinique…

▲▼▲

— Voilà le premier spécimen, jubila Vorg.

— Il semble vraiment en grande forme physique, répondit Gemi. Prêt pour un premier voyage dans le temps ?

— Et comment ! Allons chercher notre prochain acteur !

Ils firent conduire le corps endormi de Darellan Thorn dans une salle spéciale où allaient être emmenés d'autres Terriens choisis.

Les Terriens étant du simple bétail pour les Nantasiens, ces derniers n'avaient aucun remords à continuer à enlever les gens et faire des expériences sur eux. Pour eux, ce n'étaient pas des hommes et des femmes, mais tout simplement des spécimens, mâles ou femelles.

# Chapitre 2

## Le boucher loup-garou

### 1

Spécimen numéro 2
Sexe : femelle
Âge : 17 ans
État physique : très bon
Dénommée : Lisa St-Onge

Paris, France, 1912.

Lisa St-Onge était une adolescente aigrie. Âgée de 17 ans, elle avait parfois des marques et différentes contusions sur le corps. Son père, Albert, la battait occasionnellement lorsqu'elle n'était pas à la hauteur de ses attentes. Olivia, la mère de Lisa, une femme étrange et détachée de la réalité, fermait toujours les yeux sur ce fait. Elle noyait sa douleur dans l'alcool. Elle était reine du foyer et entretenait difficilement la maison entre deux verres de whisky.

Albert, quant à lui, était boucher et avait du mal à faire vivre sa famille. Voleur depuis toujours, il avait entraîné Lisa à l'art de voler dès l'âge de 5 ans pour arrondir ses fins de mois. Peu à peu, en grandissant, elle était devenue une vraie professionnelle dans l'art de subtiliser les fruits des commerçants dans les ruelles de Paris, ou de piquer les caisses des coiffeurs. Lorsqu'elle se faisait surprendre, ce qui arrivait rarement, elle se faufilait entre différentes bâtisses, agile comme une souris, et échappait toujours à ses poursuivants. L'art de s'évader lui avait aussi été montré par son père. Il lui avait inculqué le savoir de reconnaître les lieux avant d'effectuer son délit et de mémoriser toutes les possibilités de fuites au cas où... Il se montrait parfois violent envers sa fille quand celle-ci n'avait pas rapporté de victuailles volées dans la journée.

Lisa était une femme svelte, assez grande, aux cheveux roux et courts. Son passé tumultueux avec son père avait fait d'elle une femme nerveuse, agressive et violente. Elle était cependant dotée d'une grande curiosité et d'une bonne vivacité d'esprit. Mais ce qui caractérisait le plus cette jeune femme était sa capacité spéciale de ressentir le danger ou les pièges imminents.

Pour se détendre, elle allait parfois marcher dans un sentier situé dans un parc non loin de chez elle. Elle avait un jour décidé de ne pas s'enfoncer dans le parc parce qu'elle avait l'intuition que quelque chose ne tournait pas rond dans le sentier. Le lendemain, elle avait appris qu'une femme s'était fait attaquer et violer dans le parc, à l'heure à laquelle elle serait passée par là... Elle aurait aussi bien pu marcher dans un bois et détecter la présence de pièges bien camouflés pour capturer des animaux.

Lisa avait vécu ainsi dans une pauvre demeure avec ses parents délinquants. Elle s'était habituée avec les années et s'était conçu une véritable carapace pour se prémunir un peu mieux des épreuves avec le temps. Mais un évènement mystérieux allait basculer davantage sa piètre condition de vie.

Une nuit, alors que Lisa s'était levée pour prendre un verre d'eau, elle aperçut son père rentrer, nu, et tout couvert de sang. Inquiète, elle lui demanda ce qui s'était passé. Elle obtint comme réponse que cela ne la regardait pas et il lui asséna une claque par la tête en lui criant d'aller se recoucher.

Furieuse et blessée, elle se dirigea dans sa chambre et se jura qu'un jour, il allait payer... La nuit suivante, elle entendit son père arriver en grognant. Elle avait veillé tard dans la nuit pour aller l'espionner, «juste pour voir». Elle aperçut alors son père, toujours nu et recouvert de sang, des pieds à la tête.

Cela dura trois nuits de suite, puis le phénomène cessa. Dans cette même période, cependant, Lisa sut que la police avait trouvé des corps affreusement mutilés, comme si le meurtrier se serait donné à cœur joie pour les dépecer.

Un mois plus tard, le phénomène reprit pour encore trois nuits d'affilée. De plus, elle entendit parler que pendant cette période, on avait encore retrouvé dans la ville quelques corps terriblement mutilés. Lisa osa en parler discrètement avec sa mère.

Elle la retrouva dans l'arrière-cour de leur demeure. Sa mère était assise sur un banc et tenait un verre de whisky.

— Maman, chuchota discrètement sa fille, il faudrait que je te parle de quelque chose...

Sa mère regardait droit devant elle, le regard vide, comme si elle n'avait rien entendu.

— Maman, reprit Lisa plus fermement.

— Qu'est-ce qu'il y a Lisa ? lui répondit sa mère d'une voix pâteuse.

— N'as-tu pas remarqué que papa entre parfois la nuit tout couvert de sang ?

— C'est normal, Lisa, il travaille dans une boucherie.

— Oui, mais depuis quelque temps, il entre en grognant et semble hors de lui quand cela arrive. Et c'est bizarre, la police retrouve toujours, dans la même période de temps, des personnes qui se sont fait mutiler : les membres arrachés et tout…

— Oublie ça, Lisa, ordonna sèchement sa mère en la dévisageant soudain.

— Mais, maman, tu ne t'es jamais posé de questions ?

— Ton père travaille dur pour nous faire vivre ! Tu devrais cesser de l'espionner et laisser tomber. Toute chose n'est pas toujours bonne à savoir…

— Alors tu sais que quelque chose ne tourne pas rond chez papa.

— Je ne sais rien du tout ! cria sa mère en se levant.

Elle lança le reste de son verre sur elle. Lisa, surprise, lâcha un petit cri.

— Va dans ta chambre, et ne me reparle plus jamais de cela ! Tu m'entends ?

Lisa, incrédule, regarda sa mère un instant et fila se changer dans sa chambre.

Pendant ce temps, la police parisienne enquêtait sur la série de meurtres, mais l'enquête piétinait. La période étrange se manifestait toujours pendant environ trois jours, chaque mois.

# 2

Un mois plus tard, Lisa décida de suivre son père incognito. La période secrète de son père était arrivée. Elle voulait connaître ce mystère. Normalement, il fermait sa boucherie vers 18 h et rentrait à la maison. Mais pendant la mystérieuse période, il semblait faire des heures supplémentaires à la boucherie…

Sa fille s'aperçut que ce n'était pas le cas. Elle dut patienter quelques heures avant qu'il sorte de l'établissement. C'était vers 21 h. Son père sortit finalement pour verrouiller la porte de son commerce. Il regarda brièvement autour de lui et dissimula la clé entre deux briques. Puis, il s'éloigna rapidement. Elle dut le suivre au pas de course afin de ne pas le perdre de vue. Son père se réfugia dans une ruelle sombre, et c'est à ce moment que Lisa vit l'horreur devant elle. Le corps de son père se mit à grandir. Ses vêtements craquèrent et se déchirèrent. Du poil grisâtre poussa rapidement sur son corps. Ses membres et tout son corps se gonflèrent d'une musculature hyperdéveloppée. Sa tête prit l'apparence de celle d'un loup avec une mâchoire démesurée, garnie de crocs effroyables. Finalement, de longues griffes poussèrent au bout de ses membres.

Lisa se croyait en plein cauchemar. Elle était comme en transe et ne croyait pas ce qu'elle voyait : son père était un loup-garou ! L'être cauchemardesque mesurant plus de deux mètres poussa un rugissement à glacer le sang. Puis, il s'enfonça dans la ruelle sombre. Lisa, encore étourdie, le suivit de loin. Elle le regretta rapidement.

Elle assista à un véritable massacre. Le loup-garou allait ici et là dans des quartiers pauvres et assassinait des passants isolés, les décapitant sur place. Il tuait pour le plaisir de tuer, s'abreuvant brièvement du sang de ses victimes pour courir plus loin et recommencer sur un autre passant solitaire. Mais Lisa poussa sa chance trop loin. Son sang se glaça dans ses veines lorsqu'elle vit la créature se retourner vers elle. Le loup-garou pencha la tête sur le côté, remarquant qu'il «connaissait» cette proie potentielle. Il leva son museau et huma l'air devant lui comme pour confirmer le fait.

Lisa ne lui donna pas le temps d'analyser davantage. Elle changea de direction et prit ses jambes à son cou. Elle entendit la bête rugir derrière elle. Lisa sentit la mort qui approchait et cette sensation lui donna presque des ailes. Chargé d'adrénaline, son corps la fit courir plus rapidement. Dans sa course effrénée pour fuir le monstre, elle localisa un passage étroit entre deux immeubles. La créature gagnait du terrain et Lisa sentait presque son souffle chaud sur sa nuque. Heureusement pour elle, le passage était juste devant. Elle s'y engouffra comme un courant d'air, espérant que le monstre ne pourrait pas s'y glisser. Quelques secondes plus tard, elle entendit le monstre hurler. Elle se retourna et fut soulagée de constater que la créature ne pouvait pas se faufiler dans l'étroit passage. Le loup-garou hurla sa colère et sa frustration. Puis, il disparut.

Lisa demeura un moment entre les deux bâtiments, tremblant comme une feuille. Son cœur battait à tout rompre. Elle était trempée de sueur. Reprenant son souffle peu à peu, elle réalisa deux choses : son père savait qu'elle connaissait maintenant son secret et… elle ne pourrait plus rentrer à la maison. Que faire ?

Elle attendit le lever du jour pour sortir de sa cachette. À mesure que le soleil se levait, les gens sortaient de plus en plus dans les rues. Il n'y avait plus de risque, trop de témoins…

Lisa sortit du passage et se mit à marcher au hasard dans les rues, se demandant comment elle allait s'en sortir. Elle maudit sa curiosité qui l'avait foutue dans une telle impasse. À un moment donné, elle passa devant un magasin, remarquant dans la vitrine des arcs et des arbalètes posés sur un présentoir. Elle pénétra dans le commerce sans penser, bizarrement attirée par cet établissement. Elle était à bout de force et tellement déprimée. Le commerce était attenant à une résidence. La porte derrière le comptoir était ouverte, et on pouvait y apercevoir une cuisine.

Le marchand, un homme au teint d'une blancheur inhabituelle et portant des verres fumés, s'approcha d'elle.

— Ça va, mademoiselle ?

— Euh… oui, ça va… balbutia Lisa. Je ne fais que regarder votre marchandise.

— Vous semblez… exténuée.

— C'est que… je viens… Pour tout vous dire, je viens d'échapper à des voyous qui me couraient après. Je me suis réfugiée dans votre magasin in extremis. Je crois qu'ils ont perdu ma trace maintenant…

— Ah, je vois.

— Vous avez de beaux arcs et de belles arbalètes ici !

— Merci. Ce que vous voyez autour de vous est une collection d'armes venant de divers endroits en Europe. Je n'ai acheté que les meilleures armes. Je ne vends pas de camelote.

Lisa réfléchissait. Des idées noires naquirent dans sa tête. Son père était un monstre dans tous les sens du terme. Il la battait et était en plus une créature meurtrière. Sa mère ne l'aiderait pas. Mais il faillait que tout cela cesse. Et toutes ces armes si près d'elle…

Elle allait devoir se débrouiller seule. Faire la sale besogne et stopper une fois pour toutes ces atrocités. Toutes ces armes étaient silencieuses ; elles n'attireraient pas l'attention. N'ayant pas un sou sur elle, elle se mit en tête d'en voler une. Il fallait que le marchand la lâche un peu.

« Si seulement il pouvait s'éloigner de moi un peu et faire autre chose derrière son comptoir », souhaita Lisa.

Puis, quelques instants plus tard, son souhait se réalisa. Le marchand se dirigea derrière son comptoir pour y déballer des marchandises. Il ne semblait plus s'occuper de Lisa.

Elle lorgna alors une arbalète avec un paquet de carreaux qui devait être vendu avec l'arme. Il fallait qu'elle fasse vite. Prendre l'arme et les munitions, et fuir à toute vitesse. Elle regarda un dernier instant vers le marchand, qui ne semblait toujours pas se soucier d'elle. Puis, elle se décida. Saisissant l'arme et le paquet de munitions comme une bonne voleuse, elle courut vers la porte… pour atterrir droit dans le corps du marchand. Elle retomba sur les fesses, échappant tout son butin.

« Mais comment a-t-il fait ? » se demanda Lisa.

Elle avait eu la sensation de se lancer dans le corps d'une personne faite de pierre. Le marchand la regarda un instant, la tête penchée, sans dire un mot. Lisa se redressa en titubant légèrement, confuse et rougissant de honte. C'était la première fois de sa vie de voleuse qu'elle avait manqué son coup.

«Oui, mais... comment a-t-il fait? se redemanda Lisa. Il est apparu de nulle part.»

Puis, elle craqua. Elle se dirigea vers le marchand et se colla sur lui en pleurant à chaudes larmes. Elle sentit le marchand l'enlacer doucement. Il attendit patiemment qu'elle finisse de pleurer sans lui poser de questions.

## 3

Lorsqu'elle se calma enfin, elle se dégagea un peu brusquement, réalisant qu'elle s'était donnée en spectacle devant le marchand.

— Je... ne sais... balbutia Lisa.

— Et si vous me racontiez vraiment votre histoire, lui demanda le marchand en enlevant ses verres fumés.

La lumière du jour semblait douloureuse pour ses yeux, mais il se servit de son regard pour subjuguer sa cliente. Lisa fut conquise sur le coup. Elle ne pouvait plus quitter ce regard hypnotisant, qui semblait s'insinuer aussi profondément que son âme. Elle sentit qu'elle ne pouvait même plus bouger, totalement sous l'emprise de l'homme étrange devant elle. Ses yeux avaient des iris rouge vif.

— Je m'appelle Fernand, continua-t-il en remettant ses verres fumés et en lui tendant la main.

— Lisa St-Onge, dit-elle en lui serrant délicatement la main.

— Alors ?

Lisa, toujours sous le charme du marchand au visage blanc, se vida le cœur. Elle lui raconta tout sur sa misérable enfance et surtout, elle parla de tous les détails concernant son père et de ce qu'il était devenu. Fernand l'écouta patiemment sans l'interrompre. Quand elle eut fini de raconter son histoire, le marchand la considéra un moment sans dire un mot.

— Vous tombez à pic, mademoiselle St-Onge, annonça finalement Fernand. Je recherche cette créature depuis un moment sans jamais pouvoir la trouver. Pour cette aide inespérée, je suis prêt à oublier votre tentative de vol dans mon établissement.

Lisa sentit un gros poids se soulever de ses épaules. Lorsqu'elle s'était sentie coincée par le marchand, elle s'était imaginé se faire reconduire au poste de police et se faire remettre à ses parents... avec tous les problèmes qui allaient suivre.

— Je me suis installé ici dans cet établissement depuis un mois environ, ayant eu vent de l'apparition soudaine d'une créature nocturne qui massacrait les gens.

Lisa, qui semblait peu à peu reprendre sur elle, osa demander :

— Comment avez-vous fait tout à l'heure pour...

— Vous arrêter ?

— Oui. Vous étiez derrière moi, et puis soudain, vous êtes apparu devant moi. Je n'ai rien vu... J'étais absolument certaine de pouvoir m'enfuir !

— Il n'y a pas que votre père qui possède de mystérieux pouvoirs, vous savez...

— Mais... qu'êtes-vous donc ?

— Je crois que vous devriez maintenant retourner chez vous.

— Retourner chez moi ? cria-t-elle. Mais… je ne peux plus revenir à la maison ! Mon père sait maintenant que je connais son secret ! Je n'ai nulle part où aller maintenant ! Je suis fichue, vous comprenez ?

Fernand la regarda un moment sans rien dire.

— Je… pourrais m'occuper de votre magasin, faire le ménage, et même à manger si vous le voulez. Aidez-moi, je vous en prie…

Fernand continua de l'observer silencieusement. Puis, il annonça enfin :

— Demeurer avec moi comporte un certain risque, vous savez.

— Des… risques ?

— Avant que vous décidiez de demeurer ici, vous devez savoir… qui je suis vraiment.

— Alors ? Allez-vous enfin me dire…

Lisa eut le souffle coupé en apercevant le sourire de Fernand. Elle y vit deux grosses canines émerger de sa lèvre supérieure. Mais dans quel monde était-elle tombée ? Son père était un loup-garou, et voilà qu'elle avait devant elle une autre créature de cauchemar.

— Je suis un vampire, annonça finalement Fernand. Je me nourris de sang, quoique je ne tue pas les gens. Je me contente de sang animal pour me sustenter. Votre père représente la race ennemie de notre peuple. Maintenant que je sais où il habite…

— Si vous êtes l'ennemi de mon père, raison de plus pour que je puisse habiter chez vous. Mais c'est à moi de faire la sale besogne.

— Oui, mais la présence chez moi d'une personne mortelle représente pour moi une grande tentation de...

— De vous nourrir de moi, c'est ça ?

— Oui.

— Je pourrais m'occuper de votre magasin le jour pendant que vous occuperiez à... courir les chats et les chiens durant la nuit !

Fernand rit un bon coup. L'humour noir de cette femme lui faisait du bien.

— Votre façon de voir les choses est rafraîchissante, mademoiselle St-Onge ! La plupart des gens auraient détalé comme des lapins en apprenant qui je suis. Mais votre blague me donne à réfléchir. Je n'aurais plus à ressentir la brûlure de la lumière du jour qui pénètre par cette fenêtre.

— Vous êtes fragile à la lumière du jour ?

— C'est ma seule faiblesse. L'ail et les crucifix, tout ça ne sont que des légendes. Seule la lumière du soleil directement sur ma peau peut me tuer.

— Ça alors ! fit Lisa, surprise. Voilà pourquoi vous portez toujours ces verres, même dans ce magasin... Et mon père dans tout ça ?

— La seule façon de le tuer consiste à lui tirer des projectiles en argent. Le reste ne fera que le blesser un peu... jusqu'à ce qu'il se régénère en quelques minutes. Les loups-garous sont des prédateurs d'une grande puissance. Aucun des membres de ma caste ne peut tuer une telle créature au corps à corps. On se ferait décapiter sur place. Cependant, j'ai tout ce qu'il me faut ici pour en venir à bout.

Fernand sortit une boîte de projectiles en argent. Chacun de ceux-ci avait une longueur d'environ 10 centimètres.

Puis, il sortit une arbalète redoutable. Celle-ci semblait être adaptée aux projectiles qu'il avait montrés. Fernand chargea un des projectiles sur l'arbalète. Puis, il visa le fond du mur. Le tir fit légèrement sursauter Lisa. Le projectile s'était enfoncé tellement rapidement dans le mur…

— Il me faut cette arme, fit Lisa, encore hébétée.

Lisa prit l'arme des mains du vampire un peu surpris. Elle soupesa l'arme et fit semblant de viser le mur.

— C'est à moi de tuer cette… chose, commença Fernand.

— Non! Il n'en est pas question. Laissez-moi prendre cette arme, et je vais en finir moi-même. Cette ordure a des comptes à me rendre!

— Vous n'y pensez pas! Si vous le manquez, vous allez vous faire déchiqueter sur place!

— Et vous aussi! Vous me l'avez dit tout à l'heure!

— Oui, mais moi, je peux me téléporter pour m'échapper, pas vous!

— Vous… téléporter?

— Me déplacer d'un point à un autre à la vitesse de l'éclair, comme vous en avez été témoin lorsque je vous ai barré le chemin pour vous empêcher de fuir.

— Rien à foutre, c'est moi qui vais l'abattre! Montrez-moi comment utiliser cette arme!

Fernand observa la petite femme devant lui… devait-il vraiment lui faire confiance?

— Bon, c'est comme vous voulez, concéda-t-il. Mais je vous aurai prévenue!

— Et… je pourrais m'occuper de votre magasin? lui demanda Lisa sur un ton plus doux.

— Avec joie!

## 4

Dans les jours qui suivirent, Lisa fut instruite par Fernand pour tenir son commerce le jour. Elle se débrouilla sans problème. Le soir, Fernand lui montra d'abord toutes les sortes d'arcs et d'arbalètes, leurs provenances et leurs prix. Il lui enseigna les subtilités de chaque arme afin qu'elle puisse bien conseiller la clientèle qui venait dans le magasin durant la journée.

Lisa dormait la nuit pendant que Fernand pouvait faire autre chose. Parfois, il arrivait qu'il regarde dormir sa nouvelle employée quelques instants. Lorsque le besoin inné de son corps se faisait trop sentir, il se dépêchait de la quitter et d'aller chasser le gibier la nuit afin d'assouvir sa soif. Le matin, Lisa ouvrait son commerce pendant que Fernand allait se coucher tranquille. Il avait maintenant une gardienne de jour...

Un peu plus tard, Fernand commença à lui enseigner comment tirer à l'arbalète afin qu'elle soit prête pour le soir fatidique où son père allait encore se transformer. Fernand fut tout simplement stupéfait de l'adresse que lui démontra la jeune Française. Dès les premiers tirs, elle commençait déjà à faire mouche à tous les coups. Elle semblait ne faire qu'un avec l'arbalète. De plus, sa vitesse d'exécution était phénoménale. La rage et la vengeance semblaient guider son œil et ses bras. Elle chargeait rapidement, visait rapidement et tirait sans même réfléchir pour frapper en plein dans le mille à tout coup.

Fernand lui compliqua la tâche en lui faisant viser des cibles mobiles. Elle s'adapta rapidement à ce nouvel exercice. Elle semblait viser sans même se concentrer. Fernand fut stupéfait. Lui qui se croyait bon tireur... Sa jeune protégée tirait mieux que lui après seulement une semaine de pratique !

Un soir, le marchand vampire fit plaisir à Lisa en lui montrant sa plus belle arbalète. Elle semblait vraiment puissante. Elle était adaptée à des projectiles d'argent, spécialement fabriqués pour cette arme. Lorsque Lisa prit l'arbalète dans ses mains, elle fut remplie de joie. C'était avec cette arme qu'elle allait en finir !

À mesure que le mois passait, Fernand sentait que Lisa devenait de plus en plus nerveuse. Il la surprit un soir à aller de long en large derrière le comptoir, comme une bête en cage ayant hâte d'en découdre. Il se dit que si elle devenait vampire, elle deviendrait une formidable combattante. Mais il se retint de penser trop longtemps à cette idée...

Lisa lui était vraiment utile le jour. Il n'avait plus à subir la chaleur ardente de la lueur du jour sur son visage pour tenir son commerce.

Puis, la fin du mois arriva. Lisa et Fernand furent un peu pris de vitesse. Le monstre frappait déjà, et cette fois, ce fut un policier qui écopa. En effet, un inspecteur qui passait par hasard au bon moment vit la bête s'en prendre à une pauvre femme. Il lui cria d'arrêter. Lorsqu'il vit que la bête l'ignorait et qu'il continuait son massacre, il lui tira dans le dos. Mal lui en prit, le loup-garou jeta par terre sa victime morte et ensanglantée et se retourna vers lui. L'inspecteur tira quelques coups de feu. Il s'aperçut rapidement que c'était inutile. La vue de la créature énorme qui s'approchait de lui fit bondir son cœur dans sa poitrine. Il courut en tirant au hasard derrière lui, mais ce fut en vain. La bête le rattrapa en quelques bonds, et le policier, criant de douleur, fut mis en charpie.

Lisa, que Fernand suivait au cas où, fut alertée par tout ce boucan et finit par trouver son père transformé. Il était dans le fond de la ruelle en train de finir de ravager le corps du pauvre policier.

— Eh toi! lui cria Lisa.

Le monstre sursauta un peu, reconnaissant cette voix familière. Il se retourna et aperçut sa fille, accompagnée d'un étranger qui se tenait à l'écart. Le loup-garou pencha la tête sur le côté un moment, sa gueule énorme dégoulinant de chair et de sang. Cet étranger... il n'était pas comme les autres. Il le ressentait à travers toutes les fibres de son corps.

— C'est maintenant le moment d'y passer! lui cria Lisa en levant l'arbalète tout en visant son père.

La tête du loup-garou changea un peu et reprit partiellement le visage de son père.

— Où étais-tu passée, espèce de petite garce? rugit la bête d'une voix grave et pénétrante. On te cherchait partout, ta mère et moi. Retourne à la maison avant que je te fiche une raclée!

— Pas cette fois, ordure! cracha Lisa.

— Et depuis quand te tiens-tu avec une sangsue? demanda son père en désignant Fernand.

Fernand l'observait de loin, sachant qu'il ne faisait pas le poids face à un tel monstre.

— Je fréquente qui je veux. Je n'ai plus rien à écouter de toi!

— Alors tant pis pour vous deux! rugit son père.

Sur cette réponse, le monstre reprit totalement sa forme et se mit en tête de foncer sur le couple. L'arbalète que tenait sa fille ne lui faisait pas peur.

Le monstre approchait en rugissant.

— C'est maintenant ou jamais, lui intima Fernand, qui devenait inquiet.

— Encore un moment, siffla Lisa à voix basse.

Lisa sentait son cœur défaillir. Elle avait beau être armée et agile, elle savait que si elle manquait sa cible, c'était la fin pour elle.

Elle le laissa approcher encore un peu et tira la bête en pleine poitrine au moment où elle sauta vers elle. Lisa eut juste le temps de se lancer sur le côté pour éviter la charge du loup-garou. Elle se releva rapidement et rechargea son arme à la vitesse de l'éclair, prête à tirer un autre projectile au cas où…

Mais c'était inutile. La créature se tordait de douleur sur le pavé. Le loup-garou gisait sur le dos, essayant vainement d'arracher le projectile de sa poitrine. Mais l'argent lui brûlait la chair et ses mains glissaient dessus. Fernand, ahuri, observait la scène sans bouger. Il vit Lisa s'approcher de la créature et lui viser la tête sans tirer.

Elle lui mit le pied sur la poitrine et lui demanda :

— Pourquoi es-tu devenu ainsi ?

— Lisa… ma fille… pardonne-moi. Je ne voulais pas…

— Il est trop tard maintenant, lui répondit froidement sa fille. Tu dois maintenant mourir !

— Non ! Lisa, ne fais pas…

Alors qu'elle s'apprêtait à tirer en plein entre les deux yeux de la bête, le corps de Lisa disparut, sous les yeux incrédules du vampire et de son père mourant. L'arbalète tomba lourdement sur la poitrine du monstre agonisant. Lisa fut téléportée pour réapparaître à bord du vaisseau nantasien.

▲▼▲

Le corps de Lisa fut déposé dans la salle spéciale à côté du corps de Darellan. Les deux Terriens, inconscients, ne savaient pas ce qui les attendait.

— La machine temporelle semble bien fonctionner, constata Gemi.

— Oui, répondit Vorg. Continuons le voyage temporel et allons chercher notre troisième spécimen.

# Chapitre 3

## *Rods*

### 1

Spécimen numéro 3
Sexe : mâle
Âge : 48 ans
État physique : passable
Dénommé : Hayato Tanaka

Kyoto, Japon, 2008.

Hayato était un peu ventru. Ses cheveux noirs lissés sur sa tête lui donnaient toujours l'air d'avoir les cheveux gras. Pas très grand non plus, son apparence anodine n'attirait pas le regard des femmes. Il demeurait dans un appartement très simple. Il n'aurait pas eu le temps d'entretenir une maison, car son métier de scientifique accaparait la majorité de son temps. Il travaillait dans un splendide laboratoire scientifique à Kyoto.

Hayato possédait de grandes connaissances dans quatre domaines, à savoir la médecine, la chimie, la physique et l'astronomie. Véritable encyclopédie ambulante, son plus grand don était de comprendre différents problèmes compliqués et de les résoudre rapidement. Son quotient intellectuel était bien supérieur à la moyenne de celui des autres savants qui travaillaient avec lui.

Il avait eu une enfance plutôt médiocre, sa mère étant morte à sa naissance, son père avait dû l'élever seul. Rendu à l'âge adulte, il avait dû s'occuper seul de son père, mourant d'un cancer incurable. Hayato avait alors hérité de toute la fortune de son père, qui possédait plusieurs terrains vierges. Hayato vendit ces terrains pour payer ses études scientifiques. Une fois ses études terminées, il s'acheta un grand local où il allait installer un laboratoire dernier cri. Sa réputation de grand génie se répandit rapidement et il n'eut pas de peine à recruter d'autres savants pour l'aider à travailler sur différents projets de recherche.

Un soir, il décida d'aller se détendre et prendre un bon verre à son bar préféré. C'était une soirée comme les autres. Hayato commanda sa consommation et essaya d'oublier un peu les formules compliquées de la journée et autres énigmes scientifiques. Il ne regarda même pas les femmes assises non loin de lui, sachant que de toute façon, elles ne s'intéresseraient pas à lui. Ce soir-là, Hayato fixait le mur d'un regard absent, faisant le vide dans son esprit, lorsqu'un inconnu vint s'asseoir près de lui. Hayato le regarda distraitement et prit une gorgée de son verre.

— Vous êtes bien Hayato Tanaka? haleta l'étranger à côté de lui.

— Euh... on se connaît? demanda Hayato.

L'étranger avait le teint pâle, maladif. Il semblait fort nerveux et regardait souvent de tous les côtés comme si des forces invisibles allaient lui sauter dessus. Vêtu d'un grand pardessus beige et de bottes couvertes de vase, il semblait tout droit sorti d'un vieux western.

— Vous êtes le parfait individu pour… prendre le relais… étudier ces choses… confia l'étranger.

— Mais… qui êtes-vous ? Que voulez-vous au juste ?

— Mon nom… pardonnez-moi. Ce poison va finir par me tuer… je n'aurai pas le temps de faire la conversation. Ma tête tourne tellement…

— Avez-vous besoin d'aide ?

— De l'aide ? balbutia l'étranger. Il est trop tard pour ça. Ils m'ont injecté cette saloperie dans les veines… à partir d'une carabine… comme un gibier qu'on traque ! J'en savais trop… Mais j'ai réussi à les semer !

Hayato ne comprenait pas un traître mot de ce que l'étranger disait.

— Prenez ce disque et cachez-le sur vous ! insista l'individu en sortant un DVD rangé dans son boîtier.

Hayato, hésitant, prit le disque et l'observa un moment.

— Et que dois-je en faire ?

— Il renferme… des documents secrets… dont l'existence est tenue secrète par le gouvernement. Des créatures venant d'une autre dimension !

— Hmmm… Je vois, dit Hayato, songeur.

Il croyait avoir devant lui un détraqué qu'il ne fallait pas contredire sous peine de le rendre hystérique. Continuant à jouer son jeu, Hayato lui demanda :

— Et en quoi consistent ces… créatures ?

— Ce sont des Rods !

— Des Rods ? Mais qu'est-ce que c'est ?

Puis, l'individu s'écroula sur le comptoir, raide mort.

Hayato ne sut que faire sur le coup. Il regarda nerveusement d'un côté comme de l'autre, mais personne ne semblait remarquer l'individu affalé sur le bar… On le croyait ivre.

Le barman, par contre, regarda un moment l'étranger. Il savait qu'il ne lui avait pas donné une seule consommation. Puis, un client échappa un verre, ce qui détourna son attention. Il dirigea son regard vers la table où trois noctambules festoyaient joyeusement.

L'individu affalé sur le bar avait semblé révéler la vérité, au moins sur son état de santé. Hayato lui tâta le pouls et constata que l'étranger était bel et bien mort. Il signala l'urgence au barman et on appela la police tandis qu'Hayato partait en douce. Il n'avait pas envie d'être interrogé ni, surtout, fouillé et qu'on trouve en sa possession ce mystérieux disque secret.

## 2

Rendu chez lui, Hayato se dépêcha d'aller dans son salon pour insérer le fameux disque dans son lecteur DVD. Il aperçut le titre : *Les Rods, une réalité cachée.*

Puis, il vit à l'écran le visage de l'étranger mort au bar. Il se présenta comme étant un américain du nom de Zacharie Thomas.

*Ce que vous allez voir, dit-il, est une compilation de courts documents vidéo qui ont filmé par hasard une forme de vie jusquelà inconnue.*

Hayato visualisa alors quelques vidéos tournées à travers le monde. On y voyait, entre autres, des personnes effectuant des sauts à l'élastique, des autochtones rassemblés près d'un feu la nuit et une entrée souterraine d'un métro de New York.

Hayato ne vit rien de particulier sur ces trois vidéos et se demanda où l'étranger voulait bien en venir. Ce dernier continua :

*Toutes des vidéos banales, n'est-ce pas ? Regardez bien maintenant les mêmes vidéos au ralenti, et vous verrez de quoi je parle...*

Hayato revit alors les mêmes vidéos passer au ralenti. Il y aperçut alors de curieuses formes blanchâtres filiformes se déplaçant très rapidement autour des gens. Elles passaient si rapidement qu'elles ne pouvaient être vues par un œil humain normal.

*Maintenant, appuyez sur pause et regardez attentivement l'objet.*

Le Japonais aperçut assez clairement à quoi ressemblaient ces objets volants. Cela s'apparentait à une forme de cylindre très élancé avec des franges de chaque côté du corps. Comme des rubans qui ondulaient le long du corps pour faire voler ces choses insolites. Hayato enleva le mode pause, et le message de l'étranger se poursuivit.

*D'aucuns vous diront que ce sont de simples problèmes techniques de pellicules de film, de réfractions solaires, ou vous donneront d'autres explications de sceptiques insensées. Alors que ces mêmes sceptiques m'expliquent pourquoi les vidéos suivantes ont été trafiquées par la NASA et la NSA afin que le public n'en ait connaissance... Les vidéos qui vont suivre sont originales et n'ont pas été modifiées par le gouvernement, contrairement à ce que celui-ci nous fait voir à la télévision.*

Le document reprit avec différentes vidéos montrées au ralenti filmant différents évènements importants des

États-Unis et à travers le monde. Des vidéos montrant entre autres des Rods qui entraient et sortaient d'un vortex d'une tornade de catégorie F-5 dans l'Arkansas. Une autre montrait ces créatures virevoltant autour du Concorde lors de son vol inaugural. Hayato vit ensuite les mêmes choses étranges se promener autour d'un bombardier furtif B-2, à des lancements de fusées Apollo à la fin des années 60, etc.

*Que sont ces choses exactement ? reprit l'étranger. Une nouvelle sorte d'insecte jusque-là inconnue du monde animal ? Je ne crois pas. Ils semblent sortir d'un univers pour se promener un bref instant dans notre monde et disparaître à nouveau. Cela me laisse croire à une forme de vie intelligente qui nous observe brièvement. Ils semblent voyager de leur dimension à la nôtre pour constater les progrès de l'homme ou d'autres évènements naturels qui les attirent. Si ces phénomènes ne sont que des phénomènes de pellicules ou d'autres problèmes techniques, alors pourquoi la NSA s'est-elle efforcée de les enlever de ces archives avant de les montrer au public ?*

Hayato regarda le reste du document et le retira du lecteur. Il fallait qu'il sache si tout ce documentaire ne consistait qu'en des trucages. Il connaissait justement un de ses amis qui pourrait grandement l'aider. C'était Gilles Monier, un grand biologiste français qui s'était récemment installé au Japon.

Monier était aussi un grand analyste de documents visuels et pouvait déterminer si ces derniers étaient authentiques ou truffés de montages douteux. Mais pour plus de précaution, le savant fit une copie du DVD et le cacha en lieu sûr dans sa demeure. Il téléphona ensuite à Monier afin qu'il puisse le recevoir chez lui.

Après trois heures de route, Hayato atteignit enfin la demeure somptueuse du biologiste. Monier l'invita alors dans le salon. Hayato remarqua le magnifique tapis du salon. D'un poil très long, il représentait une demeure située sur une montagne. Le savant avait l'impression de marcher sur un coussin d'air tant ce tapis avait le poil fourni.

Monier introduisit le disque dans le lecteur. Quelques minutes plus tard, il fut médusé par ce qu'il vit sur ce film. À la fin du film, il déclara à Hayato :

— Bien que ce documentaire semble exceptionnel, il faut maintenant que je l'analyse plus en détail. Cela va prendre au moins une journée. Tu n'as qu'à coucher chez moi et je te donnerai les résultats demain.

— Non merci, c'est très aimable à toi. J'ai déjà réservé une chambre pas loin d'ici.

— Très bien alors.

— À demain et merci pour ton temps. Tu me diras le prix et…

— Il n'y aura pas de prix. Ce document est tellement fascinant qu'il me fera plaisir de l'examiner plus en détail.

Hayato le salua et quitta sa demeure avec un mauvais pressentiment. Dans quoi le destin l'avait-il fourré ?

### 3

Hayato revint donc le lendemain à la maison de Gilles. En se présentant à la porte, il s'aperçut qu'elle était demeurée entrouverte.

— Gilles ? cria Hayato. Est-ce que tu es là ?

Pas de réponse. Hayato entra lentement dans la demeure et constata avec horreur qu'elle avait été virée sens dessus dessous. Il semblait y avoir des traces de lutte, et le merveilleux tapis du salon était taché de sang. Nulle trace du propriétaire de la maison.

Que s'était-il passé ?

Monier aurait-il parlé de cette histoire à quelqu'un qu'il croyait digne de confiance ? Ce quelqu'un l'aurait-il trahi aux mêmes agents qui poursuivaient l'étranger qui lui avait remis le document au bar ?

Hayato, pris d'une soudaine panique, appela la police pour signaler l'effraction dans la demeure et quitta rapidement les environs. Sur le chemin du retour chez lui, Hayato remarqua qu'il était suivi par une grosse berline noire. Tentant de les semer, il accéléra un peu sur l'autoroute, mais ce fut peine perdue. La voiture étrangère s'adaptait à sa vitesse. Il quitta rapidement l'autoroute pour tenter de les perdre de vue, mais les poursuivants imitèrent sa manœuvre.

Hayato, trempé de sueur, se demanda comment tout cela avait pu lui arriver. Il menait une vie tranquille dans son laboratoire et ne dérangeait personne. Et voilà qu'il se trouvait subitement mêlé à une sorte de secret militaire d'une grande importance et que des agents tentaient de l'intercepter, probablement pour le liquider comme son ami !

Le savant s'enfonça dans les ruelles d'un petit village en circulant à haute vitesse dans un quartier résidentiel. Il empruntait diverses rues en tournant sur les chapeaux de roues au hasard, tantôt à droite, tantôt à gauche. Sa manœuvre sembla réussir, jusqu'à ce qu'il atterrisse accidentellement dans un cul-de-sac. Cependant, en observant son rétroviseur, il n'apercevait plus ses poursuivants. Le cœur battant la chamade, il crut un moment qu'il avait réussi. Il emprunta alors rapidement une entrée et changea de direction pour sortir de cette rue sans issue. Mais au moment d'en sortir, les individus surgirent de nulle part et lui barrèrent la route.

Hayato paniqua et quitta sa voiture en courant pour s'enfoncer entre deux maisons. Un petit bois se trouvait devant lui, et le savant espéra les semer dans la nature. Des coups de feu retentirent derrière lui.

« Le document était vraiment authentique », pensa rapidement le savant.

On ne voulait pas que cela se sache et on était prêt à tuer pour protéger ce secret.

Tout en courant à en perdre l'haleine, Hayato aperçut une lumière dans le fond de la forêt. Il entendit aussi ses ravisseurs crier des ordres. Le savant n'était pas très en forme physiquement et s'essouffla rapidement. Il savait qu'il se ferait rattraper tôt ou tard. Mais cette lumière devant lui le fascinait. Il se dirigea vers elle à bout de souffle, n'ayant plus rien à perdre… Puis, un voile sombre s'abattit sur lui.

Ses poursuivants n'allaient jamais le retrouver puisqu'il était maintenant inconscient, à bord d'un vaisseau spatial.

▲▼▲

Le corps d'Hayato fut emmené dans la salle où reposaient les deux autres Terriens précédemment enlevés par les Nantasiens.

— Ce spécimen a une capacité cardio-vasculaire passable, déclara Gemi.

— Oui, je sais… il va falloir l'entraîner un peu, sinon il ne pourra pas suivre les autres lors de grandes distances à pied. Mais on doit le prendre… ce sera « le cerveau de l'équipe » !

# Chapitre 4

## *Un monde parallèle*

### 1

Spécimen numéro 4
Sexe : femelle
Âge : 41 ans
État physique : bon
Dénommée : Nancy Callaghan

Montréal, Canada, 1983.

Partie en voyage avec son mari, André Jeremy, Nancy Callaghan allait rendre visite à son oncle demeurant à Dannemora, non loin de Plattsburgh, dans l'État de New York.

Leur mariage battait un peu de l'aile depuis quelque temps. Le couple avait deux enfants, Liliane, âgée de 8 ans, et Sammy, de 5 ans. Nancy avait été obligée de les élever presque seule étant donné le métier de camionneur de son mari. Il n'était pratiquement jamais à la maison, obligé de faire de longs trajets dans les États-Unis. Cela avait évidemment provoqué quelques prises de bec entre les parents.

Nancy était une femme au regard doux, de belle apparence. Elle avait des cheveux bruns très fins lui tombant aux épaules.

Nancy avait connu André à la fin de son adolescence alors qu'il faisait partie d'une équipe de football. C'était un prince charmant à ses yeux. Nancy avait été comme les autres belles filles de l'école qui devaient absolument sortir avec un de ces joueurs, même s'il avait le visage plein de boutons et qu'une noix de coco remplaçait son cerveau.

André était un homme d'apparence bien ordinaire qui se croyait bel homme. Il n'était jamais content de ce que lui offrait la vie et il avait l'air perpétuellement malheureux. Il était un éternel incompris.

Le « beau prince charmant » que Nancy avait épousé s'était révélé, avec les années, pas si charmant que ça. André ne pensait qu'à son camion et aux belles autoroutes qu'il allait sillonner. Voir du pays et voyager passaient avant sa vie de famille.

Nancy et ses sœurs avaient eu, dès leur jeune adolescence, une vie éprouvante à cause de leur père, Arthur, qui était une véritable ordure.

Arthur Callaghan était un vendeur de voitures d'occasion. Sa femme, Estelle, aux yeux constamment cernés de fatigue, devait s'occuper seule de toutes les tâches ménagères pendant que « monsieur » était toujours absent. Il s'adonnait à la pêche l'été, et il passait le reste de son temps libre l'hiver comme invité à un poste de radio pour commenter des matchs de hockey.

Les enfants d'Arthur se composaient de deux garçons, Roger, 50 ans, et Robert, 48 ans, ainsi que de trois filles, Nancy, 41 ans, Martine, 37 ans, ainsi que de Belinda, 35 ans.

Arthur avait agressé sexuellement ses trois filles lorsqu'elles avaient tour à tour atteint l'âge d'environ 12 ans. Mais son règne de terreur était tel que ni la mère ni les filles n'osaient parler. Il les avait menacées de mort si l'une d'entre elles parlait. Il les forçait même à parler de lui comme s'il était leur véritable héros.

Nancy fut enfin libérée des attouchements de son père lorsqu'elle se maria, à 20 ans.

Arthur avait tellement l'air d'un gentleman devant tout le monde qu'aucun de ses amis n'aurait cru qu'il avait tant de squelettes dans son placard. Il avait un langage toujours courtois et le personnel du poste de radio le décrivait comme un personnage coloré et « très respectable ».

Son commerce de voitures usagées allait plutôt bien. Son plus vieux, Roger, qui ressemblait comme deux gouttes d'eau à son père, était aussi fourbe que lui et n'hésitait pas à rouler bien des clients avec des véhicules bourrés de vices cachés.

Son autre fils, Robert, était gai. Ce dernier avait rapidement été exclu de la famille le jour où il s'était présenté à la maison avec « son ami », un Noir d'origine africaine.

Arthur était à la fois raciste et homophobe. Dans le passé, il avait tenté à maintes reprises de faire « un homme de lui », comme il disait, de son fils Robert, mais sans résultats.

La goutte d'eau qui avait finalement fait déborder le vase fut lorsque Robert s'était présenté avec l'individu à la peau noire. Arthur leur avait montré la porte et leur avait enjoint de ne plus jamais se présenter à la maison.

Arthur faisait travailler des jeunes sans expérience, sous le salaire minimum. Il leur disait qu'il leur donnait une chance de commencer en bas de l'échelle et leur ordonnait de tenir secret leur bas salaire. Il ne fallait pas que la réputation de « monsieur » en souffre !

Arthur était aussi propriétaire d'un casse-croûte, où sa belle sœur, sous-payée elle aussi, trimait dur pour fournir la clientèle avec deux autres employées surmenées.

Ainsi était le père de Nancy, « son héros ». Heureusement, elle n'avait pas hérité du caractère vil de son père. Elle avait plutôt la bonté d'âme de sa mère : généreuse, douce et honnête.

Nancy Callaghan était psychologue. Plus d'une fois, elle avait calmé quelques-uns de ses clients en proie à des crises de nerfs. Elle avait le don de calmer les gens stressés ou agressifs simplement en leur touchant le bras. Ses collègues du bureau de psychologie la surnommaient « la calmeuse ».

Le petit voyage avec André aux États-Unis allait, espérait-elle, cimenter un peu plus son mariage. Ils avaient confié la garde de leurs deux enfants à Estelle. Seul un petit papillon argenté, accroché au rétroviseur, témoignait de l'existence des deux enfants, qui raffolaient de ces insectes.

## 2

— Tu sais, Nancy, je n'ai pas vraiment hâte d'aller passer la fin de semaine chez ton oncle Paulie…

— Oh, André ! Ne recommence pas encore avec ça ! Chaque fois qu'on va visiter ma parenté, c'est toujours la même histoire…

— Oui, mais ton oncle est tellement ennuyant avec ses histoires extraordinaires… Il a tout vu et tout fait. Lorsqu'on lui raconte un évènement, il faut toujours qu'il arrive avec une meilleure histoire. Il va encore nous raconter des choses que lui seul aurait vécues ou qu'il est allé à des endroits extraordinaires. Il a toujours cette ceinture sur lui avec une grosse boucle au dessin d'aigle. Il croit être imposant avec cette ceinture démodée!

— Mais vas-tu cesser de te plaindre à la fin? J'aimerais que ce voyage soit relaxant, d'accord?

— Je voulais simplement te dire à quoi la fin de semaine va ressembler...

La minifourgonnette Dodge Caravan 1983 leur fit quitter les limites du Québec pour traverser la frontière états-unienne. Ils se retrouvèrent sur l'autoroute 87. Le temps était plutôt maussade et les vents étaient modérés ainsi que froids pour cette période automnale.

Le trafic était plutôt calme pour cette heure matinale. À un moment donné, ils traversèrent Plattsburgh et empruntèrent la route 374 pour atteindre la petite localité de Dannemora. Les choses se compliquèrent peu de temps après qu'ils se furent engagés sur cette route.

André aperçut une vive lumière descendre du ciel loin devant lui. Nancy, qui dormait depuis quelques kilomètres, fut brutalement réveillée par le bras de son mari qui la secouait.

— Qu'est-ce que...

— Regarde devant!

— Quoi... cette... lueur? Je commençais juste à m'assoupir un peu et tu me réveilles pour regarder un météore!

— Non! Je ne crois pas que ce soit un météore... ça m'a semblé diminuer de vitesse. Là! Regarde! Il a cessé de descendre et a stabilisé son altitude!

— Qu'est-ce que tu penses que ça peut être ? Oh regarde, il semble s'approcher vers nous maintenant !

L'engin lumineux sphérique diminua sa vitesse pour survoler lentement leur voiture. André freina brusquement et se rangea sur le côté de la route. Le couple sortit en hâte de la voiture pour observer l'ovni qui était maintenant stationnaire. Il avait l'apparence d'un gros globe de feu orangé difficile à fixer des yeux à cause de sa grande brillance. L'objet d'une cinquantaine de mètres de diamètre émettait un doux ronronnement.

À cause de sa grande luminosité, le couple ne parvint pas à discerner des hublots ou des détails quelconques sur la surface de l'ovni. Après être resté immobile environ trois minutes, l'engin commença lentement à monter pour, quelques secondes plus tard, accélérer brutalement à une vitesse inimaginable à la verticale dans un bruit assourdissant. Le globe lumineux disparut rapidement en laissant derrière lui un bruit témoignant de sa puissante mécanique.

— C'est la première fois que j'en vois réellement un ! Je ne croyais pas que cela pouvait exister, affirma Nancy.

— Moi, j'y croyais un peu… mais maintenant !

— Ça va te faire une histoire à raconter à mon oncle Paulie !

— Ça… tu peux le dire ! Je vais la lui raconter tout de suite en arrivant ! Il n'aura même pas le temps de commencer à me parler de ses aventures. Je me demande qu'est-ce qu'il va me répondre une fois que je vais lui raconter ça… Je suppose qu'il va me répondre qu'il a joué une partie de cartes avec un extraterrestre il y a quelques années !

— Arrête donc de te moquer de lui ! lui dit-elle en souriant.

— En route ! J'ai bien hâte de lui voir la face, à ton oncle, lorsqu'on va lui raconter ça ! S'il nous croit...

— Tu sais bien qu'il croit dur comme fer à ces phénomènes ! Il ne devrait pas y avoir de problèmes.

## 3

Le couple monta à bord et reprit la route. Après quelques minutes, l'étrange machine apparut à nouveau subitement à leur gauche. L'engin se mit à les suivre en demeurant à côté d'eux à une altitude inférieure à une vingtaine de mètres. Alors que le couple regardait l'ovni, la fourgonnette sembla passer sur quelque chose, ou « pénétrer dans quelque chose ».

— Oh mon Dieu ! Qu'est-ce que c'était ? s'enquit nerveusement Nancy en regardant derrière.

— Je ne sais pas ! Je regardais le... mais... je ne vois rien dans le rétroviseur !

André arrêta de nouveau sur le côté de la route. Le couple débarqua en hâte pour aller derrière la voiture. André continua :

— Mais où est-il passé ce... quelque chose sur lequel on a roulé ? Tu n'as rien vu, Nancy ?

— Non ! J'ai bien regardé derrière nous après qu'on a roulé sur quelque chose, mais je n'ai rien vu.

— Ça faisait comme si on avait passé sur un rouleau...

André regarda autour de lui et reprit :

— Dis... tu ne trouves pas que les arbres ici ont une drôle de teinte ?

— Tiens, c'est vrai ! On dirait qu'il y a comme une petite teinte violacée dans le feuillage.

— Tu peux m'expliquer ça ?

— Non...

— Regarde le ciel ! Il ne semble pas normal, lui non plus ! On dirait qu'il y a comme du... je ne sais pas... c'est comme si on avait ajouté un mince film jaunâtre par-dessus ! Il est bleu, mais avec une petite teinte jaunâtre...

— On devrait aller voir sur quoi exactement on a passé.

Le couple monta à nouveau dans le véhicule. Ils se déplacèrent en sens inverse un court moment à basse vitesse, scrutant le sol et les fossés.

— Il n'y a absolument rien, déclara André. On a passé sur quelque chose d'invisible...

— Très drôle... Alors virons de bord et continuons notre route !

— Ouais... j'ai bien hâte d'arriver, j'ai la tête qui tourne...

— Moi aussi, je me sens bizarre...

Le couple reprit alors son chemin en direction de Dannemora. Après quelques minutes de route, André vit un panneau indicateur annonçant que la prochaine localité se trouvait à 22 kilomètres. Il stoppa soudain son véhicule et changea de nouveau de direction pour accélérer afin de revoir le panneau.

— Qu'est ce que tu fais, André ?

— Attends. Je veux voir quelque chose.

Une fois qu'il croisa le panneau à nouveau, il fit volte-face et s'en approcha pour s'arrêter tout près. Il leva le bras en direction du panneau pour que sa femme le remarque. Elle vit comme lui que le panneau indiquait : Herewere 22.

— Mais qu'est-ce que... balbutia Nancy, incrédule.

— Je ne sais pas si je deviens dingue, mais... connais-tu cet endroit ?

— Pas le moins du monde !

— Alors, il n'y a qu'une seule explication : nous sommes perdus !

— Allons chéri ! Nous prenons cette route tous les ans et nous n'avons jamais vu ce village !

— Je ne comprends pas… tout à l'heure, nous avons passé Plattsburgh. Nous avons emprunté la 374. Nous devrions donc bientôt arriver à Dannemora !

— Et nous n'avons jamais changé de route !

— Je sais bien… Je ne comprends pas…

— Regarde sur la carte… C'est peut-être un petit village près de la 374 que nous ne connaissions pas et qui a récemment été indiqué…

En colère, André prit rageusement la carte dans le coffre à gants de la voiture et la déplia. Il répondit sur un drôle de ton :

— Regarde ! Il n'y a aucun Herewere dans cette région et cette carte est de l'an passé ! Un village ne peut pas s'ériger si rapidement sans qu'on en entende parler !

— Alors, continuons comme si de rien n'était.

André regarda rapidement sa femme et tourna son regard en observant la route qui lui paraissait un peu bizarre. Quelques maisons au loin avaient un design un peu différent de ce qu'il était habitué de voir. Les arbres ne semblaient plus au même endroit que d'habitude.

Il jeta violemment la carte sur la banquette arrière et enfonça l'accélérateur pour reprendre une vitesse de croisière d'environ 105 kilomètres à l'heure. Après une dizaine de minutes de route, ils aperçurent devant eux, à leur grand désarroi, une intersection en T qu'ils ne connaissaient pas. Un petit panneau indiquait qu'ils allaient rejoindre la route 22B. Une plus grande affiche indiquait, comme il se doit, les prochaines villes si on allait à droite ou à gauche. Le panneau indiquait que si on choisissait d'aller à gauche, on se dirigeait vers Herewere. Par contre, si on choisissait d'aller à droite, on allait vers Lavento, qui se trouvait, selon l'indication, à plus de 200 kilomètres.

André stoppa son véhicule à nouveau et débarqua. Sa femme l'imita. Le couple marcha sur l'intersection et examina, incrédule, les panneaux indicateurs. En se retournant, Nancy eut un petit sursaut en lisant un autre panneau. Ce dernier indiquait qu'ils venaient de Verenci. André, remarquant le nouveau panneau, siffla :

— Dis-moi que je rêve ! Si je me fie à cette affiche, nous venons de Verenci ! En plus, nous ne roulions pas sur la 374, mais bien sur la 22C ! Si on choisit d'aller soit à… Lavento ou à Herewere, nous tomberons alors sur la 22B !

Nancy se passait sans cesse la main dans les cheveux sans trop s'en rendre compte. Elle avait ce tic lorsqu'elle devenait contrariée. Elle avait le don de calmer autrui, mais avait bien du mal à se calmer elle-même…

— Alors qu'est-ce qu'on fait ? demanda-t-elle.

— Je ne sais plus, confia son mari.

— Alors revenons sur nos pas… On finira bien par retrouver notre route…

— Tu sais aussi bien que moi que nous n'avons jamais changé de route ! cingla son mari sur un ton assez élevé.

Nancy voulut toucher le bras de son mari pour le calmer, mais son mari s'éloigna brusquement.

— Non, ne me touche pas ! Garde ce truc pour tes clients !

André savait que le don de sa femme allait le calmer ; pourtant, il voulait bizarrement demeurer en colère.

— Tu as dû faire une erreur et tu as changé de route, reprit Nancy un peu offusquée. C'est la seule explication logique !

— Si tu es si bonne que ça, prends donc le volant !

— D'accord, d'accord ! On ne commencera pas à se chamailler ! La situation est assez complexe comme ça !

— Je vais rebrousser chemin...

— Bonne idée !

## 4

Ils se dirigèrent donc vers Verenci, qui était indiqué à 128 kilomètres devant eux. Ils allèrent « plus loin » que l'endroit où ils avaient roulé sur quelque chose. Ils aperçurent quelques instants plus tard une intersection en croix qu'ils ne connaissaient pas.

En proie à un début de crise de nerfs, André stoppa à nouveau son véhicule. Devant eux se trouvait un panneau indiquant toujours Verenci. S'ils allaient à gauche, c'était un cul-de-sac et s'ils allaient à droite, ils devaient atterrir dans un parc récréatif. Nancy, qui avait le regard vide et une main derrière la tête, fit un bon sursaut lorsque son mari tapa violemment du poing sur le volant en criant :

— Impossible ! Im-po-ssible !

— Tu n'as pas envie d'aller voir au parc ? souffla Nancy à voix basse. Il est indiqué à moins de 5 kilomètres d'ici.

André, en sueur, avait les yeux fermés et réfléchissait. Il était sur le point d'exploser. Sa femme continua toujours avec une petite voix :

— Peut-être qu'on verra quelqu'un au parc… des enfants…

— Bon, allons-y ! Je ne sais plus où on va, mais on va au parc ! cria André, tremblant de colère.

— Calme-toi, chéri… On va s'en sortir… répondit-elle d'une voix de plus en plus basse.

Ils prirent la direction du parc. Après quelques kilomètres, ils se retrouvèrent sur une route non pavée. Plus ils avançaient, plus la route se détériorait. Ils arrivèrent finalement au parc… ou du moins à ce qui devait être un parc. Un écriteau en piteux état et légèrement penché annonçait : « Bienvenue au parc Carrignol ».

Tout ce qu'il y avait sur le terrain de ce « parc » était une multitude de poteaux métalliques bleus. Ils mesuraient tous environ un mètre de hauteur avec un diamètre d'une dizaine de centimètres.

André se creusa la tête un peu pour comprendre la fonction de ces poteaux. Les poteaux insolites avaient été plantés sur un terrain recouvert d'un gazon artificiel. André débarqua finalement du véhicule et s'avança parmi les rangées de poteaux. Il entendit comme un bourdonnement venant du sol et cessa net d'avancer. Il remarqua, sur les poteaux les plus près de lui, que leur sommet était recouvert d'une mousse rougeâtre.

— André ! Reviens… je n'aime pas ça…

— Un instant Nancy, je reviens.

Tout à coup, les poteaux se mirent l'un après l'autre à rentrer dans le sol et à en ressortir aussitôt.

— André !

Tout autour de lui entraient et sortaient les barres de fer en émettant un son sourd et saccadé suivant leur rythme de va-et-vient dans le sol. Heureusement pour André, l'espace entre chaque poteau était assez grand pour qu'il puisse passer sans difficulté. Cependant, lorsqu'il commença sa retraite vers le véhicule, le mouvement rapide des barres lui donna un léger vertige et il faillit tomber à plat ventre sur l'une des sorties de barres.

Il fit une pirouette de côté en évitant de justesse d'être empalé sur l'une de ces barres mobiles. Il sortit sain et sauf du «champ des barres» et rembarqua dans son véhicule. Le mouvement des barres cessa et elles demeurèrent toutes sorties et immobiles comme avant.

— En embarquant sur le terrain, j'ai dû déclencher... un processus ou je ne sais quoi qui a mis en marche ce mouvement des barres...

— J'ai cru que tu allais y rester! Tu m'as vraiment fait peur.

— Allons vers Herewere... C'est l'endroit le plus près d'ici si on se fie aux indications.

— Mais qu'est-ce qui nous arrive? dit-elle au bord des larmes.

— Ne t'en fais pas, Nancy, je trouverai bien un moyen de nous sortir de là. Lorsque nous arriverons à... Lorsque nous arriverons à la prochaine localité, il y aura sûrement quelqu'un pour nous indiquer le bon chemin.

Ces quelques mots rassurèrent un peu Nancy.

— Tu es prête?

— Oui... allons-y, qu'on en finisse!

# 5

Ils rebroussèrent donc chemin afin de tomber à nouveau sur la 22C pour virer plus tard à gauche à l'intersection et emprunter la 22B. Ils se dirigèrent alors vers Herewere.

Après quelques minutes de route, ils aperçurent un panneau indiquant que Herewere se trouvait à une dizaine de kilomètres devant eux. Sur leur droite, un peu plus loin, une station-service apparut. André vit la grande affiche lumineuse portant un sigle bizarre avec le nom « Irinid » écrit en noir sur un fond jaune. Il n'avait jamais entendu parler du nom de cette compagnie pétrolière, mais il conclut qu'il n'avait pas le choix d'arrêter, car le niveau du réservoir commençait à être assez bas.

André se gara devant les pompes et débarqua nerveusement du véhicule. Sa femme fit de même pour se dégourdir les jambes. La station-service était impeccable. Un commis se tenait immobile derrière le comptoir et les observait. André cria au préposé sur un air moqueur :

— Je voudrais faire le plein… si c'est possible !

— Oui, monsieur. Ce sera du super ? demanda le préposé en sortant.

— Euh, oui…

La voix du préposé avait un peu surpris André. Elle lui semblait étrange à cause de son absence d'intonation. De plus, le commis avait un visage tellement blanc… Il regardait la voiture du couple d'un air étrange, comme s'il n'avait jamais vu de voiture auparavant. Il reprit ses esprits et commença à faire le plein. André reprit sur un ton plus amical :

— Dites, monsieur… nous nous sommes un peu égarés. Nous voulions aller à Dannemora et… vous savez, c'est un peu dingue cette histoire. On fait ce trajet régulièrement et…

Le préposé regardait le bec verseur d'essence, les yeux fixes et vides, sans dire un mot. Une petite bourrasque de vent souleva un peu de poussière autour d'eux. André se gratta le front lentement en observant le commis qui semblait se foutre éperdument de la situation du couple. André perdit son sourire avenant et reprit :

— Vous savez où se trouve Plattsburgh ?

Le commis fit un très léger signe négatif sans lever la tête.

— Vous devez savoir alors où mène cette route sur laquelle je suis ! reprit André impatiemment.

— Tout droit, c'est Herewere, et dans l'autre direction, c'est Lavento.

— Mais… je n'ai jamais entendu parler de ces endroits. J'ai bien lu leurs noms sur les écriteaux, mais…

Le commis demeurait impassible.

— Et après Herewere, où ce chemin mène-t-il ?

— À Zuroch, répondit-il sur un ton toujours monotone.

— Mais… bon d'accord. L'autoroute 87 pour aller à Plattsburgh, où puis-je la prendre ? demanda-t-il, exaspéré.

Nancy se tenait un peu à l'écart et surveillait la conversation. Elle voyait bien que cela ne s'arrangeait pas.

— Je ne connais pas de Plattsburgh par ici, ni de route 87, répondit le commis d'un air morne et sans vie.

— Mais c'est impossible ! Tout le monde dans cette région doit connaître cette route ! rugit André en agrippant légèrement le bras du commis, qui le regardait d'un air indifférent.

Ce dernier retira le bec verseur et le raccrocha lentement à la pompe.

— Vous voulez autre chose, monsieur ?

— Oui ! Je veux savoir où on est ! Bordel de merde !

— Lâchez mon bras, monsieur, je ne comprends pas ce que vous voulez...

— Dans quel État sommes-nous ?

— Mais, dans l'État du Tigeros !

— Tiger... mais ça n'existe pas l'État du Tigeros ! brailla André. Tout comme Herewere et Lavento ! Nous sommes dans l'État de New York ! Connaissez-vous New York au moins ?

— Non monsieur !

— Et ce nom bizarre de compagnie de pétrole que vous avez... Irinid ! Ça n'existe pas non plus ! Je dois être en train de faire un cauchemar et je n'arrive pas à me réveiller !

Nancy s'approcha et dit :

— Paie-le et partons d'ici, André, je t'en prie !

— Vous voulez autre chose, monsieur ?

— Te foutre ma main sur ta face de mort, oui ! lui répondit André en empoignant le commis.

— André, laisse-le ! supplia Nancy.

— Combien ? cracha son mari en repoussant le commis.

— Quoi ?

— Combien je te dois, espèce de moron !

— Quatre-vingts dollars.

— Quoi ?

— Quatre-vingts, monsieur.

— Mais c'est du vol ! Avec ce que tu as mis en essence, ça n'aurait pas dû coûter plus de 20 dollars !

— Vous pouvez me payer avec votre carte de crédit, si vous voulez.

— Écoute-moi bien, tête de nœud! Voilà 30 dollars, et c'est bien payé, crois-moi!

— Voulez-vous me payer au complet, ou je vous fais une facture?

— Une facture?

André décocha un puissant coup de poing au visage du pompiste, qui tomba par terre, assommé.

— La voilà ta facture, connard!

— André! Mais qu'est-ce qui t'a pris?

— Tu as entendu ce crétin me demander 80 dollars pour un plein d'essence? Viens, on s'en va!

— Mais s'il a le numéro de plaque de notre voiture, il va pouvoir lancer la police après nous!

— Je ne crois pas qu'il ait pris la peine de le regarder. Il est toujours demeuré à côté de la voiture, comme une momie! Allez. On file d'ici. Je vais me rendre à ce fameux Herewere et en finir avec cette histoire!

Le couple embarqua rapidement dans la minifourgonnette pour s'engager sur la route.

## 6

— À quel type de personnes aurons-nous affaire là-bas?

— Je ne sais pas, Nancy, mais je vais sûrement en réveiller quelques-uns!

— Chéri, il faudra bien admettre que nous ne sommes plus... dans notre monde!

— Ah, je sais! Je veux seulement aller voir si on a une chance de s'en sortir en allant dans cette localité... Depuis qu'on a vu cette saloperie de «soucoupe volante», tout est à l'envers ici! C'est comme si on avait été projetés dans un autre univers!

— J'ai déjà lu un peu sur ce sujet... Les scientifiques nomment ces mondes des univers parallèles. Un monde semblable au nôtre, mais avec quelques petites différences çà et là...

— On est peut-être en train de nous tester de là-haut. Un peu comme si on était des rats de laboratoire. On veut savoir quel chemin on va choisir pour résoudre un problème!

Un panneau indiquait Herewere à deux kilomètres devant eux. Le couple remarqua sur la droite une route sinueuse qui semblait s'enfoncer dans les collines. Nancy eut le temps de lire son nom : «La route des prés».

Ils continuèrent un bon moment sur la même route et aperçurent un autre panneau indiquant : Zuroch 125 km.

— Depuis le temps qu'on roule, nous devrions, avoir atteint Herewere, observa Nancy.

— Je sais... J'en ai marre!

Le couple vit, sur la gauche, un panneau destiné au trafic venant en sens inverse. Une fois passé, Nancy poussa un soupir.

— Oh non!

— Qu'est-ce que tu as lu, ma petite Nancy?

— Arrête-toi et regarde la pancarte...

Le panneau indiquait : Herewere 5 km.

— Mais... on n'est jamais passé par cette localité! dit André.

— Je sais bien chéri, mais si on se fie au panneau, Herewere est maintenant derrière nous...

Ils changèrent de direction pour revenir sur leurs pas. Après quelques minutes de route, ils aperçurent à nouveau sur le panneau destiné au trafic inverse qu'ils avaient franchi Herewere encore une fois. Nancy reprit :

— Il faut peut-être prendre la petite Route des prés qu'on a vue tout à l'heure. Il manque peut-être un panneau indiquant qu'il fallait virer par cette route pour atteindre cet endroit.

— Humm. Qu'est-ce qu'on fait ?

— Je ne sais plus, mais je commence à avoir un sérieux mal de tête.

— Moi aussi ! Je ne sais plus où aller. Nous sommes fichus !

— Allons sur la Route des prés.

— Crois-tu vraiment qu'on trouvera Herewere sur cette route ?

— On n'a plus rien à perdre de toute façon.

— Tu as raison !

Ils changèrent encore de cap et prirent la Route des prés. La route semblait secondaire puisqu'elle ne portait pas de numéro d'identification. La route avait été pavée depuis un bon bout de temps et semblait très peu fréquentée, car quelques mauvaises herbes poussaient entre les fissures de l'asphalte. Ils roulèrent bien plus que deux kilomètres et durent conclure peu à peu que cette route-là non plus ne les mènerait pas à Herewere.

En continuant de rouler un certain moment, la route devint en gravier.

— On ferait mieux de rebrousser chemin, observa Nancy.

André ne répondit pas. La route commençait à monter assez abruptement et se rétrécissait peu à peu à mesure qu'ils avançaient.

— Je veux seulement aller voir ce qui se cache derrière cette pente, dit André. Si le chemin devient plus mauvais, on rebrousse chemin. D'accord ?

— OK...

La pente devenait de plus en plus abrupte et le moteur commençait à faire rétrograder la transmission. André enfonça un peu l'accélérateur. Ils passèrent en première vitesse. Certaines pierres rondes roulaient sous les roues motrices du véhicule, qui commençait à faire un bon effort pour monter la pente. Ils ne roulaient plus qu'à une trentaine de kilomètres à l'heure à cause de l'état de plus en plus cahoteux du chemin.

— Tu n'aurais pas envie d'arrêter ? Cette route est vraiment trop mauvaise !

— Je veux juste... Oh, mon Dieu !

André freina de justesse. Les roues avant de la minifourgonnette s'immobilisèrent à quelques centimètres du bord d'un immense précipice. La route coupait net sans avertissement ni indication. Il sortit, le cœur battant, avec sa femme. Ils contemplèrent quelques minutes la vue immense qu'offrait ce point de vue. Ils pouvaient y voir à plus d'une centaine de kilomètres devant eux. Sur ce terrain relativement plat, on pouvait y apercevoir quelques municipalités, des cours d'eau et des routes. En avançant prudemment sur le bord de la falaise, André vit qu'un cours d'eau y passait, tout en bas. Il semblait tellement loin... la chute aurait été presque interminable.

— Ils auraient dû nommer cette route, la route des suicidaires ou des kamikazes! dit André en riant nerveusement.

— Il doit y avoir moyen d'atteindre ces villages, là-bas! On distingue quelques routes.

— Allons vers Lavento. On trouvera sûrement sur le parcours une route menant à ces lieux...

## 7

Ils firent lentement marche arrière, et après quelques manœuvres serrées, réussirent à changer de direction pour revenir sur leur pas. Ils redescendirent donc la colline et atteignirent à nouveau la route menant soit à Lavento ou à Herewere. Ils virèrent à gauche pour se diriger vers ce premier.

André accéléra lorsqu'il aperçut l'affiche de la station d'essence Irinid afin de ne pas être remarqué. Il passa à plus de 140 kilomètres à l'heure devant la station. Nancy scruta au passage ce qui pouvait se passer dans la cour. Elle crut apercevoir dans ce court laps de temps qu'un véhicule s'était arrêté et que les passagers aidaient le pompiste à se relever.

André n'avait jeté qu'un petit coup d'œil de côté et n'eut pas le temps de détailler le véhicule qui s'était garé. Sa femme regarda alors vers l'arrière. En voyant la station s'éloigner, elle relâcha un soupir en constatant que personne n'avait remarqué leur passage.

Ils filèrent un certain temps et, à un moment donné, ils furent environ à mi-chemin pour atteindre Lavento. Ils aperçurent sur leur droite un restaurant isolé et décidèrent d'y arrêter, car la faim commençait à les tenailler. Ils se garèrent dans la cour en gravier. Une vingtaine de véhicules y étaient déjà. Le restaurant semblait assez vieillot, mais bien entretenu.

En débarquant, André remarqua pour la première fois de petites différences existant sur les modèles de voitures qu'il connaissait bien.

— Regarde cette Pontiac ! dit-il. Tu ne trouves pas qu'elle est un peu différente de ce que nous connaissons ?

— Oh, tu sais, les modèles de voitures... c'est tout pareil pour moi !

— Mais regarde... c'est frappant ! Normalement, la calandre à l'avant de ces voitures a des tiges horizontales... celles de cette voiture-ci sont verticales !

— C'est peut-être un modèle que tu ne connaissais pas.

— Non, je t'assure ! Pas ce vieux modèle. Et regarde les feux arrière de cette Cougar : ils sont ronds. Normalement, ils sont rectangulaires ! Si le reste du véhicule n'était pas identique à une Cougar, je crois que j'aurais eu du mal à l'identifier et...

— Qu'est-ce qu'il y a ?

— Il fallait bien s'y attendre ! Les marques ou... les noms de modèles de ces voitures ne correspondent pas avec ceux qu'on connaît habituellement.

Sa femme se pencha sur une des voitures et répondit :

— Mais tu as raison ! Regarde le nom de celle-ci : une Roswi... Roswizt... je n'arrive pas à prononcer son nom !

— Celle que tu regardes serait supposée être une Oldsmobile !

— Je commence à me demander si on doit vraiment entrer dans ce restaurant...

— On n'a pas le choix; on va mourir de faim si ça continue.

— Tu as raison, j'ai tellement faim que la tête me tourne!

Ils entrèrent dans le restaurant bondé. Aucun client ne leva les yeux vers les étrangers qui scrutaient le menu indiqué sur des tableaux lumineux au-dessus des comptoirs.

— Qu'est-ce qu'on va prendre dans ce menu? demanda André à voix basse.

— Je ne sais vraiment pas... Il semble que ce soient des mets qu'on ne connaît pas.

— Attends un peu... regarde discrètement sur ta gauche les deux gars habillés pour la chasse. Ils semblent manger un simple steak avec des légumes. Il y a deux places de libres derrière eux. On n'a qu'à s'asseoir derrière eux et dire à la serveuse qu'on veut la même chose qu'eux.

— Bonne idée, approuva Nancy. Ça va nous simplifier la vie... Je me demande comment ces personnes appellent un steak par ici...

Le couple prit place derrière les deux jeunes qui parlaient fort et sans interruption. Ils ne semblaient pas parler de chasse, mais d'un sujet complètement inconnu du couple. Le gros de la discussion semblait porter sur comment coller des poteaux ensemble sans qu'ils entrent dans la terre. Alors qu'André essayait de déchiffrer cette étrange discussion, il sursauta lorsque la serveuse arriva près d'eux.

— Bonjour, dit-elle.

La femme était assez âgée, maigre, et semblait épuisée.

— Avez-vous choisi quelque chose? demanda-t-elle abruptement.

— Oui… euh… enfin… euh… on ne sait pas trop, hésita André timidement, en se sentant rougir. On va prendre… la même chose que les deux personnes derrière nous !

— Très bien. Pareil pour vous, Madame ?

— Oh… oui…

— Et le breuvage ?

— Du… Pepsi… répondit André.

— Comment ?

— Pepsi.

— On n'a pas de pepsssi ici… C'est quoi ça, de la bière ?

— Non non… c'est de la liqueur…

— Ah ! de la liqueur de toutire !

— De la quoi ?

— Mais de quelle planète venez-vous donc ? demanda-t-elle sur un ton agacé.

— De très loin, madame. Bon, on va prendre le même… le même breuvage que tout le monde… Euh… je veux dire le…

— Le même breuvage que cette personne à côté de nous, compléta Nancy, qui voyait que son mari n'arrivait plus à s'en sortir.

— D'accord. Ça ne sera pas très long.

Alors que la serveuse s'éloignait, André reprit :

— J'en ai marre ! Je vais disjoncter, je le sens… Je voudrais tous les saigner !

— Calme-toi, chéri, je t'en supplie ! Il ne faut pas attirer l'attention.

— Quand ce cauchemar se terminera-t-il ? dit-il en se tenant la tête entre les deux mains.

— Est-ce qu'on pourrait, d'après toi, demander à quelqu'un où on est exactement ?

— Je ne crois pas… Ils vont nous répondre comme des robots que nous sommes entre Herewere et Lavento en nous regardant d'une façon bizarre. Le nom de Plattsburgh, pour eux, sera une ville fantaisiste qui n'a jamais existé, sauf dans l'esprit d'un dément! Les deux jeunes ici parlent de choses qui n'ont pas de sens.

— Moi aussi, j'ai remarqué… N'en tiens pas compte. Ça ne sert à rien…

Ils attendirent une dizaine de minutes.

La serveuse arriva enfin et mit les plats et les rafraîchissements sur la table. Puis, elle déposa un petit objet bleu de forme pyramidale sur le bord de leur table.

— Qu'est-ce que c'est? demanda Nancy.

— Voulez-vous rire de moi à la fin? répondit sèchement la serveuse qui s'en alla rapidement vers d'autres clients.

André prit l'étrange objet, qui lui sembla drôlement lourd pour sa taille. Il l'examina sous tous les sens et se demanda bien à quoi il pouvait servir. Il remarqua alors avec sa femme que ces objets se retrouvaient sur toutes les tables occupées du restaurant. Il le reposa sur la table et haussa les épaules.

Ils examinèrent leurs plats respectifs quelques instants. André fut le premier à oser se mettre un morceau de viande dans la bouche. Il commença lentement à le mâcher, et un goût bizarre se fit peu à peu ressentir. Il cracha violemment le morceau dans son assiette. Il agrippa son verre, et un autre goût tout aussi étrange le fit grimacer. Il toussa un bon coup en crachant le liquide sur le plancher. Il n'en fallait pas plus pour que le couple se fasse remarquer. Tout le monde avait soudainement cessé de parler et dévisageait les deux

« étrangers » d'un air surpris. Nancy, bien qu'affamée, perdit tout à coup l'envie de manger.

— Voulez-vous tous une photo de moi ? râla André.

Les clients recommencèrent à manger lentement en discutant à voix basse.

— Il y a un problème ici ? demanda la serveuse, qui apparut rapidement près d'eux.

— Euh... oui, répondit Nancy. Pourrions-nous avoir autre chose ? Nous... n'aimons pas vraiment ce... menu...

— Hmmm... Je vois. Mais qu'est-ce que vous n'aimez pas exactement ?

— Tout ! répliqua sèchement André.

— Bon... très bien. Qu'allez-vous prendre alors ?

— Ce menu-là, celui qui s'appelle Irosam... Iro... balbutia Nancy.

— Vous voulez dire l'Irosamispheri !

— Euh... oui ! Qu'est-ce que c'est, au juste ?

Quelques rires tout bas se firent entendirent près d'eux.

— Vous plaisantez ? demanda furieusement la serveuse.

— Non !

— Ce que ma femme essaie de vous faire comprendre, c'est que nous sommes étrangers ici et que nous ne connaissons pas vos mets !

— Hmmm. Bon. Ce « mets », comme vous dites, se compose d'un pain avec une saucisse dedans, et vous pouvez choisir la garniture...

— Ah voilà ! s'écria André. Ce sont des hot-dogs !

Autres rires dans le fond du restaurant.

— Je vais en prendre deux avec de la bière.

— La même chose pour moi ! approuva rapidement Nancy.

La serveuse ramassa les deux assiettes avec un air fort contrarié. Le couple mal à l'aise regardait la table sans lever les yeux et avait la mauvaise impression que tout le monde les regardait.

La serveuse revint une dizaine de minutes plus tard avec les assiettes remplies de hot-dogs avec des sachets de ketchup. Elle déposa également les deux bières. André la remercia. Les autres clients regardèrent discrètement le couple et se remirent à manger.

— On va crever de faim si on ne mange pas, chuchota Nancy. Il faudra bien se risquer à avaler ces trucs ce coup-ci !

— Tu as raison, concéda André.

Ils commencèrent à manger. Le goût, bien qu'étrange, ressemblait aux hot-dogs de leur monde. La bière était normale. Le couple mangea rapidement. Ils se levèrent et allèrent au comptoir pour payer.

— Est-ce que cela était correct, cette fois ? demanda sèchement la serveuse.

— Oui, répondit André. Combien on vous doit ?

— Quarante-deux.

— Quoi ?

— Quarante-deux !

— Mais c'est du vol !

— Vous avez été chanceux que je ne vous charge pas les deux premiers repas que vous m'avez retournés… Cela vous aurait coûté plus de 100 dollars.

— Mais dans quel monde sommes-nous tombés pour payer tout aussi cher !

— Arrête chéri. Payons la facture et partons…

Un gros cuisinier sortit des cuisines et vint se placer à côté de la serveuse.

— Quel est le problème ici ? railla-t-il.

— Ces étrangers trouvent que nos prix sont trop élevés...

— Écoutez-moi bien, monsieur. Ce sera le prix de cette facture, où vous viendrez avec moi derrière pour devenir plongeur ! Vu ?

Plusieurs clients ricanèrent.

— J'aimerais bien voir ça ! répliqua André.

— Ne me laissez pas aller vous chercher de l'autre côté !

— Allez, ça suffit le gros. Tu ne m'impressionnes pas. Je vais te donner 10 dollars et ce sera tout !

André sortit le billet et le déposa sur le comptoir en approchant son visage de celui du cuisinier pour continuer :

— Et considérez que le pourboire est compris avec !

— Ohhhhh ! Ne revenez plus jamais ici, espèces de vauriens !

— Ça... tu peux y compter.

Le couple sortit rapidement. Les autres clients parlaient fort et devenaient nerveux. Ils s'adressèrent au cuisinier afin qu'il ne s'en laisse pas imposer. Ce dernier sortit finalement en trombe du restaurant avec trois clients ressemblant à des jeunes punks.

— Ça ne se passera pas comme ça ! cria le cuisinier vers le couple qui s'apprêtait à monter dans la voiture.

Les trois jeunes commençaient à s'agiter et avaient du mal à se retenir de foncer sur les étrangers.

— Nancy, monte dans la voiture.

— Mais !

— Fais ce que je te dis!

Nancy embarqua dans la voiture, et le cuisinier fonça aussitôt sur André. Ce dernier profita de l'élan du cuisinier pour l'esquiver et le pousser dans le dos tout en lui donnant un croc-en-jambe. Le gros homme alla se fracasser le visage contre la portière d'une voiture. Il tomba au sol, assommé.

Un des trois punks sortit un couteau à cran d'arrêt et fonça à son tour sur André. Ce dernier évita le pire. La lame ne fit que lui égratigner les côtes. Il profita du recul de son agresseur pour lui décocher un puissant coup de pied au genou. Un bruit sec immédiatement suivi d'un cri de douleur confirma que le genou avait cédé. Le punk tomba de côté par terre en hurlant à tue-tête.

— En voulez-vous vous aussi? cria André aux deux autres qui restaient immobiles.

Ils ne savaient plus s'ils devaient foncer ou rebrousser chemin dans le restaurant. André entra donc dans sa voiture avec un petit rond de sang à l'abdomen. Il démarra rapidement et mit le cap vers Lavento.

8

— Si ça continue comme ça, ils vont tous vouloir notre peau! Mais... tu es blessé!

— T'occupe... C'est juste une égratignure...

— Tu parles d'une égratignure! Regarde donc ta chemise! Elle a une belle tache! Arrête-toi sur le côté, je vais regarder dans la trousse de sûreté pour te panser ça.

— D'accord Nancy. Laisse-moi m'éloigner un peu de ce restaurant et on va s'arrêter.

Une fois sur le côté de la route, Nancy prit le temps de bien désinfecter la plaie et de faire un bon bandage, qui arrêta la petite hémorragie. La trousse de premiers soins du bord fut donc très utile.

— Tu es une bonne infirmière, ma petite Nancy, et je t'aime!

— Moi aussi, je t'aime, et la prochaine fois, promets-moi qu'on paiera la note sans faire d'histoire.

— Hmmm mmm. Je vais essayer autre chose la prochaine fois.

— Que veux-tu dire par là?

— Avec ma carte de crédit!

— Mais… si tu n'existes pas dans ce monde, ça ne fonctionnera pas!

— Je vais essayer quand même, juste pour voir. Peut-être que mon numéro correspondra à celui d'un autre dans ce monde. Ils ne semblent pas demander de preuve d'identité de toute façon. Tout ce qu'ils font, c'est d'insérer la carte; ça passe ou ça ne passe pas. Au pire, cela affichera accès refusé ou un truc de ce genre. Je n'aurai qu'à dire que ma carte devient usée et qu'elle ne réussit parfois plus à activer la transaction.

— Les chances sont plutôt minces.

— Mais elles existent! On ne perd rien à essayer. Ne t'en fais pas, ça va aller cette fois.

Ils redémarrèrent.

— On va toujours vers Lavento? demanda-t-elle.

— Oui. Il faudra se trouver un hôtel pour arrêter en paix et faire le point. Il faut se sortir de cette situation.

André ouvrit la radio pour que le temps passe un peu plus vite, mais au bout de quelques minutes, il la referma après avoir syntonisé quelques stations émettant des bruits saccadés et incohérents plutôt que de la musique. En continuant un peu plus loin, ils passèrent sur un pont qui enjambait une rivière étrange.

— Regarde André !

— Mais qu'est-ce que…

Ils traversèrent le pont et se rangèrent à nouveau sur le côté de la route. Ils observèrent, fascinés, l'origine et la fin du cours d'eau. Il y avait bien une rivière qui s'écoulait sous le pont, mais elle s'arrêtait brusquement une dizaine de mètres plus loin, comme si l'eau ne se jetait nulle part. L'eau disparaissait lorsqu'elle arrivait au bout. C'était la même chose lorsqu'on regardait vers l'origine de la rivière. L'eau semblait émerger du néant. Le « tronçon » de la rivière visible devait mesurer une centaine de mètres environ. Le pont semblait passer exactement au-dessus du centre de la partie visible.

— Peut-être que… commença André.

— Quoi ?

— Peut-être que si on allait à pied vers une des extrémités de ce cours d'eau, on pourrait atterrir dans notre monde.

— Ou dans un autre encore plus hostile.

— Je vais aller à pied au bout de l'origine de ce cours d'eau. Je veux juste voir ce qui se passera si j'approche un peu de ce point.

— Ça ne me plaît pas du tout !

— Allons, n'aie pas peur ! Je vais y aller lentement. Toi, reste ici pour me voir éloigner. Peut-être que ce n'est qu'une illusion d'optique…

— Mais imagine-toi si tu étais aspiré dans un autre monde rendu à ce point. Qu'est-ce que je deviendrais?

— Je t'assure qu'il n'y aura pas de problème!

— Non, n'y va pas, je t'en prie, chéri!

— Écoute-moi Nancy. C'est peut-être la seule issue que nous aurons pour sortir de ce cauchemar! Je dois aller voir ce point.

— J'y vais avec toi alors!

— Je te dis qu'il n'y aura pas de problème! Reste ici pour voir ce qui se passera.

— Fais attention, je t'en supplie!

— Ne t'en fais pas… tout ira bien.

André lui donna un baiser et la serra dans ses bras. Elle se colla à lui et laissa tomber quelques larmes.

Il sortit de la voiture et entama sa marché vers l'origine du cours d'eau. Au bout de quelques instants, il y arriva et s'immobilisa. Il envoya un signe à sa femme pour lui signifier que tout allait bien. Il observa un moment l'eau qui venait de nulle part. Il prit une petite pierre et la jeta devant lui. La pierre disparut dans un mur invisible. Il constata alors que le paysage devant lui n'était qu'une illusion. Il y avait quelque chose de l'autre côté. André hésita quelques instants et décida de pénétrer le «mur». Nancy vit disparaître son mari subitement.

— André, reviens! cria Nancy.

Elle paniqua et sortit de la voiture pour courir vers lui. Mais avant qu'elle n'atteigne le point, elle vit son mari bondir du mur pour tomber au sol en hurlant.

— Oh, mon Dieu! Je t'avais dit de ne pas y aller!

Elle s'accroupit et lui demanda:

— Es-tu blessé?

— Non… non… ça va…

— Qu'est-ce qu'il y avait de l'autre côté ?

— Une sorte de monde de désolation. La rivière continuait loin… plus loin que je ne pouvais la distinguer… et la présence…

— La présence ?

— Dans ce monde au ciel obscur, il y avait comme une présence invisible qui semblait venir vers moi… je la sentais venir… je la sentais prendre possession de mon corps… j'ai… réussi à sauter avant qu'elle entre en moi…

— Allez, viens chéri. On retourne à la voiture. Tu m'as assez fait peur comme ça. Je croyais que je ne te reverrais plus jamais !

— Désolé, dit-il en se relevant péniblement. Je vais écouter tes conseils à l'avenir !

— À la bonne heure !

## 9

Ils retournèrent vers le véhicule et y prirent place.

Le couple observa un moment l'autre côté du cours d'eau, celui où la rivière ne se jetait nulle part.

— Je me demande ce qu'on aurait trouvé si on avait été de ce côté… Ça ne te tente pas d'y aller ? demanda-t-elle sur un ton moqueur.

— Non merci, j'ai eu ma leçon !

Nancy pouffa de rire.

— Qui c'est, celui-là ? reprit André subitement.

Nancy se retourna et vit un homme bizarre qui approchait. Il semblait boitiller et être vêtu de vieux vêtements en piteux état. Plus il approchait, plus son visage laissait entrevoir quelqu'un de surnaturel.

— Reprenons notre route, chuchota sa femme. J'ai un mauvais pressentiment sur cette... personne.

Ils se remirent en route lentement pour mieux observer l'individu qui approchait. C'est lorsqu'ils furent près de lui qu'ils distinguèrent mieux à quoi il ressemblait vraiment. L'individu ressemblait plus à un zombie qu'à un homme normal. Son visage n'avait presque plus de peau et laissait entrevoir une bonne partie de son crâne. Ses yeux, presque sortis de leurs orbites, demeuraient fixes et regardaient droit devant. Cet étranger semblait totalement ignorer la voiture du couple. Des lambeaux de chair et de vêtements déchirés pendaient de son bras gauche. Son autre bras, qui allait et venait mécaniquement au rythme de la marche, tenait une grosse hache avec un tranchant ensanglanté. Voyant cela, André accéléra.

— Je ne l'aurais sûrement pas fait monter s'il m'avait demandé de le déposer quelque part, déclara-t-il.

— Tu as vu son regard ? Et ce visage... On aurait dit un mort-vivant, comme dans les films d'horreur !

— Espérons qu'on ne rencontrera pas d'autres atrocités de ce genre à Lavento.

— On ne doit pas être si loin que ça de cet endroit.

— C'est encore assez loin, mais je crois que d'ici une heure ou deux, on y sera.

Ils firent un bon bout de chemin, jusqu'à ce qu'ils voient un panneau indiquant Lavento à moins de cinq kilomètres devant eux. Quelques instants plus tard, ils passèrent la zone où la municipalité de Lavento aurait dû commencer, mais ils n'aperçurent rien, sauf une pancarte destinée au trafic inverse annonçant Lavento à moins de cinq kilomètres...

— On a encore passé droit! souffla André sur un ton découragé.

— Le panneau au loin devant nous, il indique quoi?

— Attends un peu qu'on s'approche. C'est écrit... Hawkburry 76 km.

— Qu'est-ce qu'on va faire, chéri? Mais dis-moi, qu'est-ce qu'on va faire?

— Je persiste à croire qu'on va finir par retrouver notre monde tôt ou tard. Je vais continuer sur cette foutue route jusqu'à ce qu'on trouve une vraie ville! hurla son mari.

Ils continuèrent alors, et au bout d'un certain temps, Nancy, morte de fatigue, finit par s'endormir.

André commençait lui aussi à être exténué et avait peu à peu envie de trouver un motel plutôt qu'une ville. Le soleil commençait à s'approcher de l'horizon et il n'osa pas trop s'imaginer comment pouvait être ce monde la nuit.

Trouver un abri... une maison... n'importe quoi, mais il fallait qu'ils dorment en lieu sûr. C'est tout ce qu'il désirait maintenant. Il pensa à l'oncle de sa femme, qui devait commencer à s'inquiéter...

«On devrait être rentrés depuis quelques heures. Peut-être qu'ils ont essayé de nous téléphoner pour vérifier si on était vraiment partis, pensa-t-il. Oui, on est partis Paulie, mais si tu savais où on est vraiment... à un endroit où même toute l'armée du pays ne pourrait nous trouver. Ce coup-ci, tu ne pourrais pas nous compter une meilleure histoire, j'en suis absolument certain.»

# 10

Un motel qui approchait sur sa gauche le fit sortir de sa mélancolie, et il décida d'y arrêter sans même le regarder de plus près. Sa femme se réveilla sous la forte décélération qu'imposa André avec les freins de la minifourgonnette. Le couple regarda un peu le motel à l'allure vieillotte. Une vieille affiche lumineuse avec des néons verts et bleus indiquait le nom : « MOTEL VASAKI. Air conditionné, câble. »

Il n'y avait que trois véhicules dans l'aire de stationnement hormis celui du couple. Une fois rendu dans le hall de réception, André dut sonner pour que le préposé arrive au comptoir. Un vieillard maigrichon au pas lent et traînant apparut devant eux. Il dévisagea le couple un instant et demanda :

— C'est pour une chambre ?

— Oui... fit André. C'est combien ?

— Huit cents dollars pour la nuit.

— Huit cents...

— Vous avez jusqu'à 9 h demain matin.

— Huit cents, vous dites...

Il sentit la main de sa femme se resserrer dans la sienne en guise d'avertissement. Non, il ne fallait pas encore se faire remarquer ni contredire les gens. Cela finissait toujours par des poings sur la gueule. Il fallait jouer le jeu. Faire comme si de rien n'était...

— Acceptez-vous les cartes de crédit ? demanda André.

— La Helo seulement.

— La Visa, vous ne la connaissez pas ?

— Jamais entendu parler.

— Évidemment... Pouvons-nous vous payer demain, avant de partir?

Nancy regardait le sol en pensant : «Ça y est! Maintenant, on va se tirer d'ici sans payer...»

— D'habitude, j'aime bien être payé d'avance... je ne vous connais pas, monsieur!

Un groupe de clients entra bruyamment derrière le couple, dont une femme énorme avec un décolleté plongeant. Elle était vêtue d'une robe rouge vif et dégageait une forte odeur de parfum. Elle mâchait de la gomme la bouche ouverte en faisant du bruit et sans faire attention. À côté d'elle se trouvaient deux adolescents qui semblaient surexcités et regardaient tout autour d'eux, comme si c'était la première fois qu'ils entraient dans un motel. Le préposé reprit :

— D'ailleurs si vous n'avez pas d'argent ce soir, vous n'en aurez pas plus demain, non?

— Bon, on va vous faire un chèque, répondit André.

— Je ne sais pas... d'habitude, c'est comptant... ou... bon... montrez-moi quelques pièces d'identité.

— Mon numéro de permis de conduire, ça vous va?

— Ça ira.

André se sentit un peu poussé dans le dos par la grosse femme. Cette dernière lui lança :

— Si vous n'êtes pas capable de payer, dégagez! On n'a pas que ça à faire, nous!

Il se retourna et la poussa un peu pour lui rétorquer :

— Toi, l'éléphant, attends ton tour!

La femme recula, offusquée.

— Non mais, ce n'est pas vrai, pour qui il se prend, celui-là!

— Pour celui qui est arrivé avant vous !

— André laisse-la… Fais le chèque et partons !

André fut tenté de continuer, mais il écouta les conseils de sa femme. Il se retourna vers le vieux.

— Alors, ça va aller pour un chèque ?

— Ouais…

André fit rapidement son chèque pendant qu'il entendait la grosse derrière lui avec ses deux gamins qui chuchotaient et ricanaient dans leur dos. Une fois le chèque fait, il le donna au commis, qui l'examina un peu et lui fit signe que tout était en ordre. André fit un pas rapide de côté, entraînant vivement sa femme par la main. Elle eut tout juste le temps d'agripper la clé que le commis lui remettait.

Le couple se dirigea sans se retourner vers l'escalier qui menait à l'étage de leur chambre. Ils arrivèrent à la chambre et y pénétrèrent en verrouillant derrière eux. Nancy se lança à plat ventre sur le lit. André s'assit sur le bord du lit et enleva avec soulagement ses chaussures, qui commençaient à lui serrer les pieds.

— J'espère qu'il ne sera pas trop rapide pour vérifier le chèque, souffla André.

Il considéra le téléphone près d'eux un instant et l'agrippa.

— Mais qui veux-tu appeler dans ce monde fou ? demanda sa femme.

— Je veux juste faire un test… Je vais signaler le numéro de ton oncle Paulie. On verra si la liaison peut se faire quand même. Si par hasard je réussissais, je pourrais lui expliquer notre retard.

— Si tu réussissais à le rejoindre, il croirait sûrement que c'est une fausse excuse et il penserait que tu es devenu fou.

Il composa le numéro. Il entendit sonner trois coups. On décrocha. La voix qu'il entendit au bout du fil ne lui était pas familière. C'était une femme avec un accent asiatique.

— Pourrais-je parler à Paulie ?

— Vous avez dû faire une erreur, monsieur.

— Je suis bien chez Paulie Callaghan ?

— Je ne connais pas cette personne. Vous avez sûrement mal signalé.

— Excusez-moi alors…

André raccrocha, l'air déçu.

— À quoi t'attendais-tu ? Tu savais bien que mon oncle ne serait pas au bout du fil, non ?

— Tu as raison… je voulais juste m'en assurer…

Ils prirent une bonne douche qui les relaxa grandement de toute la tension de la journée. Ils se mirent à l'aise et s'allongèrent dans leur lit pour regarder la télé. Ils se rendirent évidemment compte que les émissions qu'ils regardaient s'écartaient totalement de ce qu'ils connaissaient.

André zappait d'une chaîne à l'autre sans trouver quelque chose d'intéressant. Il tombait parfois sur des scènes étranges. Le couple n'arrivait pas à voir s'il s'agissait d'une comédie ou d'un drame quelconque tant les actes étaient inconnus d'eux. Ils visionnèrent entre autres une scène où un paysan étrange s'obstinait à gratter les murs de sa grange avec une fourche sur une musique de film d'horreur. À une autre chaîne, ils aperçurent des personnes allongées au sol avec des rubans de papier bleus tombant sur eux au son d'une musique incohérente. Une autre où un homme entrait et sortait sans cesse par la porte de son appartement en faisant rouler une roue de voiture avec ses mains. Le poste qui semblait le plus «habituel» était celui de la météo, exception faite des régions décrites, totalement inconnues de la géographie du couple. Après quelques instants, le couple commença à s'endormir et éteignit le téléviseur.

Plus tard dans la nuit, un bruit sourd et fracassant réveilla brusquement le couple. Il était presque 2 h du matin. Puis, un autre coup aussi puissant se répéta et semblait venir de dehors. Furieux, André se leva et se précipita à la fenêtre pour voir ce qui s'y passait.

Une sorte de véhicule-cantine était garé devant l'entrée, et un individu déguisé en clown s'affairait à y faire sonner une sorte de trompette qui dégageait une fumée. Il la fit sonner une troisième fois avec un son aussi déplaisant. La trompette dégagea une dernière fois un petit brouillard.

André vit des clients de l'hôtel arriver près du véhicule et pensa avec satisfaction qu'ils allaient lui dire de foutre le camp avec son épave. Mais… après quelques instants, il constata avec incrédulité que les clients venaient tous lui serrer la main et rigolaient avec lui. La foule devenait de plus en plus grande, car des véhicules venaient de partout. Les passagers excités en débarquaient, courant vers l'attraction nocturne. André vit qu'une file de personnes commençait à naître. Il vit le «clown» ouvrir le panneau latéral de son véhicule pour montrer sa marchandise d'un geste magistral. La petite foule cria sa joie en découvrant sa marchandise.

— Nancy, viens voir ces illuminés! Ils sont vraiment tous fous à lier!

Le couple vit une première personne s'approcher du vendeur. Il acheta une sorte de pistolet énorme. Une fois le joujou acheté, l'individu se détacha rapidement du groupe et se mit à tirer dans les airs. Le pistolet, qui faisait un boucan infernal, ne tirait dans les airs que des boules roses lumineuses. Ces boules n'allaient guère à plus de cinq mètres en hauteur et rebondissaient au sol en éclatant. Son nouveau possesseur, qui semblait avoir une bonne quarantaine d'années, semblait s'amuser comme un petit gamin avec son jouet. André ouvrit la fenêtre pour entendre ce qui se disait. Le couple constata que les personnes dans ce monde ne semblaient pas avoir d'horaire précis. Ils pouvaient faire n'importe quoi, n'importe quand, même en pleine nuit!

— Je veux aller voir ces tarés! déclara André en colère. Je vais leur dire qu'il existe des gens normaux qui aiment dormir la nuit sans se faire déranger!

— Oh, laisse-les faire! Ils sont trop nombreux! Tu vas encore t'attirer des ennuis!

— Ne t'inquiète pas! Je ne veux plus me battre... Je veux juste parler à ce mariolle afin de lui dire ma façon de penser!

Il s'habilla en hâte et sortit rapidement de la chambre. Il faillit rater une marche de l'escalier et descendit plus vite qu'il ne l'aurait voulu, réalisant que ses jambes étaient encore un peu molles. Lorsqu'il arriva dans la petite foule bruyante, on lui signala promptement de faire la queue comme tout le monde. André obtempéra en retenant difficilement ses jurons et ses ardeurs belliqueuses. Il vit la grosse femme en rouge qui mâchait toujours sa gomme à s'en rompre les mâchoires. Elle parlait avec le clown et semblait négocier le prix d'un grand miroir. À un moment donné, le vendeur mit le miroir devant elle et la grosse se vit apparaître sous une taille effilée. Le fait de voir sa tête qui n'avait pas changé sur un corps svelte paraissait très ridicule, mais on n'entendait que des acclamations de la foule.

— Alors, qu'est-ce que vous en pensez? cria le clown à la grosse.

— Je crois que je vais succomber à la tentation, répondit-elle sur un air hautain. Je le prends si vous me le laissez pour 1 000!

— Il est à vous, ma jolie!

La foule applaudit et la grosse femme rougissante se retira avec l'énorme miroir sous le bras. Le vendeur souriait à pleines dents. André, estomaqué, remarqua au passage le nom de commerce inscrit sur la cantine : «Le verger d'or de la route des prés». Ce nom de route lui rappela le chemin où il avait failli tomber dans un précipice. Le vendeur et son véhicule venaient-ils de cette route suicidaire? André y réfléchit un court moment et observa ensuite un autre client qui s'avançait près du commerçant. Ce dernier, avant de servir son prochain client, prit un porte-voix et cria :

— Venez voir toutes les aubaines du Verger d'or! Vous trouverez sûrement quelque chose qui fera votre bonheur à petit prix!

Il déposa son porte-voix et s'adressa au client près de lui. Ce dernier était assez maigre et avait le dos courbé. Il démontrait un signe de complexe d'infériorité. Le client chuchota au vendeur ce qu'il voulait. Il vit le vendeur remettre à l'homme un simple ruban rouge avec une bordure dorée. Il le lui fixa au poignet en faisant un petit nœud.

— Avec ça, mon homme, tu apparaîtras comme un être surnaturel et tout le monde te respectera !

— Ohhhh ! C'est merveilleux. Je me sens déjà reprendre des forces ! C'est combien ?

— Normalement, je le vendrais 300, mais… pour toi, ce sera 200 ! D'acc ?

— D'acc !

Le client s'éloigna de la foule, le torse bombé comme s'il se prenait pour une sorte de « monsieur univers »… La foule applaudit de plus belle, sauf André, qui demeurait les bras croisés en hochant la tête. Il vit passer devant lui toutes sortes de personnes achetant au marchand une grande quantité de pacotilles. À un moment donné, il ne restait que deux personnes devant lui. Le nouveau client près du marchand était un petit garçon d'environ 10 ans. Il confia au marchand de rêves qu'il avait un gros problème de carie dentaire. Il demanda au vendeur s'il avait quelque chose pour lui.

— Sûrement, mon capitaine ! J'ai quelque chose au bon goût qui réglera ton problème.

Le vendeur prit un simple sac de croustilles et reprit :

— Ces croustilles à saveur de vinaigre feront disparaître tous ces vilains trous que tu as sur tes dents ! Tu aimes les croustilles au vinaigre, j'espère…

— Oh oui, monsieur !

— Tant mieux, car c'est le seul parfum que j'ai !

Il se mit à rire fort et continua :

— Au fait, mon capitaine, combien as-tu sur toi ?

— Euh… je n'ai que 19 dollars… est-ce que c'est suffisant ?

— Mmmmm. Ce n'est pas beaucoup ça, 19 dollars, pour un produit miracle…

Des soupirs de tristesse se firent entendre dans la foule. Le garçon versa une larme, découragé.

— C'est tout ce que j'ai, monsieur ! Il ne faudrait pas que mon père sache que je suis ici, sinon ça irait mal !

— Il ne veut pas que tu viennes ici, ton père ? Mais… il n'est pas normal ce type !

(Rires dans la foule.)

— Ce n'est pas qu'il ne veut pas que je vienne ici, monsieur… cet argent que j'ai sur moi est pour l'école et…

— Pour l'école tu me dis… Ton apparence n'est-elle pas plus importante ? Tiens, voilà.

Le vendeur lui remit le sac.

— Je te le vends pour 15, d'accord ?

— Oui, monsieur. Tenez. Vous ne m'avez jamais vu, d'accord ?

— Ne t'inquiète pas ! Allez file ! Suivant !

— Auriez-vous quelque chose pour moi ? dit un vieillard très ridé. Je voudrais reprendre mon apparence de lorsque j'étais jeune et…

— Oh là, monsieur ! Je ne peux pas vous empêcher de mourir ! Je ne suis pas un dieu ! Mais… j'ai peut-être quelque chose qui vous permettrait de ressembler à un jeune homme.

Il prit un pot de crème dans le présentoir et le remit au vieil homme.

— Cette crème, au bout de quelques jours d'application, fera disparaître toutes ces vilaines rides !

— Et mes cheveux ? ajouta-t-il d'une voix enrouée.

— Vos cheveux repousseront aussi ! C'est une crème deux en un ! De cette façon, vous pourrez…

— C'est combien ? interrompit le vieillard.

— Deux mille et elle est à vous !

— Vous prenez les cartes de crédit ?

— Bien sûr, monsieur. Vous ne le regretterez pas, je vous l'assure !

La transaction se fit et le vieil homme repartit en boitant, tenant serré contre sa poitrine le petit pot de crème.

— Suivant !

André avança en envisageant un court instant le personnage déguisé avec son sourire fixe.

— Qu'est ce que je peux faire pour vous, monsieur ?

— Je me demande si vous auriez une sorte de potion…

— Quelle sorte de potion ? J'en ai des tas de mixtures, des élixirs, enfin bien des recettes…

— Une potion bien spéciale, dit-il, le sourire en coin.

— Oui, mais…

— Une potion, interrompit-il, qui me permettrait de voir certaines choses…

— Ah ! J'y suis ! Vous voulez une potion qui vous donnera de meilleurs yeux, car les vôtres deviennent faibles. J'ai justement, pour 700 dollars, quelque chose qui…

— Non, non, non. Mes yeux sont normaux. La potion que je cherche sert à distinguer les voleurs comme vous à travers les personnes honnêtes. J'en ferais boire aux personnes ici et…

Le sourire du commerçant tomba net.

— Si c'est une plaisanterie, je ne la trouve pas drôle du tout.

— Est-ce que j'ai l'air de plaisanter ? Comment faites-vous pour profiter des faiblesses de tous ces gens ?

— Qui êtes-vous ?

— Qu'importe qui je suis ou d'où je viens ! Je vous observe depuis tout à l'heure, et c'est un vrai scandale de vous voir exploiter la naïveté de ces personnes !

— André ? cria sa femme de la fenêtre.

Elle sentait qu'il allait encore faire des bêtises.

— J'arrive chérie… Vous êtes chanceux de ne pas être dans mon quartier ! Je crois que vous auriez rapidement de gros problèmes !

— Partez !

— Oui, je m'en vais, connard ! Je voulais juste voir à qui j'avais affaire, espèce d'escroc !

André se tourna vers la foule et s'éloigna du vendeur en criant :

— Cet homme que vous voyez ici est le pire des profiteurs que j'aie eu l'occasion de voir dans ma vie. Si j'étais vous, je réfléchirais avant de faire affaire avec cet imposteur !

— Soyez maudit ! railla le vendeur.

— C'est plutôt vous qui devriez l'être !

Une voix dans la foule dit :

— Ohhh ! Si vous ne voulez pas acheter, fichez-nous la paix !

La foule applaudit encore.

— Je vois que je perds mon temps avec vous tous. Pauvres petites cervelles… Continuez alors ! Faites-vous avoir ! Je n'ai rien dit ! Je disparais.

André s'éloigna en regardant le visage du clown qui l'observait avec un rictus haineux. Il constata que tout le monde le regardait d'une drôle de façon. En arrivant près de la porte d'entrée du motel, il vit l'homme qui avait acheté le pistolet tirant des balles roses. Il était assis par terre, adossé au mur de l'établissement, et regardait le ciel d'un air triste. À côté de lui se trouvait le pistolet qui semblait déjà hors d'usage, à voir l'état du canon fendillé. André le regarda quelques secondes et hocha la tête. Alors qu'il pénétra dans le motel, il faillit entrer en collision avec le réceptionniste âgé qui enfilait à la hâte une vieille robe de chambre dont la propreté était douteuse.

— Est-ce que le vendeur du Verger d'or est encore là? demanda-t-il en râlant.

— Euh… oui… ne me dites pas que vous aussi…

Il cessa de parler en voyant le vieux se précipiter dehors avec une grosse liasse d'argent dans la main.

## 11

Le tapage nocturne dura presque une heure, et finalement, le vendeur entra dans sa camionnette. Il démarra et fit crier sa sirène de quelques coups horribles. L'écho de ce tintamarre diminua avec le bruit de la foule qui se dissipait.

Le couple dormit peu le reste de la nuit. André fit un rêve étrange. Il rêva qu'il était avalé par un aspirateur géant manipulé par le clown. Le clown avait toujours son sourire cruel et en bavait de plaisir. André se réveilla en sueur.

Le matin, le couple commanda son petit-déjeuner et fut agréablement surpris du bon goût du plat. Après leur repas, ils quittèrent le motel et rembarquèrent dans leur minifourgonnette. Le vent était assez fort, comme si une tempête se préparait. De sombres nuages roulaient dans le ciel et de petits tourbillons de poussière naissaient çà et là avant de disparaître aussitôt.

Avant de quitter définitivement l'aire de stationnement, André remarqua un objet qui brillait au sol. Le vent semblait le faire miroiter au soleil d'une façon qui attira son attention. André arrêta à nouveau son véhicule et pointa du doigt à sa femme l'objet qu'il voulait aller examiner. Il débarqua, intrigué, et s'approcha de l'objet qui ressemblait à une petite calculatrice. Elle était à moitié enfouie dans le sable à cause des vents. Il observa l'écran du petit appareil qui affichait des images multicolores incohérentes et sans cesse renouvelées. Il tenta de la prendre pour la dégager du sol afin de mieux l'examiner, mais une vive douleur lui fit reculer sa main. L'objet était brûlant. Il cria des jurons en donnant un coup de pied sur l'objet, qui ne bougea pas d'un poil. Il lâcha un petit soupir de douleur pour son pied et ses doigts légèrement brûlés. André rembarqua rapidement dans sa voiture et redémarra. Ils continuèrent vers la supposée municipalité de Hawkbury. Après une heure de route, ils virent le même motel d'où ils venaient : le motel Vasaki.

— Mais… on tourne en rond ! dit Nancy.

— Je le vois bien. Pourtant, on aurait dû voir une intersection avec une route menant au secteur de Lavento. Si on est dans une boucle, on devrait avoir vu une intersection, c'est obligé !

— Que vas-tu faire ?

— Je… continuons… On a peut-être manqué l'accès d'une autre route.

Le couple continua sa route et repassa encore devant le motel. André décéléra et immobilisa le véhicule sur la chaussée.

— La route est pratiquement toujours droite et on tourne en rond. Nancy, je crois que je deviendrai bientôt aussi dingue que tout le monde ici.

— Sors-nous d'ici, je t'en prie! siffla-t-elle, au bord d'une crise de nerfs.

— Mais… je ne sais plus où aller! Je ne sais plus quoi faire! répondit-il, la tête entre les deux mains.

— Allons dans l'autre sens! Il y a forcément une sortie quelque part!

— Mais pour aller où? Même si on retrouvait le chemin menant à Herewere, nous ne serions pas plus avancés.

— Essaie quand même! Il faut se rapprocher du lieu où on est apparus, près du parc où il y avait de drôles de poteaux!

— Tu veux dire vers Verenci?

— Oui. On n'a pas encore réellement essayé d'aller à ce point.

— Je crois qu'on ne pourra plus jamais y aller. La route y menant semble disparue.

Sur ces mots, ils reprirent la direction inverse. Une dizaine de minutes plus tard, André vit arriver dans son rétroviseur trois voitures se rapprochant à grande vitesse.

«Des jeunes qui font une course», pensa-t-il.

La voiture la plus proche, une grosse voiture blanche, entra violemment dans l'arrière du véhicule du couple. Sa femme lança un petit cri de surprise. Une petite voiture verte doubla la blanche et vint se placer à la hauteur de la portière d'André. Ce dernier reconnut avec horreur les punks du restaurant. Celui assis du côté passager baissa la vitre et envoya un signe obscène au couple. Il replongea son bras à l'intérieur et en sortit un fusil de gros calibre pour le pointer au visage d'André.

— Baisse-toi! cria-t-il à sa femme.

André accéléra en même temps que le coup de feu partit. La vitre arrière latérale vola en éclats. Nancy ne put s'empêcher de crier. La voiture verte était maintenant à l'arrière, et un autre coup de feu retentit pour s'abattre dans le panneau arrière de la minifourgonnette. La grosse voiture blanche se mit à côté de celle du couple, et son conducteur donna un bon coup de volant latéral. Les deux voitures se heurtèrent. André reconnut le cuisinier qui souriait à pleines dents.

— Ils veulent nous faire prendre le fossé! cria Nancy, hystérique.

— Tiens bon! Je vais essayer de les semer!

Il enfonça l'accélérateur au maximum. Un autre coup de feu fit éclater la vitre arrière. Nancy, pliée en deux, retenait sa panique du mieux qu'elle le pouvait. Découragé, André vit une grosse lueur devant eux dans le ciel.

La même lueur qu'ils avaient vue avant d'entrer dans ce monde de fous.

La minifourgonnette sembla passer sur quelque chose d'énorme, bien qu'André n'ait rien vu sur la route. Puis, une lueur les aveugla un court instant pour disparaître aussitôt. André dut appuyer brusquement sur les freins afin d'éviter d'entrer en collision dans un camion déversant de l'asphalte devant eux. Le camion était apparu comme un mirage et s'était matérialisé juste après la lueur. André regarda dans son rétroviseur et n'aperçut pas le moindre poursuivant.

Nancy avait disparu. Il ne la retrouva jamais : elle était apparue sur le vaisseau des Nantasiens.

▲▼▲

Vorg et Gemi examinaient leur nouvelle capture.

— Cette femelle en sera une qui manipulera l'une des bagues, déclara Vorg.

— Son état physique est bon, répondit Gemi.

— Les occupants qui pilotaient l'astronef n'ont pas été identifiés. Ils semblent maîtriser le voyage dans d'autres dimensions.

— Il aurait fallu prendre contact avec eux.

— Ceci n'était pas notre priorité, Gemi. Bien des races ont dû visiter cette planète avant nous de toute façon. On pourra toujours enquêter sur ces visiteurs une autre fois grâce à ta machine temporelle...

— Continuons alors. On a encore beaucoup de spécimens à capturer pour notre film...

# Chapitre 5

## Notions d'alchimie

### 1

Spécimen numéro 5
Sexe : mâle
Âge : 29 ans
État physique : passable
Dénommé : Carlo Bertoni

Naples, Italie, 1495.

Carlo travaillait seul chez lui afin d'économiser et de ne pas être dérangé. Il s'était installé dans sa cuisine pour profiter du fourneau. Avec le temps, il avait transformé cette pièce de la maison en laboratoire afin d'y mener ses expériences en alchimie. Son but ultime était la découverte de la fameuse pierre philosophale. Une pierre qui était supposée avoir la capacité de transmuter n'importe quels métaux vils en or. Mais ce n'était pas tout : le liquide qui suintait de cette pierre fabuleuse était supposé guérir n'importe quelle maladie et rendre immortel celui qui en buvait !

Le laboratoire de fortune de Carlo était devenu une pièce sombre et encombrée, empuantie par la fumée et les relents des produits chimiques. Il était empli d'un fatras d'instruments, de manuscrits, de crânes, de spécimens d'animaux et d'objets mystiques divers. Les outils essentiels de Carlo se résumaient au fourneau de la cuisine, dont le feu était entretenu par un soufflet, des vases à distiller ou des alambics pour purifier certaines substances, un mortier et un pilon pour concasser des fragments de matériaux afin de les réduire en poussière, un creuset qui servait à mélanger les éléments écrasés avec d'autres éléments, et finalement, une balance pour peser divers mélanges.

Carlo était un homme obèse mangeant beaucoup trop. Il avait les cheveux noirs bouclés et assez courts. C'était un homme égoïste et peureux de nature. Lorsqu'il était jeune, les garçons de son âge lui menaient souvent la vie dure. Une fois, alors qu'il fuyait ses tortionnaires, il avait réussi à se réfugier au fond d'un lac et à y demeurer assez longtemps afin que ses poursuivants perdent sa trace. Il découvrit ainsi qu'il pouvait demeurer sous l'eau plus longtemps que la normale. Il pouvait demeurer en apnée une dizaine de minutes avant d'être obligé de remonter à la surface !

Mais au cours des années, il oublia un peu ce don spécial et se concentra sur l'étude de l'alchimie. Et il avait de quoi se concentrer, car un autre collègue, son presque ami Victor Palensky, d'origine russe, lui faisait la vie dure en cherchant lui aussi la pierre philosophale.

Victor était un homme sage et réservé, contrairement à Carlo. De belle apparence, Victor attirait facilement les femmes du quartier. Le Russe faisait ses recherches pour faire avancer la science, tandis que Carlo ne visait que gloire et fortune. Le fait d'inventer une pierre qui transformait n'importe quels métaux en or le faisait rêver. Incapable d'avoir une relation sérieuse avec une femme, Carlo se contentait souvent d'histoires d'un soir.

Le laboratoire de Victor était ce qu'il y avait de mieux à l'époque. De plus, il était ordonné, bien éclairé grâce à de nombreuses vitrines, et très propre. Il faisait parfois visiter avec fierté ce local aux curieux qui voulaient en apprendre un peu sur cette science ésotérique. Les visiteurs y voyaient un équipement impeccable et dernier cri de l'époque.

Sur un des murs, les curieux pouvaient voir une affiche géante du serpent Ouroboros : le serpent qui se mordait la queue. Il représentait la croyance des alchimistes selon laquelle la matière connaissait un incessant cycle de destruction et de création. Sur le mur opposé, un tableau représentait le lien étroit qui existait entre l'astronomie et l'alchimie. La science de l'alchimie supposait que sept métaux principaux avaient poussé comme des embryons à l'intérieur de la Terre, sous l'influence des sept corps planétaires connus à l'époque : l'or avec le Soleil, l'argent avec la Lune, le mercure avec Mercure, le cuivre avec Vénus, le fer avec Mars, l'étain avec Jupiter, et enfin, le plomb avec Saturne.

## 2

Avant d'aboutir à la création de la fameuse pierre magique, les alchimistes devaient d'abord se faire la main en effectuant diverses expériences étranges. Carlo comme Victor devaient, entre autres, concevoir différents réceptacles et y introduire une vie artificielle ou inventer d'autres procédés en se servant des éléments connus à l'époque pour en faire différents élixirs aux propriétés inédites.

C'est ainsi que Carlo inventa son premier réceptacle doté d'une vie artificielle. Il façonna d'abord une tête de cuivre ayant l'apparence humaine. Un de ses amis, Angelo, un ingénieur talentueux, confectionna l'intérieur de la tête. Il la dota d'une mécanique complexe avec des poulies et des ressorts pouvant imiter grossièrement les mouvements de la bouche et des yeux.

Par la suite, Carlo devait confectionner un élixir à partir de poudres diverses provenant, entre autres, d'ossement animal et de diverses plantes rares.

Il mélangea le tout avec de l'eau et l'emmena au feu du fourneau. Enfin, il déposa la tête dans ce bouillon pestilentiel, et il la laissa mijoter pendant quelques jours.

Après la période donnée, il retira avec précaution la tête qui brillait d'une lueur mi-dorée, mi-verte. Il la déposa sur une table dotée d'un système complexe d'alimentation en air et en eau, fabriqué par un autre de ses amis, un médecin du nom d'Augusto. La tête avait les yeux fermés et la bouche entrouverte. Selon sa méthode secrète, la tête devait d'abord passer une nuit complète en pleine obscurité et sans aucun courant d'air.

Carlo alla se coucher après cette éprouvante période, essayant en vain de dormir malgré cette odeur étrange et persistante dans la maison. Il avait aussi hâte au lendemain pour pouvoir ouvrir les fenêtres et la porte et constater si son expérience avait réussi ou non.

Le lendemain matin, Carlo se leva en titubant, victime d'une mauvaise nuit emplie de cauchemars. Il se dirigea vers une fenêtre et tira les rideaux afin que la tête soit baignée par le soleil levant. Carlo constata que la bouche de la tête était maintenant fermée. C'était bon signe! La tête abritait visiblement un début de signe de vie artificielle. Carlo alla enfin ouvrir porte et fenêtres afin de changer l'air de la maison. Il alla se chercher un verre d'eau et revint dans la pièce où la tête reposait. Il prit une gorgée et, en se dirigeant vers la fameuse pièce, échappa son verre, qui se brisa sur le plancher. La tête avait maintenant ouvert les yeux! Elle fixait son créateur d'un air joyeux.

Les jours qui suivirent furent assez spéciaux. La tête pouvant voir et entendre, Carlo voulut lui apprendre à parler. Mais la tête de cuivre semblait dotée d'un intellect un peu limité. Au début, Carlo ne réussit à lui apprendre que quelques mots et phrases de base. Cette nouvelle création se révélait quand même tout un exploit. Il baptisa sa tête du nom de Lovo. Il avait hâte de la montrer à Victor, son éternel rival. Carlo annonça une journée «porte ouverte» à sa demeure, en prenant soin non seulement d'inviter Victor, mais aussi toute la populace des alentours.

Carlo fit un petit nettoyage de sa maison avant l'arrivée des visiteurs. Ces derniers furent plus nombreux que Carlo l'avait espéré. On faisait la file pour voir la tête parlante du savant. Ce dernier avait acheté des consommations pour les visiteurs, mais ils furent tellement nombreux que le nouvel inventeur tomba rapidement à sec. Les visiteurs voulaient toucher à la tête, mais cette dernière leur ordonnait de s'éloigner en criant. La tête cuivrée ne semblait pas aimer le contact humain, sauf celui de son créateur. L'un des visiteurs, trop tenace, l'apprit à ses dépens quand il toucha trop longtemps le nez de Lovo. Il se fit mordre le doigt fermement. Carlo et d'autres visiteurs durent venir en aide au pauvre homme qui ne réussissait pas à retirer son doigt. Carlo avertit alors les visiteurs de lui parler seulement, de ne pas le toucher.

La tête pouvait répondre à des questions sommaires comme : « Quel est ton nom ? » « Comment te sens-tu ? »

Cette invention le couvrit d'une gloire passagère. Victor l'avait félicité de sa découverte et Carlo avait ressenti sa sincérité.

À la taverne du coin, Carlo était devenu le héros du jour et toutes les jolies dames du coin voulaient s'approcher d'un homme si « érudit et brillant ». Il passa plusieurs nuits d'affilée à découvrir « les charmes » de plusieurs demoiselles dans les chambres du premier étage de la taverne. Mais comme toute bonne chose a une fin, la gloire est souvent trop éphémère…

Les jours suivants furent plus difficiles pour le talentueux alchimiste. La tête le réveillait parfois durant la nuit et se plaignait de s'ennuyer. Carlo se levait souvent en bougonnant, forcé de tenir compagnie à la tête et de lui faire la conversation. Durant le jour, la tête le dérangeait souvent dans ses travaux en entretenant un babillage quasi incessant. Il faut dire qu'avec le temps, Lovo avait acquis un bon vocabulaire et pouvait mieux discuter avec son créateur. Lovo lui réclamait de plus en plus d'attention. Parfois, la tête se lamentait de se sentir lasse, sans énergie. Le médecin conseilla à Carlo de verser un peu de sucre dans le mélange d'eau. Ce fut un succès : la tête reprenait vie.

Postée sur le bord de la fenêtre, la tête observait les gens circuler dans les rues. Lovo réalisa soudain qu'il aurait aimé lui aussi se déplacer comme eux. Il voulait lui aussi explorer le monde. Aller où les gens allaient… Une nuit, Carlo fut brusquement réveillé par Lovo, qui criait à cor et à cri.

— Mais qu'est-ce que tu veux encore ? bougonna Carlo en s'approchant de la tête.

— Je veux marcher, moi aussi… comme tous ces gens qui se promènent dans la rue. Je veux explorer le monde !

— Tu sais, Lovo, le monde extérieur n'est pas si joli que ça. Il est plein de dangers et d'imprévus. Tu es bien plus en sécurité ici.

— Oui, maître Carlo… lui répondit la tête tristement.

## 3

Le lendemain, Victor arriva chez Carlo et lui demanda de venir voir sa dernière trouvaille. Carlo eut un pincement au cœur, se doutant que l'invention de Victor surpasserait celle de sa tête.

Lorsque Carlo arriva chez Victor, ce dernier lui montra un grand miroir de la taille d'un homme. Victor avait conçu ce miroir spécial avec un mélange de verre et de mercure. Il y avait finalement ajouté diverses compositions chimiques. Le tout, d'une couleur violette, dégageait une odeur métallique.

— Pour l'instant, prévint Victor, je ne montrerai ceci qu'à toi. N'en parle à personne.

— Oui, mais… que veux-tu faire de ce miroir ?

— Connaître l'avenir, voir des choses qui ne sont pas encore arrivées.

— Tu plaisantes ? s'écria Carlo en faisant le tour du miroir.

— Je te jure que c'est vrai. Mais je suis le seul à pouvoir m'en servir. Et les visions que j'en tire ne s'obtiennent pas sur commande. Parfois, il n'y a rien que je puisse voir sauf mon image qui s'y reflète. Mais lorsqu'il est prêt, mon image devient trouble et la surface du miroir devient soudain laiteuse. C'est à ce moment que le miroir me montre bien ce qu'il veut… des images, des évènements du futur proche. Je n'ai aucune incidence sur ce qu'il va me montrer.

— Je n'en crois pas un mot Victor, désolé. Je crois que tu as fait semblant d'inventer quelque chose d'incroyable juste pour faire voir au monde que tu as fait mieux que ma tête !

— Non ! Tu es dans l'erreur, Carlo ! Je ne te jalouse pas. Et je ne tente pas de faire mieux que toi. Nous effectuons tous les deux des recherches sur la pierre philosophale, et tu sais aussi bien que moi que nous devons d'abord effectuer diverses expériences afin d'y parvenir !

— Et même si c'était vrai, à quoi peut bien te servir de visualiser ces évènements ?

— J'espère qu'il me montrera si des êtres malfaisants pourraient, par exemple, vouloir s'emparer de nos inventions, ou si nos méthodes de travail nous conduisent sur la bonne voie ! Il faut être prudent avec cette science !

Après quelques vives discussions sur cet artefact et la possibilité d'y voir l'avenir, Carlo félicita quand même son compatriote et le quitta pour rejoindre sa demeure.

Quelques jours plus tard, la tête lui réclama à nouveau des jambes : un corps solide qui lui permettrait de faire ce que les hommes faisaient. À force d'insister, il finit par convaincre son créateur d'élaborer un prototype lui permettant de se déplacer comme un homme. Carlo fit de nouveau appel au médecin Augusto et à l'ingénieur Angelo.

Le projet de la conception du robot dura presque un an. La conception de l'automate fut un véritable tour de force pour l'époque. Mais l'alchimie de Carlo palliait bien des difficultés de ce temps. L'automate devait finalement fonctionner avec un mélange de mercure liquide et d'autres ingrédients secrets confectionnés par Carlo. Des bonbonnes d'eau et des échangeurs d'air furent fabriqués par le médecin et fixés dans le dos de l'automate. L'ingénieur se surpassa à faire en sorte que l'automate puisse garder son équilibre en marchant debout comme un homme. L'automate, tout joyeux, possédait enfin ses propres jambes ! Carlo le fit marcher un peu dans la demeure, puis l'accompagna dehors, dans la cour. Le lendemain, l'automate en réclama plus : il voulait visiter le monde. Aller où les autres gens allaient.

Carlo accéda finalement à la demande de Lovo. Il quitta sa demeure en compagnie de son invention. En circulant dans les rues, les passants ébahis remarquèrent la chose métallique qui déambulait à côté de Carlo. Certains passants prenaient la fuite en courant, pensant que l'inventeur était accompagné par une sorte de momie démoniaque. D'autres suivirent un moment le couple étrange en discutant bruyamment de ce phénomène de foire. Une petite foule de curieux finit par s'amasser derrière l'automate et Carlo. Ce dernier s'arrêta finalement pour présenter son invention aux curieux. La foule fut estomaquée.

— J'ai des jambes, moi aussi ! s'écria l'automate en regardant les citadins autour de lui. Je peux marcher comme vous ! Je peux visiter le monde !

— Bon, ça va, maintenant, lui répondit Carlo. Rentrons à la maison.

Carlo dut faire quelques efforts, à la fois pour convaincre son automate de rentrer et pour faire en sorte que les curieux se dispersent derrière eux.

Arrivé chez lui, il trouva Victor, qui l'attendait devant la porte.

— Victor ? Mais que fais-tu ici ?

— Tu ne devrais pas faire ça, Carlo. Les gens ne sont pas encore prêts à ce que tu leur as montré.

— Rentre dans la maison, Lovo. Je dois discuter avec mon ami.

— Mais je veux encore marcher, moi ! Je veux visiter le monde !

— Oui, oui. C'est ça Lovo. Demain, je te ferai visiter d'autres quartiers. Mais en attendant, va, entre dans la maison et assieds-toi. Je n'en ai pas pour longtemps.

— Oui, maître.

Lorsque le robot fut entré, Victor continua :

— À ce que je vois, il apprend très vite à parler...

— Oui. Cela a été lent au début, mais maintenant, à force de lire des livres et de m'écouter parler, il a fini par acquérir un bien meilleur vocabulaire.

— Hélas, Carlo, j'ai de mauvaises nouvelles pour toi concernant cette... invention.

— Ah bon ! Nous y voilà !

— Attends un peu. Ce n'est pas que je critique ton invention. Loin de là ! Je crois sincèrement que ton automate est un vrai miracle de l'avancement dans la pratique de notre art, mais...

— Mais ?

— Le monde n'est pas prêt à voir tout ça. Il y a des choses que le public ne devrait pas voir. D'ailleurs, mon miroir a prédit que tu aurais des problèmes avec Lovo.

— Ton miroir ? Tu veux dire ton faux miroir prophète ? C'est la jalousie qui te fait parler Victor ! Tu ne veux pas admettre que j'ai été meilleur que toi ! Que je vais plus vite que toi !

— Non, ce n'est pas ça Carlo, je te le jure ! Mon miroir m'a fait apparaître de sombres avenirs pour toi et ton invention ! Si j'étais toi, je me ferais oublier avec cette histoire ! Ne fais plus jamais sortir cette... chose de ta demeure ! Mieux : démonte-le !

— File d'ici, Victor, j'en ai assez entendu !

— Mais... Carlo, écoute-moi ! Les autorités religieuses auront vent de cette invention : ils voudront te l'enlever !

— Va-t'en, je te dis ! Reviens ici quand tu auras un meilleur discours !

— Bon, très bien. Mais je t'aurai prévenu !

Carlo ne lui répondit pas. Il pénétra dans sa demeure et lui claqua la porte au nez.

Le lendemain, Carlo, ignorant les conseils de son compatriote, emmena à nouveau Lovo dans d'autres secteurs de la ville. Il l'envoya même faire des courses au marché, au grand effroi de certains citadins. Mais la grande majorité de la populace locale vit en Carlo un vrai génie et sa popularité augmenta. Les filles à la taverne se chamaillaient pour avoir la chance de se tenir à sa table. Carlo, grisé par ce succès, prenait de plus en plus de boisson et devint peu à peu alcoolique.

Un beau matin ensoleillé, le malheur finit par arriver. Trois prêtres cognèrent à la porte de Carlo. Ils lui exigèrent de détruire sa création. Carlo leur cria des injures et des blasphèmes. Les prêtres, scandalisés, s'en allèrent après lui avoir dit que seul Dieu avait le droit de créer la vie, et qu'ils avertiraient les forces de l'ordre afin qu'elles mettent fin à cette insulte à la vie.

Victor visita Carlo le lendemain.

— Je suis, hélas, porteur de mauvaise nouvelle encore une fois, Carlo.

— Qu'est-ce que c'est encore ?

— Le miroir m'a prédit que Lovo ne vivra pas longtemps…

— Qu'est-ce que je t'ai déjà dit, Victor ? De ne plus revenir ici si tu n'avais pas d'autres pensées à propos de mon chef-d'œuvre ! Tu n'es qu'un jaloux Victor. Tu ne peux pas admettre que tu ne peux créer pareille invention.

— Non. Je te jure, Carlo. C'est la vérité ! Le miroir ne me prédit pas comment cela se passera, mais Lovo n'en a plus pour très longtemps. Et les forces de l'ordre viendront te voir ! Je t'en conjure, Carlo, démonte cette chose avant qu'il ne soit trop tard !

— Fous le camp, Victor ! Toi et ton stupide miroir qui ne sert à rien !

— Je t'aurai averti, Carlo…

Carlo lui claqua encore la porte au nez. Les semaines qui suivirent furent de plus en plus noires pour le créateur. Il se tenait de plus en plus souvent à la taverne, abandonnant à son sort l'automate. Il se saoulait tous les soirs et beuglait tout le temps. La clientèle qui le vénérait au début commença à détester sa présence. Carlo se comportait comme un roi à la taverne, et les filles commençaient à le fuir.

## 4

Pendant ce temps, Victor avançait peu à peu dans son projet. Il confectionna dans le plus grand secret un être qui serait fait de chair et de sang. Le processus fut fort compliqué. Il confectionna un élixir complexe qu'il mélangea avec du sperme humain. Il plaça le tout dans une jarre sous vide. Ensuite, il prit ce récipient et le mit dans du fumier de cheval pendant 40 jours. Il le ressortit par la suite et le magnétisa en y ajoutant des particules de fer. Enfin, il garda le récipient à la chaleur pour le nourrir de sang humain pendant 40 jours de plus. Au fil de cette période, Victor vit croître un petit être dans son récipient de verre. Un homoncule allait naître de cette expérience.

Pendant ce temps, l'automate Lovo éprouvait de plus en plus de tristesse. Il se sentait seul. Pendant ces explorations dans les rues du quartier, Lovo constata que certains êtres se tenaient par la main et s'embrassaient. Un soir, il retourna à la maison et demanda à son créateur la raison de ces comportements.

— On appelle ça l'amour! répondit Carlo.

— Alors je veux aimer, moi aussi!

— Mais, ça ne tourne pas rond dans ta tête? Tu ne peux pas aimer! Tu n'es qu'une machine avec un semblant de vie!

— Lovo veut aimer! répliqua la machine d'un ton morne.

— Mais, tu n'as même pas de sexe! Comprends-tu ce que je te dis? Tu n'es ni un homme ni une femme! Tu ne pourras jamais aimer!

— Lovo veut…

— Ah, ferme-la! Va te promener dehors et fous-moi la paix.

L'automate sortit lentement de la maison en maugréant. Il s'éloigna en empruntant une rue au hasard.

Puis, les malheurs se succédèrent pour Carlo. Un soir, alors que le créateur rentra chez lui tellement saoul qu'il avait du mal à ouvrir sa porte, il retrouva Lovo assis sur une chaise et parlant sans cesse en déblatérant toutes sortes de phrases incohérentes.

— Ferme-la! lui cria Carlo. Je m'en vais me coucher et je veux dormir!

L'automate se leva, tourna un moment dans la pièce sans rien dire, puis rejoignit sa chaise.

Le silence ne dura pas très longtemps cependant. Carlo se réveilla deux heures plus tard dans la nuit. Un boucan venait de la cuisine. Carlo se leva en jurant pour constater avec horreur que son laboratoire était sens dessus dessous. L'automate avait fait une sorte de crise d'identité et avait presque tout détruit. De plus, un feu avait été allumé et l'automate prenait tous les documents de recherche et les jetait un à un dans le foyer.

— Mais… qu'as-tu fait? balbutia Carlo.

Il s'avança et constata avec horreur que la plupart de ses précieuses recherches étaient toutes en train de brûler dans le fourneau. Carlo se prit la tête à deux mains et cria :

— Non! Non! Non! Qu'as-tu fait, imbécile? Mes recherches! Tout est disparu!

— Lovo veut évoluer! cria l'automate.

Carlo fut pris d'une rage folle. En criant comme un fou, il se saisit d'une masse de fer et l'abattit sur la tête de l'automate. La tête roula au sol pendant que le corps s'affalait mollement sur le plancher dans un tintamarre métallique. Le mercure liquide suinta un moment du corps. La tête articulait des paroles incompréhensibles. Carlo s'acharna avec sa masse sur la tête cuivrée et la réduisit en miettes. Il criait comme un fou.

Tout ce boucan attira le voisinage, et les forces de l'ordre furent rapidement appelées sur les lieux. Ils emmenèrent Carlo, encore pris d'une folie passagère, qui criait toutes sortes d'injures à la milice. Les autorités religieuses firent en sortent de prolonger le séjour de Carlo en prison. Ils réussirent à convaincre la milice que le créateur avait conclu un arrangement avec Satan et que, pour la sécurité de tous, Carlo devait passer le reste de sa vie en prison.

Carlo y passa quelques mois, puis Victor parvint à le faire libérer en jurant à la cour que non seulement il s'en portait garant, mais qu'il le prendrait sous son aile afin de le remettre sur le bon chemin.

Carlo fut reconnaissant. De toute façon, il ne pouvait plus vivre chez lui, car sa demeure avait été saccagée par les vandales et finalement brûlée pendant son incarcération. Victor lui offrit une chambre dans sa vaste maison.

Les semaines passèrent et ils reprirent ensemble leurs recherches au sujet de différentes branches de l'alchimie. Carlo pouvait se déplacer partout dans la maison sauf dans un local, dont la porte demeurait fermée à clé.

— Qu'est-ce qu'il y a derrière cette porte? demanda un jour Carlo.

— C'est une surprise que je crois que tu vas adorer, Carlo. Je ne t'en dis pas plus.

Mais la curiosité taraudait sans cesse Carlo. Une nuit, il se leva et marcha silencieusement jusqu'à cette fameuse porte. Il colla son oreille contre celle-ci. Il fut stupéfait d'entendre le souffle de quelqu'un qui respirait. Il regarda par la serrure de la porte, mais le faible éclairage ne lui faisait pas voir suffisamment ce qu'il pouvait y avoir dans ce local. Puis, il mit la main dans sa poche pour en retirer une épingle. Il essaya alors de déverrouiller la serrure, mais ce fut en vain. La serrure demeurait inviolable. Frustré, il dut retourner se coucher.

Trois jours plus tard, alors que Carlo était penché sur des manuscrits posés sur une table de travail, un petit être le fit sursauter. Il était apparu sans faire de bruit à côté de lui. Carlo fixa avec un mélange d'horreur et de stupéfaction l'étrange personnage qui le regardait en souriant.

Le petit être devait mesurer environ un mètre de haut. Il avait le corps d'un enfant surmonté d'une tête de vieillard. Tout habillé de noir, il semblait se déplacer avec l'aide d'une marchette pour garder son équilibre.

— Victor ! cria Carlo. Qu'est-ce que c'est que cette... chose ?

— Il s'appelle Joe. Joe, je te présente mon ami : Carlo Bertoni. Il demeure ici avec moi, et nous travaillons ensemble.

— Enchanté, dit la chose d'une voix étrange, à la fois vieillarde et enfantine.

Joe tendit la main, mais Carlo recula et faillit tomber de sa chaise. Puis, il entra dans une rage soudaine et s'écria :

— On m'a emprisonné pour avoir créé un automate, et qu'est-ce que j'ai devant moi ? Une chose à moitié rabougrie qui se déplace avec une sorte de marchette !

— Mais Carlo, essaie de comprendre, dit Victor, compatissant. Ce processus de création de vie en laboratoire est nécessaire à l'aboutissement de la création de la pierre philosophale !

— Je m'appelle Joe ! insista la créature en s'approchant davantage de Carlo.

Carlo recula encore et se leva pour éviter la créature. Il se retint de lui foutre la main au visage. La créature lui sourit, mais Carlo recula encore.

— N'aie pas peur, Carlo, rassura Victor. Il ne mord pas !

— Tiens cette chose loin de moi ! s'écria Carlo avant de filer en vitesse dans sa chambre.

## 5

Pendant les jours suivants, Carlo bouda tellement qu'il refusait de sortir de sa chambre. Victor lui déposait sa nourriture dans une assiette devant sa porte. Il lui demandait de sortir de sa chambre, mais Carlo lui criait de lui ficher la paix. Victor fut patient et laissa le temps à Carlo de se défâcher. Une grosse semaine passa avant que Carlo se décide enfin à sortir de sa chambre et à prendre contact avec la créature de Victor.

Au grand plaisir de Victor, il vit Carlo faire les premiers pas et aller serrer la main de la frêle créature. Carlo et Joe échangèrent quelques mots. Victor reçut des excuses de Carlo, et ils se serrèrent aussi la main. Victor annonça :

— Tu vois, Carlo, certaines choses, entre autres les créatures vivantes sortant tout droit d'un laboratoire, doivent demeurer secrètes. Les autorités religieuses ne sont pas prêtes pour ça. C'est une question d'éthique. Certains avancements de la science dérangeront toujours le clergé.

— Oui, je comprends aujourd'hui, confia Carlo. Je n'aurais jamais dû montrer mon automate au peuple. Mais…

— Mais?

— As-tu pensé à la fortune qu'on pourrait obtenir, une fois qu'on aura créé la pierre philosophale?

— La fortune?

— Oui Victor! Nous serons riches, tous les deux! Mais rends-toi compte! Transformer n'importe quel métal en or. Vendre à gros prix l'élixir secrété par la pierre.

— Carlo, je dois t'interrompre ici. La science de l'alchimie et son aboutissement dans la création de la pierre philosophale ne doivent pas être orientés pour le gain, mais pour l'avancement de la science, en médecine particulièrement. La mixture sécrétée par la pierre pourra guérir bien des maladies.

— Mais le monde voudra s'arracher tout ce qu'on pourra faire avec cette pierre, Victor!

— Nous verrons cela en temps et lieu. Pour l'instant, concentrons-nous à trouver le moyen de la créer, cette fameuse pierre… et pour le bien-être de l'humanité!

— Euh… pour le bien-être… bon d'accord. Tu as raison Victor. Essayons d'abord de la créer, puis on verra après.

Carlo avait approuvé Victor à voix haute, mais une petite voix fulminait en lui : Victor et lui ne seraient jamais d'accord sur l'utilisation de la pierre. Carlo avait une vision bien différente de celle de son confrère de travail.

Le lendemain, inquiet de la façon de penser de Carlo, Victor décida de consulter son miroir, juste au cas. Il n'y vit que feu et destruction dans un chaos de violence. Découragé par cette vision, il en fit part à Carlo. Il lui révéla entre autres qu'ils devraient peut-être arrêter leurs recherches, qui allaient créer un bouleversement trop majeur dans la société. Carlo lui dit d'ignorer ces visions et de se débarrasser de ce miroir de malheur. Victor refusa, offusqué.

Carlo le convainquit cependant de cesser momentanément l'utilisation de ce miroir jusqu'à ce qu'ils mettent la main sur la pierre. Victor accepta et le rangea dans un placard. Carlo finit par convaincre Victor que tous ces travaux et ces recherches ne devaient pas être abandonnés. Tant d'efforts pour tout arrêter, cela n'avait pas de sens. Il ne fallait pas enlever la chance à l'humanité d'être soulagée de tant de maladies grâce à la pierre. Victor finit par accepter en songeant à la société, qui pourrait en tirer parti.

Les semaines suivirent et les recherches semblaient piétiner. Mais pendant ce temps, Carlo rêvait de devenir riche et célèbre, vendant à prix mirobolant chaque goutte de l'élixir. Avec ses connaissances lui permettant de changer n'importe quels métaux vils en or et la possession exclusive de cette pierre, il deviendrait l'homme le plus puissant de la planète! Mais comment faire tout cela avec Victor sur ses talons? Il commença à élaborer un plan; il voulait être le seul à en profiter...

**6**

Puis, les évènements se précipitèrent. Tout commença lorsqu'un matin, Carlo se réveilla en sursaut en entendant Victor crier de joie dans sa chambre.

— J'ai réussi! Je l'ai trouvée! criait Victor.

— Qu'est-ce qui se passe? balbutia Carlo en titubant vers son ami.

— Viens voir ça, Carlo! Suis-moi dans le labo!

Lorsque Carlo arriva dans le labo, il aperçut Joe qui l'attendait avec un sourire accueillant. À côté de lui, posée sur l'établi, se trouvait une pierre rouge sombre et lisse comme du verre.

Victor la prit délicatement et la remit dans les mains de Carlo, qui perdit toute trace de son éveil trop brusque. La pierre était très lourde compte tenu de sa taille. Elle avait une forme vaguement ellipsoïde, avec des côtés anguleux, comme si la pierre avait été taillée. Sa taille en hauteur était d'environ cinq centimètres pour un diamètre de deux.

— Elle devrait commencer à suinter son liquide demain, déclara fièrement Victor.

Carlo reposa la pierre délicatement sur l'établi. Il rayonnait de joie lui aussi, mais pas pour les mêmes raisons que son ami. Victor voulait le bien de l'humanité, Carlo, lui, ne visait qu'à s'enrichir! Il voulait voler la pierre et disparaître du paysage!

La nuit suivante, Carlo pénétra silencieusement dans le labo. Alors qu'il s'approchait de la pierre, un craquement le fit sursauter. Joe se tenait juste à côté de lui!

— Que faites-vous ici? demanda le petit gardien.

Ainsi, Victor n'avait pas si confiance en lui. Il avait placé le petit monstre dans le labo pour surveiller la pierre durant la nuit!

Carlo était pris! Le petit homoncule allait tout révéler! Il devait l'empêcher de révéler la vérité! L'homoncule eut le temps de crier au voleur une seule fois. Carlo lui mit la main sur la bouche. Le petit être se débattit faiblement. Il avait la force d'un enfant. Carlo lui brisa le cou. Joe tomba mollement à l'intérieur de sa marchette. Le cœur de Carlo battait à tout rompre. Il ne pouvait plus reculer...

Carlo entendit des pas et la porte s'ouvrir.

— Carlo? balbutia Victor encore tout endormi. Mais... que fais-tu ici?

Puis, Victor aperçut l'homoncule mort aux pieds de Carlo.

— Mais... Carlo... Que s'est-il passé ici? Joe!

Victor se précipita à la course vers le petit corps inanimé, affalé sur la marchette.

— Je ne sais pas ce... Il est tombé raide mort près de moi et...

— Menteur! cria Victor. Tu lui as brisé le cou! Mais pourquoi?

— Je...

— Ah! Je comprends! Tu as voulu me voler la pierre! Je te faisais confiance, Carlo, pleurnicha Victor.

— Tu n'as rien compris, Victor, répondit calmement Carlo. Tu tenais à faire ton bienfaiteur avec cette pierre alors que nous pouvions devenir les deux personnes les plus riches de tous les temps. Toi et ton envie de sauver le monde...

— Espèce d'ordure! Sors d'ici et ne reviens jamais!

— Oh oui, je vais sortir d'ici... mais avec la pierre!

Carlo s'empara de la pierre, mais Victor lui sauta dessus comme un fauve. Une furieuse bagarre s'ensuivit.

Au cours de la bagarre, la pierre glissa des doigts de Carlo pour rouler sous un établi sous le regard des deux combattants. Carlo se dégagea un moment de son adversaire et se dirigea sous l'établi, mais Victor lui sauta à nouveau dessus, et la bagarre se poursuivit. Au cours de la reprise du combat, les deux hommes accrochèrent des flacons de produits chimiques. Un amalgame de mixture se répandit sur le plancher. Une réaction chimique se déclencha rapidement. Le feu se déclara en moins de deux, stoppant net le combat entre les deux belligérants. L'incendie se propagea en un rien de temps. Les flammes augmentèrent d'intensité pour se diriger sous l'établi, rendant alors la pierre inaccessible.

Le feu consumait peu à peu l'établi et la pierre nichée en dessous, au grand désespoir des deux alchimistes impuissants. Puis, le feu se répandit dans tout le labo.

— Le miroir m'avait bien montré la vérité, finalement, cria Victor. Feu et destruction, mais je vois aujourd'hui comment cette vision se manifeste.

— Imbécile ! lui rétorqua Carlo. Tu as tout foutu en l'air avec ton petit monstre !

— C'est toi, le monstre ! J'aurais dû te laisser sécher en prison !

Puis, un tison tomba du plafond pour enflammer les vêtements de Victor. Carlo, horrifié, recula.

Il n'avait pas voulu que tout se termine ainsi. Il ne voulait que voler la pierre et foutre le camp, mais voilà que son compatriote allait périr par le feu. Tout allait disparaître : les travaux, la pierre, Victor, tout !

Victor se roulait par terre. Il criait comme un damné en essayant vainement d'éteindre les flammes. Carlo, figé sur place, ne leva pas le petit doigt pour l'aider. Puis, la fumée commença à le faire tousser. En regardant autour de lui, il constata avec horreur qu'il ne pouvait plus quitter le laboratoire. Le feu l'avait encerclé !

Puis, soudainement, Carlo fut téléporté dans le navire nantasien.

▲▼▲

— Il était temps qu'on récupère ce spécimen, mon cher, dit Gemi.

— En effet, approuva Vorg. Il allait périr dans les flammes. C'est un spécimen en condition physique passable qu'il faudra entraîner un peu, comme le dénommé Hayato. Il semble très cupide, égoïste et craintif. Cela apportera une grande variété dans l'équipe !

# Chapitre 6

## *Le loch Ness*

### 1

Spécimen numéro 6
Sexe : femelle
Âge : 23 ans
État physique : bon
Dénommée : Isabelle Woods

Manchester, Angleterre, 2009.

Depuis sa plus tendre enfance, Isabelle Woods adorait les animaux. Elle avait le don particulier de pouvoir approcher des fauves, ou n'importe quel animal dangereux, et les caresser. À l'âge de trois ans, ayant échappé quelques instants à l'attention de ses parents, elle avait approché un chien réputé très dangereux pour les étrangers. Le chien en question, un gros berger allemand agressif, se tenait souvent au bout de sa chaîne, aboyant à tue-tête contre toute personne qui approchait de la propriété.

En approchant le chien, ce dernier s'était soudainement calmé en couinant un peu. Puis, elle s'en était approchée sans problème pour le caresser sous les yeux éberlués de son propriétaire, qui n'avait jamais vu une telle chose. Ses parents, effrayés, étaient rapidement venus chercher leur petite fille.

Quelques années plus tard, à l'âge de 10 ans, elle avait encore réussi à fausser la compagnie de ses parents pour se faufiler dans un corridor servant aux employés qui nourrissaient les animaux du zoo. Elle avait ainsi réussi à pénétrer, sous le regard pétrifié de ses parents, dans l'antre d'une panthère noire. Les spectateurs s'étaient rassemblés en vociférant et en faisant signe à la petite de se tirer de là. Mais Isabelle ne faisait qu'à sa tête : elle voulait aller caresser « le gros minou ».

La panthère avait été un peu surprise de voir arriver ce petit être fragile qui lui aurait facilement servi de petit déjeuner. Pourtant, un phénomène mystérieux s'était encore produit. La panthère s'était couchée sur le côté et roulée sur le dos comme un chat qui quêtait des caresses. Isabelle s'était avancée, et la bête en avait ronronné de plaisir. Les gardiens avaient été appelés, armés de carabines, au cas où. Le tout s'était terminé sans incident.

À l'âge adulte, Isabelle était vraiment belle à croquer. Grande, élancée, avec des cheveux blonds bouclés qui lui atteignaient le bas des reins. Ses yeux bleus étaient d'une beauté incroyable. Elle pouvait séduire facilement n'importe quel homme, mais son caractère hautain et très intimidant faisait qu'elle était finalement toujours célibataire. De plus, elle semblait rechercher le prince charmant…

Sa mère, l'épouse d'un « sire », se prenait pour une princesse. Ce dernier, du prénom de John, avait réussi à gagner ce titre en étant un grand commerçant d'immeubles. Avec le temps, il avait fait fortune, et toute la famille résidait dans un véritable château.

## 2

Un jour, Isabelle se donna un grand défi : sonder le grand lac du Loch Ness afin de vérifier si l'étendue d'eau légendaire cachait véritablement l'existence d'un monstre marin. Étant douée pour approcher n'importe quelle créature, dangereuse ou non, elle était persuadée de pouvoir ainsi faire face avec cette fameuse créature : l'approcher et prendre contact avec elle.

Mais le fameux lac légendaire était hostile à l'exploration. En profondeur, ses eaux étaient glaciales et quasi opaques, permettant un éclairage efficace seulement à moins de deux mètres. Ces eaux étaient assombries par la présence de tourbes des terres alentour. La plongée exploratrice devait se faire alors dans les premiers mètres de profondeur du lac afin d'avoir une bonne portée visuelle.

Le lac s'étendait sur une longueur de 39 kilomètres de long sur une largeur d'à peine 1,5 kilomètre à certains endroits. Sa profondeur pouvait cependant atteindre les 200 mètres dans les lieux les plus profonds. Mais toutes ces données n'étaient pas suffisantes pour décourager la belle Anglaise.

C'est ainsi que, par un beau matin un peu frais mais ensoleillé, Isabelle se retrouva sur le superbe yacht de son père. Ce dernier était fort inquiet pour sa fille. Isabelle avait dû beaucoup travailler pour le convaincre du bien-fondé de cette expédition. Sur le yacht, une panoplie de scientifiques l'accompagnait, ainsi que des spécialistes de films sous-marins.

Isabelle avait revêtu son habit de plongée et se sentait fébrile.

— Sois prudente, d'accord ? lui chuchota son père à l'oreille.

— Ne t'en fais pas, père. Je te suis tellement reconnaissante d'avoir accepté.

— J'espère seulement que je n'aurai pas à le regretter. Ta mère ne me le pardonnerait jamais !

— Mais je me serais bien passé d'eux, dit-elle en désignant les scientifiques et caméramans qui allaient plonger avec elle. Toute cette équipe risque d'effrayer la créature.

— Si créature il y a, répondit son père. Et c'est aussi pour ta sécurité que ces hommes t'accompagnent.

— Tu crois toujours que cette créature est une légende ?

— Il n'y a pas vraiment de preuve solide… juste des clichés flous plus ou moins crédibles de cette chose.

Un caméraman s'approcha d'eux et demanda à Isabelle :

— Alors, mademoiselle Woods, prête pour la chasse au monstre ?

Isabelle le fusilla du regard.

— Ce n'est pas parce qu'une créature vit paisiblement à l'abri des hommes dans son repaire que cela en fait un monstre, monsieur Carter. Le vrai monstre est celui qui peut se tapir en chacun de nous lorsqu'il consent à faire du mal gratuitement à autrui.

— Eh bien, euh… ce n'est pas… commença le caméraman devant les yeux intimidants d'Isabelle.

— Contentez-vous de faire votre boulot au lieu de raconter des sottises ! Ce n'est pas une « chasse », comme vous dites, mais une tentative de contact ! Compris ?

— Euh, oui, mademoiselle Woods, fit le caméraman intimidé. Comme vous voulez…

— Alors tenez-vous prêt à filmer sans trop vous coller sur moi. On ne sait pas comment réagira la bête si on parvient à l'approcher.

— Oui, mademoiselle !

— Bon, très bien. Tout le monde est prêt ?

Tous les hommes qui l'accompagnaient firent signe que oui et mirent leur respirateur dans leur bouche. Isabelle fit de même et lança un petit signe affirmatif à son père, lui indiquant que tout allait bien se passer. Son père lui conseilla encore de faire attention.

Puis, Isabelle plongea la première. Ils étaient en plein centre du lac et le sonar du navire n'indiquait rien. Isabelle espérait que la créature la « sentirait » en quelque sorte et qu'elle oserait sortir de sa cachette. Mais avec toute cette équipe derrière elle…

L'équipe composée d'Isabelle, de deux caméramans et de trois scientifiques nagea un moment dans le lac. À la grande déception d'Isabelle, les eaux étaient vides, à l'exception de poissons divers qui se déplaçaient tranquillement. La créature pouvait se cacher plus loin dans les eaux sombres et presque impénétrables, profondément dans le lac.

Isabelle fit une autre tentative le lendemain, puis le surlendemain, mais aucun contact ne se fit. Il aurait fallu que la créature remonte près de la surface, car l'éclairage des lampes ne suffisait pas si elle descendait plus loin.

**3**

— Il va falloir que j'y aille seule, demanda timidement Isabelle à son père.

— Pas question ! C'est trop dangereux ! rétorqua son père.

— Mais papa, la créature ne se montrera jamais si j'y vais avec cette panoplie d'hommes derrière moi ! Il s'agit d'une créature isolée qui craint le contact humain.

— Justement ! On ne sait pas comment elle se comportera, si cette créature existe réellement !

— Tu sais bien que je peux approcher n'importe quel fauve sans problème, lui dit-elle en prenant son père dans ses bras et en le gratifiant d'un sourire qui aurait fait fondre n'importe quoi.

— Oh, non... ne commence pas ton numéro de petite fille qui obtient tout de son père, répondit ce dernier en se dégageant difficilement. Ça ne marchera pas cette fois !

— Tu sais parfaitement que je ne cours aucun risque, répondit Isabelle en caressant le dos de son père.

Ce dernier sentit qu'il allait craquer et voulut changer de sujet :

— De toute façon, la météo pour les prochains jours n'est pas très favorable pour naviguer...

— Tu veux rire de moi ? rétorqua sa fille. On n'est pas en haute mer ici, mais sur un simple lac ! Ne me dis pas que tu deviens gâteux avec l'âge ! Mon papa a plus de prestance que ça ! Ton bateau ne craint rien ici, et tu le sais bien.

Son père ne répondit pas. C'était bon signe. Isabelle savait qu'elle le tenait. Encore quelques beaux petits sourires coquins, et son père craquerait. Comment résister au charme irrésistible de sa petite fille ?

— Bon, bon, très bien...

Isabelle applaudit légèrement et rapidement. Elle avait encore gagné.

— Je vais apporter une caméra avec le plus puissant projecteur, et tout se passera bien, je te le jure, rassura Isabelle. Je sens comment les animaux se comportent vis-à-vis moi. Si je sens qu'elle devient hostile, je m'éloignerai.

— Si tu en as le temps ! Cette créature doit nager beaucoup plus rapidement que toi !

— De toute façon, quel est le risque ? Cette créature n'est pas supposée exister...

— Arrête de te moquer de moi. Tu sais comment me manipuler, c'est bien assez comme ça ! dit son père en prenant tendrement sa fille dans ses bras.

Ils se firent un gros câlin.

— Tout ira bien, je te le promets ! Tu m'as vue dans le passé approcher des bêtes réputées mortelles et je n'ai jamais manqué mon coup.

— Allez ! Va te préparer avant que je change d'avis !

— Tu n'y peux rien, tu es sous mon charme, répondit Isabelle en s'éloignant avec un sourire coquin.

— Je sais... chuchota John.

C'est ainsi que, peu de temps après, Isabelle fut de nouveau en tenue de plongée. Elle était équipée d'une petite caméra sous-marine et d'un dispositif UDI porté sur son poignet lui permettant d'envoyer des textos à la surface. L'écran du petit appareil lui permettait aussi de lire les messages transmis par le yacht, d'obtenir des informations diverses comme la profondeur, et de consulter une boussole 3D, entre autres. Le petit appareil pouvait même envoyer un signal de balise afin que le plongeur puisse localiser le bateau.

Après avoir vérifié que tout allait bien, elle salua son père.

— On va surveiller le sonar. Si on le voit approcher, on te préviendra. Tu as bien vérifié ton UDI ?

— Oui papa, tout es OK ! À bientôt !

Puis, elle plongea dans le lac. Pendant un bon moment, il ne se passa rien. Elle demeurait cependant positive, espérant un miracle au dernier moment. Elle s'imaginait certaines personnes se marrer sur le pont du yacht et lui dire à son retour qu'elle avait encore perdu son temps.

Isabelle ne s'enfonça pas dans le lac, voulant garder un maximum de visibilité sous-marine.

C'est alors qu'elle crut voir un mouvement au loin. Une grosse masse sombre s'approchait rapidement vers elle. Son cœur bondit dans sa poitrine. La créature semblait foncer sur elle. Isabelle sentit sa dernière heure arriver et pianota nerveusement sur son UDI. Son père en surface confirma qu'ils avaient vu sur le sonar une grosse masse se déplacer vers elle. Il lui pria de remonter à la surface, mais Isabelle ne lisait déjà plus la réponse, totalement fascinée par la bête. Celle-ci changea soudainement de cap et nagea autour d'Isabelle. Elle semblait observer cette minuscule visiteuse immobile qui levait la main pour prendre contact avec elle.

Dans le passé, Isabelle avait pourtant caressé des fauves mortels sans trop devenir nerveuse, mais cette fois, la créature devait mesurer dans les 10 mètres de long. Munie d'un long cou et d'une tête semblable à celle d'un dragon, la bête avait une peau noire luisante. La créature au corps élancé se déplaçait dans l'eau avec quatre puissants membres palmés. Sa queue se terminait comme celle d'une baleine.

La créature cessa finalement son manège et s'approcha lentement. Isabelle maîtrisait difficilement un accès de panique. Elle avait conscience que son UDI devait afficher différents messages d'avertissement de l'équipage en haut, mais elle n'avait pas le temps de le regarder. Comment aurait-elle pu le faire alors qu'une créature préhistorique l'observait fixement, à moins de six mètres ?

La lumière du puissant projecteur du casque d'Isabelle se réfléchissait faiblement sur la chair sombre de la créature. Cette dernière ne bougeait plus, semblant attendre une réaction quelconque de la visiteuse. Isabelle leva lentement son bras muni de la caméra. La créature, méfiante, recula de quelques mètres, rendant difficile une bonne capture sur le film. Isabelle jura. Elle ne voyait pas grand-chose dans l'appareil. Elle abaissa la caméra et l'accrocha à sa ceinture. Elle entreprit alors de nager vers la bête afin d'en être un peu plus près. La bête reptilienne ne bougea pas. Isabelle écarta ses deux bras en douceur. C'est alors que la créature s'aventura lentement vers elle. Isabelle avança très doucement sa main droite, signe qu'elle voulait prendre contact sans heurts et l'examiner. Le reptile sous-marin approcha davantage. Isabelle sentit son cœur bondir dans sa poitrine. Jamais, dans son existence, elle n'avait cru qu'une telle chose allait se produire. Elle était la première personne à avoir un contact aussi intime avec cette bête légendaire.

Pendant ce temps, sur le yacht, c'était la panique totale : tout le monde parlait en même temps. Le père d'Isabelle et d'autres scientifiques étaient littéralement collés sur le technicien du sonar, qui commençait à étouffer de tous ces hommes massés sur lui. Sur l'écran, on ne distinguait plus nettement l'image d'Isabelle et de la créature, mais plutôt un seul écho diffus.

John imaginait les pires scénarios. Il tenta à plusieurs reprises de lancer à sa fille le message de s'éloigner et de revenir au bateau, mais c'était en vain. Il n'obtenait pas de réponse...

Isabelle tenta de s'avancer davantage, en nageant lentement vers la bête avec des mouvements infiniment lents. La bête se laissait toujours approcher... puis, le contact tant espéré se produisit. Isabelle parvint à poser sa main sur le museau de la bête, qui tressaillit un peu. C'était probablement pour elle le premier contact avec les humains. Puis, la bête ouvrit légèrement sa gueule, révélant toute une série de petites dents fines et pointues. La créature fit soudainement demi-tour et s'enfonça dans les ténèbres du lac.

Il fallait que la créature soit apprivoisée. Mais un pas de géant avait été accompli par la belle Anglaise.

## 4

— Ce film ne nous montre pas grand-chose, déclara un scientifique. C'est trop sombre.

— Vous pouvez dire ce que vous voulez, répliqua sèchement Isabelle. Je sais ce que j'ai vu et touché! Ce n'est pas une légende, cette créature est bel et bien réelle! Je l'ai touchée de mes doigts.

La rencontre suivante fut beaucoup plus convaincante. Isabelle se retrouva de nouveau près de la bête et put même lui caresser les flancs! La créature se laissait examiner sans problème par Isabelle. La belle Anglaise en profita pour filmer discrètement la créature sans que celle-ci prenne à nouveau la fuite.

Le document vidéo qu'elle ramena à la surface cloua le bec de tous les sceptiques sur le yacht. Les scientifiques et journalistes s'arrachaient littéralement la caméra sous-marine pour visionner le film.

— Absolument... incroyable... fit son père. Ainsi, la bête existe réellement...

— Ce document vidéo va révolutionner le monde scientifique, déclara un savant près d'elle. Il faudra...

— Il ne faudra rien! coupa Isabelle. Je vous vois venir avec tous vos reportages. En un rien de temps, si la nouvelle s'ébruite, le lac sera envahi de journalistes et d'autres curieux qui voudront plonger à leur tour afin de filmer la créature!

— Mais une telle nouvelle ne doit pas demeurer secrète! reprit le scientifique. Ceci est une découverte majeure dans le monde animal! Il faudra capturer la bête vivante afin de l'étudier!

— Non mais vous délirez! hurla Isabelle. Aucun de vous ne s'approchera de cette créature, ne serait-ce pour l'étudier un peu! Je ne le permettrai pas!

— Sauf votre respect, mademoiselle Woods, ce n'est pas à vous de décider cela. Le monde a le droit de savoir, et vous ne dirigez pas le comité scientifique du Royaume-Uni, à ce que je sache...

— Très bien alors... concéda Isabelle.

Elle ouvrit la caméra, en retira le film et le jeta à l'eau sous le regard effrayé des journalistes et scientifiques.

— Allez chercher la bobine, maintenant, dit Isabelle en quittant le pont.

Son père regardait les scientifiques penchés sur le bord, scrutant les eaux d'un air découragé. John se mit à rire.

— Vous savez, dit-il, il n'y a pas que la bête sous ces eaux que vous aurez à apprivoiser.

▲▼▲

— Tu sais, Isabelle, tôt ou tard, la créature sera découverte.

— Mais père, cette bête ne demande que la paix. Elle ne se serait laissée approcher de la sorte en aucun autre cas. Moi seule possède le don qui emmène toute créature à me faire confiance.

— Je sais que tu es unique, Isabelle. C'est un cadeau du ciel que tu possèdes, et je n'en reviens toujours pas, chaque fois que tu en fais la démonstration. Mais... je connais quelqu'un qui pourrait t'aider pour tes recherches. Il possède un petit submersible monoplace doté d'un éclairage tellement puissant qu'il pourra éclairer beaucoup plus loin que nos projecteurs. Ainsi, non seulement tu pourras suivre la créature dans ces eaux sombres, mais aussi découvrir son repaire.

— Qui t'a mis cette idée dans le crâne ? L'équipe de curieux là-haut ? Ils ressemblent tous à des vautours qui guettent une proie. Tout ce qu'ils veulent, c'est s'enrichir ! Découverte scientifique mon œil !

— Il faut aller plus loin, Isabelle, je t'en prie ! Je connais l'équipe que j'ai sélectionnée ! Oui, ils sont curieux, mais crois-moi, ils ne feront rien sans mon autorisation. C'est à moi seul sur ce bateau de décider ce qui doit être fait ou non. Ne tiens pas compte de ce que les scientifiques t'ont dit tout à l'heure. Aucun document vidéo ne sortira de ce yacht sans mon autorisation !

— Pour quelqu'un qui ne croyait pas en l'existence de cette créature, te voilà bien décidé maintenant.

— Je t'en prie, Isabelle, ma chérie...

— Non, pas de chérie avec moi. Tu ne m'auras pas comme ça !

— Mais enfin, je te jure sur mon honneur que tout ce que tu découvriras restera sur ce bateau ! Est-ce que ça te suffit ?

Isabelle fixait le mur, encore bouillante de colère du comportement des scientifiques.

— Bon, très bien... Mais à la moindre entourloupe, je détruis tout, je te le jure !

— Accordé !

— Alors on est bien d'accord, seulement nous et le personnel à bord, et rien ne sortira de ce bateau ?

— Tu n'as rien à craindre. C'est ton don, ta créature, et l'équipe devra garder le tout secret. De toute façon, ils ne pourront rien tenter, puisque tu es la seule à pouvoir approcher la bête...

— Oui, c'est vrai. Alors, qu'est-ce que tu attends ? Fais-le venir, ce sous-marin !

## 5

Il était de toute beauté. Un monoplace perfectionné avec tous les gadgets de son temps. Le submersible luisait d'un beau jaune vif sous un soleil radieux. De nombreux projecteurs se situaient à l'avant, prétendument capables de percer davantage l'obscurité persistante du grand lac mystérieux.

Muni de différents sonars très perfectionnés et d'appareils de communication à la fine pointe, l'appareil était également muni de deux bras pouvant permettre à son occupant de délicates manœuvres sous l'eau.

Mais le petit joujou emprunté à un millionnaire, aussi perfectionné et sécuritaire soit-il, ne suffisait pas à rassurer le père d'Isabelle, qui faisait les cent pas sur le pont.

— Il ne m'arrivera rien, assura Isabelle à son père pour la énième fois.

— Je vais essayer d'y croire, répondit son père d'un ton mal assuré. Au moins, tu seras plus à l'abri dans ce submersible…

Isabelle enlaça son père une dernière fois et se précipita, tout excitée, vers l'appareil. Elle s'y engouffra et entama la liste de vérification du petit sous-marin à l'aide d'un technicien. Peu après, on referma le dôme vitré de l'appareil. À l'aide d'une petite grue, on accrocha l'appareil à son anneau supérieur et on le souleva lentement ; il tangua un peu. Ce mouvement de balancier donna un léger vertige à Isabelle, mais le malaise fut de courte durée.

L'appareil fut lentement mis à l'eau et on décrocha le câble. Isabelle manœuvra le levier de commande et s'enfonça sous l'eau. Elle alluma tous les projecteurs de l'appareil et découvrit avec joie que les puissantes lampes tenaient leurs promesses : elle pouvait enfin voir beaucoup plus loin. Les puissants projecteurs perçaient sans peine les eaux ténébreuses du lac. Elle communiqua avec le bateau à la surface. Son père, à côté du technicien de communication, lui répondit qu'il la recevait cinq sur cinq.

Isabelle explora lentement les alentours, espérant que la bête se montrerait de nouveau. Mais ce ne fut pas le cas. Elle s'éloigna un peu du navire de surface, faisant de grands cercles en augmentant peu à peu sa profondeur.

Au bout de deux heures d'exploration infructueuse, elle abandonna. Elle refit surface et on la hissa à bord avec l'appareil. Mais la belle Anglaise n'avait pas l'intention d'abandonner.

Le lendemain, elle entreprit une autre plongée, mais les résultats demeurèrent négatifs.

Le surlendemain, avant de plonger, son père lui dit :

— Peut-être que la créature a peur du sous-marin.

— Alors qu'allons-nous faire ? demanda Isabelle, découragée.

— Je ne sais pas. On ne pourra pas emprunter ce sous-marin indéfiniment. C'est déjà gentil qu'il nous ait été prêté.

— Peut-être que si vous plongiez à l'endroit où vous l'avez vue et que vous n'en bougiez plus, avança un scientifique, la créature oserait plus s'approcher.

— Ça vaut la peine d'essayer, répliqua Isabelle. Alors, essayons encore une fois ; croisons-nous les doigts pour que ça marche !

Quelques instants plus tard, de nouveau en plongée, elle alla un peu en profondeur dans la zone dans laquelle la bête avait été aperçue la dernière fois. Puis, elle s'immobilisa, ne laissant que quelques lampes allumées devant l'appareil. Elle attendit une bonne demi-heure, communiquant parfois avec le bateau à la surface. Tout semblait tranquille. Puis, alors qu'Isabelle vérifiait le tableau de bord, elle sursauta tellement qu'elle faillit en perdre le souffle : la créature la fixait droit dans les yeux ! Sa tête légèrement penchée, à moins de cinq mètres, la créature avait l'air de se demander comment la petite humaine pouvait s'être retrouvée dans cette « coquille jaune ».

— Allô, *White… steam*, balbutia Isabelle en ne voulant pas quitter l'apparition des yeux. Ici *Deep yellow*.

— Ici le *White steam*, répondit son père. Un gros signal semble près de toi sur le sonar. Est-ce… Nous voyons la créature ! Ta caméra nous envoie les images. Elle semble être apparue de nulle part et…

— Oui, c'est elle, coupa Isabelle. Oui, c'est elle !

La créature tourna autour de l'appareil pendant un moment. Isabelle la suivit du regard à travers la bulle de verre. Puis, la bête repassa devant le sous-marin et s'éloigna très lentement en regardant parfois derrière elle.

— On dirait qu'elle veut que je la suive, déclara Isabelle, tout excitée. Je vais remettre la turbine en marche et on verra bien.

— Sois prudente, d'accord ? répondit son père.

— Ne t'inquiète pas, papa. Je sais ce que je fais.

La bête, se voyant poursuivie, accéléra un peu, mais pas trop. Isabelle s'aperçut que la créature aurait pu nager beaucoup plus rapidement. Elle alluma peu à peu tous les projecteurs afin de ne pas effrayer la créature.

— Isabelle, tu t'éloignes beaucoup, lui dit son père. Et tu t'enfonces également. Où vas-tu ?

— Je me contente de la suivre papa. Elle semble se diriger vers une sorte de récif comportant plusieurs entrées.

— On ne voit rien de tel sur le sonar, Isabelle. Tu es sûre de ce que tu vois ?

— Affirmatif ! La bête s'enfonce dans l'une des cavernes. Je me lance à sa poursuite. Heureusement que l'appareil est petit. Je devrais pouvoir m'y enfoncer sans problème !

— Pourtant, réaffirma son père, le sonar indique que cette partie du lac où tu te trouves ne possède pas cette caverne. Le fond du lac dans cette portion est absolument plat et sans formation rocheuse !

— Et moi, je te dis que je suis actuellement en train de pénétrer dans une caverne !

— John ! cria un journaliste. Venez voir. Votre fille dit vrai. La caméra de bord nous montre bien qu'elle s'enfonce dans une caverne ! C'est hallucinant ! Nos sonars indiquent pourtant une surface plane, sans aucune faille...

Le père d'Isabelle revint au moniteur et aperçut l'entrée d'une caverne. L'appareil suivait bel et bien la créature dans une grotte. Cependant, à mesure qu'Isabelle s'enfonçait dans la caverne, les images transmises devenaient de plus en plus neigeuses.

— Isabelle, tu me reçois ?

— Oui, je t'entends, mais le signal devient faible. Restez au-dessus de moi !

— Ne t'en fais pas ! Nous te suivons. Mais ne t'enfonce pas trop dans cette caverne, s'il te plaît...

— Pas question pour moi de virer de bord. Cette cav... me semb... éclairée de l'intér...

— Isabelle ! On ne reçoit plus d'images de ta caméra. Et on t'entend de plus en plus difficilement ! Reviens au bateau !

— C'est... grand ici... trop... courant, je... emportée !

— On commence à perdre le signal du sous-marin, John ! dit le responsable du sonar. Et la bête n'est plus sur nos écrans !

— Envoyez immédiatement une équipe de plongée ! ordonna John. Cette expédition doit se terminer tout de suite !

Une équipe de trois plongeurs se prépara rapidement. Mais l'effort n'allait pas en valoir la peine. À cette profondeur, leurs pauvres lampes ne leur permettraient pas de voir aussi loin que le submersible.

Pendant ce temps, Isabelle communiquait par bribes, et le ton de sa voix semblait excité à l'extrême. Elle progressait dans le tunnel et la bête semblait la distancer peu à peu. Isabelle augmenta la puissance de la turbine pour compenser la distance. Mais ce ne fut pas suffisant. La créature augmentait sa vitesse. L'Anglaise poussa à fond la turbine pour ne pas perdre de vue la créature.

À cette vitesse, les manœuvres devenaient risquées et plus difficiles : le couloir sous-marin n'était pas toujours droit et se rétrécissait par endroits. Certains virages devaient être effectués de façon abrupte, et les parois se rapprochaient dangereusement du submersible...

Isabelle tenait cependant le coup. Toute concentrée, ignorant les messages qui provenaient du yacht à la surface. Ruisselante de sueur, la main crispée sur le levier de commande, la belle Anglaise risquait le tout pour le tout.

Malgré sa vitesse respectable, le submersible se fit distancer à nouveau. La créature nageait à une vitesse stupéfiante. À un moment donné, Isabelle perdit de vue la créature, mais continua son déplacement dans le dangereux corridor rocheux, aussi rapidement qu'elle le pouvait. Puis, elle émergea dans une zone nouvelle, pleine de lumière et de créatures lumineuses aux formes insolites.

— Isabelle ! Me reçois-tu ?

— Papa... c'est merveill... suis dans... autre monde !

— Isabelle ! Reviens, je t'en prie ! supplia son père.

Ce fut la dernière conversation que John eut avec sa fille. Jamais les plongeurs ne trouvèrent la caverne mystérieuse et ils durent rebrousser chemin.

De toute façon, pendant cette période de recherche, Isabelle était ailleurs. Plus sous la mer, ni même sur Terre, mais à bord du navire nantasien.

▲▼▲

— Cette petite femelle était en train de découvrir une de nos bases secrètes, déclara Vorg.

— Oui, il était temps de la remonter, approuva Gemi. De toute façon, elle est rendue à bord et ne pourra communiquer ces informations aux indigènes de ce monde.

— Elle a l'air en bon état. Délicate, mais en bon état physique.

# Chapitre 7

## Démons

### 1

Spécimen numéro 7
Sexe : mâle
Âge : 30 ans
État physique : très bon
Dénommé : Karl Fisher

Gottow, Allemagne, 1985.

Karl habitait un paisible petit village isolé du nom de Gottow, en Allemagne. Son père était un médecin dans une clinique privée et sa mère était son assistante au bureau. Il avait eu la chance de naître dans une famille aisée et équilibrée.

Karl était un homme d'assez belle apparence, avec des cheveux blonds bouclés lui tombant presque aux épaules. Ses yeux bleus semblaient toujours joyeux. Mesurant environ 1,80 mètre et doté d'une bonne carrure, il était bon bagarreur, mais d'un esprit pacifique avant tout. Son éternel optimisme et sa bonne humeur faisaient de lui un bon vivant. Il avait le don de leadership et aurait aisément pu commander un groupe de personnes pour les aider à accomplir leur objectif.

Mais ce qui caractérisait le plus cet Allemand jovial était son don d'immunité, qui avait mystifié bien des médecins, dont son père, dès son tout jeune âge. En effet, Karl n'était jamais tombé malade; aucune grippe, aucune maladie infantile : une santé de fer. Les habitants de ce village en parlèrent longtemps, et Karl fut souvent comparé à un phénomène inexplicable de la nature. Mais un nouveau phénomène bien plus étrange allait ébranler ce paisible petit village isolé.

## 2

Les habitants de cette localité aperçurent un jour arriver des étrangers qui avaient une allure inquiétante. C'était des « gens habillés en noir ». Ces mystérieux personnages avaient débarqué d'une grosse Mercedes noire aux vitres teintées. Leur chauffeur avait stoppé la voiture juste devant le magasin général du vieux Kruger. Trois hommes d'une taille hors du commun mais d'une grande maigreur en débarquèrent, ainsi que deux femmes d'une grande beauté. Le chauffeur, quant à lui, était resté à bord du véhicule.

Les étrangers restèrent plantés quelques minutes à côté de la voiture sans dire un mot. Ils scrutaient des yeux les alentours d'une manière suspecte. Les passants les regardaient discrètement pendant que d'autres, à travers les fenêtres de leurs maisons, les observaient en parlant à voix basse. Quelques instants plus tard, ils rembarquèrent tous dans leur voiture noire et quittèrent le village. En fait, ils étaient sortis de leur véhicule, avaient regardé un peu autour d'eux et avaient fiché le camp sans dire un mot.

Juste après que la Mercedes quitta le village, une ombre passa rapidement dans le ciel en fonçant dans la même direction que les étrangers. Quelques villageois, qui avaient eu la chance de voir passer la «chose», auraient juré que cela ressemblait à une sorte de chauve-souris géante ayant le corps et la tête d'un homme. Mais après réflexion, ils se persuadèrent que cela n'avait aucun sens et n'en parlèrent à personne. Cependant, les villageois avaient remarqué que les étrangers avaient la peau très blanche... comme si aucun sang n'y circulait.

Jusqu'à l'arrivée des étrangers, aucun évènement étrange n'était survenu dans ce petit village typiquement allemand. Cette localité était située au sud de Berlin et à l'est de Luckenwalde, dans le district de Teltow-Fläming, dans l'État de Branderburg.

La visite des étrangers fit jaser les villageois. Chacun y allait de sa propre hypothèse et, en général, les habitants avaient paru fort troublés de cette venue, qui avait soudainement troublé la tranquillité et la monotonie habituelle du village. Les habitants furent encore plus troublés lorsqu'ils entendirent, quelques jours plus tard, que ces mêmes étrangers avaient l'intention de faire construire une villa à environ deux kilomètres du village.

Cela ne prit que deux mois pour construire la villa et aménager le terrain. La villa se composait entre autres de trois bâtiments, dont le plus gros était au centre. Une grande clôture métallique électrifiée se dressait tout autour de la propriété. Le terrain et les alentours des bâtisses étaient surveillés par de nombreuses caméras à circuit fermé. En fait, la villa semblait être une véritable forteresse...

Le vieux Albert Kruger se tenait derrière son comptoir et jasait avec quelques clients réguliers pendant que sa femme, Rosa, s'affairait à placer divers articles sur les tablettes du magasin général. On ne parlait plus que des visiteurs étranges dans le magasin d'Albert. En fait, ce petit commerce représentait un peu le « quartier général » des commères du village.

À chaque jour qui passait, Albert voyait défiler devant lui les mêmes personnes habituelles et savait presque toujours d'avance de quoi son ou ses clients allaient lui parler. Le trio d'hommes populaire du village entra comme à l'habitude dans le magasin des Kruger. Ces trois hommes, comme la plupart de ceux du village, travaillaient dans une petite mine d'or pas très loin de la localité.

Le trio se composait de Karl Fisher, de Moritz Vogel et du grand Ulrich Bogen. Aucun d'eux n'était marié et ne cherchait l'âme sœur. Il faut dire que ces trois gigolos, dans la trentaine, couraient souvent les bars de Luckenwalde, et les « histoires d'un soir » les intéressaient plus que l'engagement et le mariage.

Karl possédait une grosse camionnette 4X4 avec un moteur de forte cylindrée. Il aimait bien se saouler la fin de semaine avec quelques-uns de ses copains.

Moritz, lui, était plus tranquille, car il était timide. Il se laissait souvent entraîner par les autres à faire toutes sortes de conneries sans conséquence. Il aimait bien rouler à tombeau ouvert avec sa puissante BMW dans les routes sinueuses non loin du village.

Quant à Ulrich, le plus gros des trois, il était un peu simple d'esprit, mais doté d'une grande bonté et d'une générosité sans borne. Il était toujours prêt à se donner à 110 % pour aider quelqu'un. Sa force physique semblait démesurée selon certains villageois qui l'avaient vu soulever des charges incroyables.

Le commerçant Albert entama machinalement la conversation :

— Pas de nouvelles de nos mystérieux vampires ? demanda-t-il au trio.

Les villageois avaient ainsi nommé les étrangers aux visages blancs qui n'avaient pas encore mis les pieds dans une bâtisse de Gottow.

— Non, répondit Karl. Ils sont étranges ceux-là… Personne ici n'a encore osé leur parler. Ils viennent quelques fois avec leur grosse Mercedes et marchent un peu dans la rue, mais ils ne parlent à personne.

— Peut-être font-ils partie d'une secte religieuse bizarre, avança Rosa.

— À voir leur allure, je ne suis pas sûr, soupçonna Moritz. Il faudra bien faire contact un jour. Ils doivent bien savoir parler, ces gens-là !

— S'ils ne veulent pas nous parler, c'est leurs affaires ! contredit Karl.

— Oui, mais Karl, objecta Albert, tu as vu de quelle façon ils nous regardaient la première fois qu'ils ont mis les pieds ici ! Ces personnes ne sont pas normales, je te le dis ! Dis-moi donc pourquoi ils ont fait construire cette immense villa près d'un petit village aussi tranquille que le nôtre ? Quel intérêt ont-ils eu à se bâtir ici plutôt qu'à Luckenwalde ?

— Peut-être cachent-ils un commerce de drogue ou d'armes illégales ou je ne sais quoi… de toute façon, ils ne nous causent pas de troubles, alors je ne vois pas le problème ! dit Karl sur un ton agacé.

— Chaque soir, en revenant de Luckenwalde, nous avons remarqué, mon mari et moi, qu'ils ne semblent pas s'éclairer fort dans cette maison… à peine une petite lueur, souligna Rosa.

— Et alors ? reprit Karl. Qu'est-ce que ça peut bien faire ? Ils en ont bien le droit. Ils sont maintenant chez eux ! Ils n'ont pas de comptes à nous rendre !

— Le révérend nous a recommandé d'aller faire connaissance avec eux, soupira timidement Ulrich.

— Il n'y va pas, lui ! C'est facile à dire ! clama Moritz. Je crois que Karl a raison. S'ils veulent nous parler, qu'ils viennent ici. Il semble pour l'instant qu'ils ne veulent qu'avoir la paix.

La discussion se termina ainsi, et les trois hommes achetèrent quelques articles pour repartir dans la voiture de Moritz. Mais Albert et sa femme demeuraient inquiets… et ils n'avaient pas tort.

## 3

Deux semaines seulement après la construction de la villa, un évènement étrange mit les villageois en alerte. Deux adolescents, Arnold Benz et Julian Ebstein, revenaient à pied de chez leur ami, Lazarus. Ils avaient tous trois visionné, en cachette et à bas volume dans la cave, un petit film érotique qui était diffusé tard dans la soirée.

Il était près de minuit lorsque les deux copains quittèrent la maison de Lazarus pour se rendre chez eux. Ils n'avaient qu'à marcher pendant environ cinq minutes pour rejoindre leurs maisons respectives. Alors qu'ils marchaient dans la rue déserte et parlaient du film qu'ils avaient vu, ils entendirent au-dessus de leurs têtes un bruit ressemblant à un drapeau qui se fait agiter violemment au vent. Évidemment, à cause de l'obscurité, ils ne purent voir ce qui leur était passé au-dessus de la tête. Mais quelques secondes plus tard, ils saisirent avec stupeur l'origine de ce bruit.

Deux créatures ailées avaient atterri sous un lampadaire de la rue. Elles s'étaient posées à une trentaine de mètres devant les deux adolescents qui ne saisissaient pas encore totalement ce qu'ils voyaient. Les créatures avaient une peau grisâtre. Leur morphologie semblait humaine, sauf pour les deux grandes ailes qui s'agitaient derrière leur dos.

Les deux ados, pétrifiés sur le coup, émergèrent de leur stupeur et firent volte-face pour fuir. Ils constatèrent alors avec effroi que deux autres démons les avaient suivis et leur barraient la route. Ils crièrent alors de tous leurs poumons et tentèrent de rejoindre en courant la maison la plus proche sur leur gauche. Avant même qu'ils puissent atteindre le terrain de la maison, deux créatures étaient déjà sur eux. Elles avaient bondi à la vitesse de l'éclair sur les deux garçons pour les immobiliser avec leurs puissants bras. Les démons communiquaient entre eux en émettant de petits cris rauques. Les deux ados criaient à tue-tête, mais tout le monde dormait et n'avait pas connaissance de ce qui se passait dans la rue. Les deux victimes furent emportées dans les airs par les démons et disparurent dans la nuit.

Le vieux Zacharias, un des doyens du village, fut le seul à être réveillé par tout ce boucan, car l'escarmouche s'était produite tout près de sa maison. Il était veuf depuis deux ans et n'avait pas d'enfants. Il avait toujours eu le sommeil fragile. Les cris l'avaient d'abord réveillé, et lorsqu'il s'était aperçu qu'ils s'intensifiaient, il s'était levé en titubant pour se diriger vers la fenêtre de sa cuisine. Lorsqu'il souleva la toile de la fenêtre d'un coup sec, les bruits avaient cessé et il ne vit rien d'anormal.

Le lendemain, les parents en pleurs des deux disparus avaient téléphoné à la police de Luckenwalde pour effectuer les recherches. Le poste de police étant à environ cinq kilomètres de Gottow, l'auto-patrouille arriva quelques minutes après l'appel. Le chef de police, un certain Angermann, débarqua de la voiture accompagné de son adjoint, le sergent Baumann.

Les deux policiers entrèrent tour à tour dans les deux résidences des parents désespérés. L'interrogatoire ne dura pas très longtemps avec les parents, car ceux-ci n'avaient pu fournir aucun détail sur la disparition. Les parents leur avaient cependant remis une photo de chacun de leurs fils.

Quelques instants plus tard, une fourgonnette de la police arriva et se gara à côté de la voiture du chef de police. Deux maîtres-chiens accompagnés de deux superbes bergers allemands en descendirent. Les fouilles commencèrent et durèrent plusieurs heures, mais elles furent vaines. Les chiens avaient senti des pièces de vêtements des deux ados que leurs parents avaient remis aux policiers. Les parents savaient que leurs enfants étaient allés chez Lazarus, et les fouilles avaient débuté à ce point.

Les deux chiens, avec leurs museaux à l'odorat hyperdéveloppé, semblaient sentir aisément la trace des deux garçons, mais ils en perdirent la piste quand ils arrivèrent sur le terrain du vieux Zacharias. Rendus à ce point, les deux chiens semblaient totalement désorientés et étaient devenus très nerveux, sans que les policiers sachent pourquoi. Ils semblaient avoir senti quelque chose qui les affolait. Les maîtres-chiens fouillèrent encore les alentours, sans résultat. Ils durent admettre que leurs chiens avaient perdu la trace des deux disparus. La maison du vieux Zacharias et celle de Lazarus furent fouillées et examinées minutieusement, mais sans résultat, évidemment. Lazarus et ses parents furent interrogés, ainsi que le vieux Zacharias. Ce dernier fut le seul à donner quelques faibles détails de la disparition.

— Des bruits bizarres… comme quoi ? demanda le chef de police à Zacharias lors de l'interrogatoire.

— Je ne saurais dire, hésita le vieil homme. Entre les cris des deux jeunes, j'ai cru entendre des sons que ni vous ni moi ne pourrions reproduire…

— Avez-vous eu le temps d'identifier la voiture des kidnappeurs ?

— Je n'en ai vu aucune, mais s'il y en a eu, elle était drôlement silencieuse. La fenêtre de ma chambre était ouverte et de là, je peux entendre toutes les voitures qui passent ici !

— Ils ont bien dû les emmener rapidement puisque lorsque vous êtes allé à la fenêtre de votre cuisine, ils étaient disparus !

— Je puis vous assurer, monsieur l'agent, qu'il n'y avait pas de voiture. Ils ont disparu comme par enchantement ! Je n'ai pas compris comment ils avaient fait !

Le chef de police regarda Zacharias avec une moue sceptique.

— Alors, ils avaient une voiture garée plus loin, et ils ont dû y emmener les deux jeunes et partir en douce. Vous savez, les voitures d'aujourd'hui sont très silencieuses et…

— Non ! Je vous dis que non ! rétorqua Zacharias en se levant de sa chaise berçante en tremblant. Ils n'auraient pas eu le temps ! Les cris ont cessé juste quelques secondes avant que je vienne à cette fenêtre.

— Êtes-vous sorti juste après ?

— Non…

Zacharias avait rougi un peu.

— Je n'ai pas osé, continua-t-il. Je suis resté à la fenêtre quelques minutes et je suis allé me recoucher. Je n'ai pas dormi du reste de la nuit. Les cris des enfants mêlés à ceux des ravisseurs m'ont glacé le sang ! Ces cris étaient inhumains, je vous le dis ! Que Dieu protège ces enfants.

— Bon… on va continuer les fouilles. Excusez-nous de vous avoir dérangé, monsieur. Passez une bonne journée et essayez de vous reposer un peu.

— Bonjour, monsieur l'agent.

Les fouilles continuèrent quelques jours, mais elles furent inutiles. Karl et ses deux amis participèrent à la fouille sans plus de résultat. Les deux adolescents furent portés officiellement disparus. Les photos des deux ados passèrent dans plusieurs journaux et à la télévision, mais personne ne put les signaler quelque part. L'enquête piétina.

## 4

Environ deux semaines après la disparition des deux adolescents, un autre incident survint. Il se produisit encore
pendant la nuit. Une femme de 27 ans du nom de Kassandra
Faszler retournait chez elle à pied dans le village. Elle venait
de chez son ami Lorenz Holz, qu'elle fréquentait depuis
deux ans. Il était environ 1 h 30 du matin lorsqu'elle quitta la
maison de son ami. C'était une femme athlétique, ceinture
noire au karaté et possédant un physique exceptionnel. Elle
partit à pied, et environ deux minutes après avoir quitté la
maison de son ami, elle entendit au-dessus d'elle de gros
battements d'ailes, mais elle ne pouvait voir de quoi il s'agissait à cause de l'obscurité.

Elle continua sa marche en regardant de temps à autre
dans les airs et vit, au bout de quelques instants, qu'il y avait
une personne sous un lampadaire devant elle. En s'approchant de plus en plus du lampadaire, elle commença à
s'apercevoir que la personne qui se tenait là n'était pas
comme les autres. La silhouette bougea un peu et se mit à
regarder Kassandra, qui avançait d'un pas moins certain.
Une quarantaine de mètres séparaient la femme de la créature qui l'envisageait. Kassandra marchait plus lentement,
son regard fixé sur la personne étrange dans la lumière. La
créature déploya ses ailes et les fit battre un peu comme si
elle se préparait à foncer sur la femme. Kassandra sentit la
peur monter en elle, mais sa grande maîtrise de soi l'em-
pêcha de paniquer. Elle changea plutôt de trottoir tout en

conservant sa direction et fit semblant de ne plus regarder la bête.

Avant qu'elle passe vis-à-vis de la gargouille, une autre créature venant des airs se posa à une dizaine de mètres devant elle. Ce fut trop pour ses nerfs : elle fit volte-face et se mit à courir en criant à l'aide. Les deux créatures s'envolèrent et passèrent au-dessus de la femme, à moins de trois mètres de sa tête. Les deux démons, l'ayant dépassée, se posèrent devant elle.

Kassandra vit une lumière s'allumer dans une maison pas très loin d'elle et songea que ses cris avaient réveillé ses occupants. Les deux démons parlaient entre eux en articulant des paroles incompréhensibles. Le timbre de la voix des créatures était aigu et désagréable à entendre. Voyant que les deux démons lui barreraient constamment la route pour probablement l'attaquer, elle scruta le sol autour d'elle, cherchant un objet qu'elle pourrait leur lancer. Elle vit sur sa gauche la cour de garage du village, et parmi différents objets voués à la ferraille, elle constata qu'une barre de fer d'environ une cinquantaine de centimètres gisait au sol. Elle se lança dessus et l'agrippa juste avant qu'une des créatures ne puisse la rejoindre. Elle décocha un coup sur le bras de la bête, qui poussa un petit cri aigu. Voyant que cela n'avait pas eu l'effet escompté, elle lui abattit violemment la barre sur la tête. Le démon avait été pris de vitesse par la femme et n'avait pas eu le temps d'esquiver le coup. Cette fois, le démon recula en titubant et en gémissant de douleur. Ce coup à la tête aurait assommé net n'importe quel homme, mais elle voyait bien que ce qui était devant elle n'était pas humain.

L'autre créature, s'apercevant que son congénère avait été étourdi pour quelques instants, se rua sur Kassandra, qui criait autant qu'elle le pouvait pour que quelqu'un lui vienne en aide. Elle esquiva de justesse la bourrade du deuxième démon, qui alla culbuter dans les pièces de ferraille de la cour de garage. Ce boucan réveilla encore d'autres personnes, dont les propriétaires du garage, qui demeuraient à côté. Le démon se releva de sa chute. C'est alors que la femme chargea la bête avec l'extrémité de la barre. Le démon hurla de douleur en recevant le bout de la barre dans l'abdomen. Le monstre tomba sur le dos en roulant à nouveau dans la ferraille.

Pendant ce temps, l'autre créature avait un peu repris ses sens et se dirigeait par-derrière pour attraper la femme, mais celle-ci la vit arriver à la dernière seconde. À la vitesse de l'éclair, elle lui décocha un coup de barre au genou gauche. Le démon hurla en faisant sortir sa langue pointue. Kassandra prit alors son élan et lui asséna un autre coup sur la tête de toutes ses forces. Ce coup-ci fut le bon, et le démon s'écroula au sol, inconscient.

S'apercevant que ses adversaires n'étaient pas invincibles, sa peur se dissipa d'un coup pour faire place à la colère. Au lieu de se sauver, elle se dirigea vers le démon qui était allongé dans la ferraille pour l'achever à son tour. Alors qu'elle levait le bras avec sa barre pour lui donner le coup, son élan fut stoppé par le bras d'une troisième créature qui était apparue de nulle part pour atterrir derrière elle.

Le démon cassa le bras de la femme en le tordant. Kassandra lança un cri de douleur, réveillant encore d'autres personnes. Malgré cela, elle put lui lancer un bon coup de pied à la gorge, ce qui fit reculer la bête, qui râla de rage en toussotant. Le démon avait cependant réussi à soutirer la barre de fer à Kassandra. Celle-ci cria de nouveau à l'aide et s'aperçut que quelques personnes surveillaient le combat de leur galerie sans oser s'approcher. La créature qui était allongée dans la ferraille se releva soudain et agrippa les jambes de la femme pour l'immobiliser. Pendant ce temps, le démon qui avait reçu un coup à la gorge lança la barre au bout de ses bras sans regarder. La barre alla fracasser la vitrine d'une maison à côté. D'autres témoins allaient donc se réveiller.

Kassandra asséna un puissant coup de coude avec son autre bras derrière la tête du démon qui lui tenait les jambes. La tête de la créature alla frapper le sol. Kassandra se libéra et se mit à courir, esquivant au passage la troisième créature qui se tenait toujours la gorge en râlant. Mais ce fut peine perdue. Une quatrième créature, plus grosse celle-ci, venant des airs, mit ses grosses pattes griffues sur les épaules de la femme. Elle fut couchée au sol par la bête. Le démon la roula sur le dos et lui donna un puissant coup de poing au visage. Kassandra perdit connaissance. La créature s'envola avec sa proie en regardant les autres démons. Elle leur cria des paroles incompréhensibles et disparut dans la nuit. La créature qui avait roulé dans la ferraille ainsi que celle qui avait reçu un coup à la gorge avancèrent péniblement vers le démon qui avait été assommé. Elles le prirent dans leurs bras en se parlant entre elles et s'envolèrent avec lui.

Lorenz arriva en courant et en criant de rage avec un fusil de fort calibre, mais il avait été averti trop tard. Sa petite amie avait été enlevée par des créatures démoniaques et les témoins avaient regardé l'action bouche bée, sans intervenir. Lorenz tira un coup vers le ciel et s'agenouilla en pleurs. Dans tout ce remue-ménage, il y avait eu une bonne vingtaine de témoins qui avaient eu le temps de se lever et d'observer un peu ce qui s'était passé. La police fut sur les lieux en quelques minutes avec cinq auto-patrouilles. Les villageois témoins se ruèrent littéralement sur les policiers et parlaient tous en même temps.

— Du calme! Du calme! Un à la fois, je vous en prie! ordonna le chef de police Angermann en sortant de sa voiture. On va procéder calmement, à chacun son tour.

— Qu'est-ce que vous allez faire, monsieur l'agent? cria un homme derrière la petite foule qui grossissait à vue d'œil.

— Je répondrai aux questions des personnes que j'aurai interrogées! Est-ce clair? répondit sévèrement Angermann.

Les villageois baissèrent le ton et semblaient plus enclins à écouter.

— Bon... C'est mieux... beaucoup mieux, reprit Angermann en regardant les villageois qui l'entouraient. On va commencer par éliminer les curieux. Que tous ceux qui ne sont pas témoins de l'incident retournent chez eux!

— On a le droit de savoir, nous aussi! hurla une personne derrière la foule.

— Ouais! Personne ne nous empêchera de savoir! approuva une autre.

— Bon, ça va... Mais essayez de rester calme et de coopérer. Ça ira plus vite pour moi, et vous en saurez plus rapidement sur la situation. Je demanderai donc à tous ceux qui ont vu quelque chose de rester près de moi et que ceux qui n'ont rien vu de se reculer un peu. Ça vous va comme ça?

Quelques villageois grognèrent un peu mais obtempérèrent. Au bout de quelques minutes, les curieux se tenaient à l'arrière des témoins.

— Bon, on va pouvoir commencer, dit le chef de police. Vous d'abord, monsieur…

— Keller… Kasimir Keller.

— Bien, monsieur Keller, qu'avez-vous vu, au juste?

— Je suis le propriétaire du garage que vous pouvez voir là-bas. J'habite juste à côté. C'est dans cette cour que la jeune femme a été enlevée. Mais vous ne trouverez aucune trace d'elle, j'en ai bien peur. Elle a été emportée dans les airs par…

— Par quoi?

— Par des démons volants!

— Des quoi?

— Il dit la vérité, monsieur l'agent, approuva une femme à côté du mécanicien.

— J'ai dit une personne à la fois! Bon… essayez d'être sérieux, monsieur Keller!

— Mais je suis sérieux! Vous n'avez qu'à demander aux autres! Elle s'est foutrement bien défendue, mais… ils étaient trop nombreux. Ces êtres hideux sont venus en renfort et ont fini par avoir le dessus. L'un d'eux a atterri sur ses épaules et l'a fait tomber au sol tandis qu'elle essayait de se sauver. Il l'a assommée avec un coup au visage et l'a emportée dans les airs en prenant cette direction!

L'homme pointait de son doigt tremblant vers une des sorties du village. Sans dire un mot, le chef de police tourna le dos à Kasimir et s'adressa à un autre témoin, comme s'il ne tenait plus compte de ce qui avait été dit. Kasimir sentit la colère monter en lui.

— Vous ! désigna Angermann en pointant Albert. Dites-moi ce que vous avez vu, et ne me racontez pas ces idioties !

— La même chose que lui ! Des êtres ailés au visage horrible avec des yeux rouges brillants.

— Assez, ça suffit ! Je ne suis pas venu ici pour entendre des conneries !

— Ce ne sont pas des conneries, comme vous dites, et vous devriez nous prendre au sérieux, dit soudainement le vieux Zacharias, qui était apparu derrière les témoins. Je vous ai dit l'autre jour que les deux gamins n'avaient pas été enlevés à bord d'une voiture, mais vous ne m'avez pas écouté. Ce que j'ai vu tout à l'heure est la manifestation de Satan. Depuis que les étrangers ont construit leur villa pas loin d'ici, les problèmes ont commencé. Au lieu de fouiller nos maisons, allez donc fouiller la leur !

— Je crois que ce n'est pas vous qui allez me dire comment faire mon travail, et en plus, vous n'avez aucune preuve de ce que vous avancez.

— J'ai vu leur grosse voiture noire passer à basse vitesse dans cette rue même, cet après-midi. On dirait qu'ils nous observent à travers leurs vitres assombries !

— Pensez-vous que je dois arrêter des gens parce qu'ils se baladent dans une voiture et qu'ils vous paraissent bizarres ?

Albert reprit :

— Ces gens-là semblent n'avoir besoin de rien ! Ils n'ont pas encore mis les pieds dans mon magasin. Je ne leur en veux pas pour ça, mais... ils doivent bien manger ces gens-là !

— Il ne vous est alors pas venu à l'esprit qu'ils pouvaient faire leurs affaires à Luckenwalde?

— Ils ne sortent pratiquement jamais! Leur voiture est pratiquement toujours dans leur villa. Tout le monde qui quitte le village et jette un coup d'œil discret vers leur résidence peut vous dire la même chose que moi!

— Je crois que c'est plutôt vous tous qui les observez, et pas le contraire!

Lorenz Holz, qui tenait toujours son fusil à la main d'une façon menaçante, commença:

— Faites quelque chose, monsieur l'agent, sinon je vais aller rendre visite à ces gens-là, moi!

— Baissez-moi ce fusil avant de blesser quelqu'un! lui ordonna Angermann.

Lorenz baissa lentement le canon vers le sol. Le chef de police reprit:

— C'est mieux ainsi… comment vous appelez-vous, au fait?

— Je suis Lorenz Holz. J'allais bientôt me fiancer avec Kassandra. Vous devez comprendre pourquoi cette situation est si difficile pour moi. J'ai vu ces monstres emporter Kassandra vers… la villa!

— En êtes-vous sûr? Dans cette obscurité, vous n'avez sûrement pas tout vu.

— Tant que les lumières des lampadaires éclairaient les créatures, j'ai bien vu quelle direction ils prenaient et j'ai entendu leur langage étrange. Tout de suite après l'enlèvement, j'ai cru entendre des sons bizarres qui semblaient provenir de cette direction!

— Ils ont pu changer de direction une fois qu'ils n'étaient plus visibles, vous êtes d'accord avec ça?

— Oui, mais… c'est possible, mais…

— Écoutez. Je dois bien admettre qu'il y a beaucoup de témoins et que je dois me fier à vos dires, bien que cela paraisse invraisemblable. Malgré tout cela, je n'ai aucune preuve qui me permette d'incriminer ces gens ! Alors foutez-moi la paix avec cette villa !

Le chef de police s'arrêta de parler et constata que la populace attendait de lui qu'il aille enquêter sur cette villa. Il reprit sur un ton plus grave :

— Bon, très bien. Si cela peut vous rassurer, je vais aller faire un petit tour chez eux et leur poser quelques questions, bien que je sois certain de perdre mon temps.

— Il faut les retrouver ! cria soudain Lorenz au chef de police.

— Nous les retrouverons ! Soyez certain, vous tous ici présents, que nous ferons tout ce qui est en notre pouvoir. Des policiers à bord de deux auto-patrouilles surveilleront votre municipalité jour et nuit. Mes hommes fouilleront aussi les alentours. Demain, un hélicoptère survolera votre village pour entreprendre des recherches.

Les autres témoins racontèrent à peu près la même histoire au chef de police, et tous s'accordaient, entre autres, pour affirmer que les créatures ailées s'étaient dirigées en suivant la route. La même route qui passait devant la fameuse villa des étrangers dont on ne connaissait ni la provenance ni même leurs noms…

Le lendemain, un hélicoptère de la police vint effectivement survoler le village et ses alentours pendant quelques jours, mais sans résultat. Le chef de police avait fait une courte visite à la villa et n'avait rien trouvé de particulier, bien qu'il trouvait que leurs résidents avaient l'air étrange

« à cause de leur peau trop blanche ». Cependant, il n'avait pas fait fouiller la villa...

## 5

Dans le village de Gottow, on n'osait plus sortir la nuit et les villageois qui s'aventuraient à pied le jour regardaient souvent dans les airs de peur d'être happés au vol par les démons. La nouvelle s'ébruita à cause de quelques villageois bavards. Ce n'était pas à cause des policiers : ils n'avaient pas parlé de ces évènements aux journalistes de peur que le corps policier perde de sa crédibilité.

C'est ainsi que des journalistes de quelques chaînes de télévision et de radio arrivèrent à Gottow. Les journalistes avaient été offusqués que le corps policier ait tenu les évènements secrets. Évidemment, à cause des médias, Gottow devint assez rapidement « un village touristique » attirant beaucoup de curieux. Pour une période d'environ deux mois, l'achalandage fut très élevé, et les villageois commençaient à se lasser d'être obligés de raconter sans cesse la même histoire. Ils ne pouvaient plus cacher la vérité au public.

Après cette période de brouhaha, le calme revint peu à peu. Les reporters ne venaient plus, car il ne se passait rien de nouveau. Le nombre de visiteurs avait baissé à mesure que le temps passait. L'unique petit hôtel du village avait été plein un bon moment et son propriétaire avait fait des affaires d'or. Il avait même songé à faire des agrandissements de son établissement pendant la période d'« invasion » des curieux. Il s'était cependant ravisé à la dernière minute, voyant que cette période ne serait que passagère.

L'hôtel ne comprenait qu'une vingtaine de chambres rudimentaires mais propres. Derrière le comptoir de réservation, on pouvait apercevoir, accrochée au mur, une grosse pancarte attirant l'attention. Elle intimait aux touristes de rentrer tôt le soir et de ne pas s'aventurer dans les rues la nuit. Les visiteurs se faisaient un plaisir de demander au propriétaire, même s'ils le savaient déjà, la raison d'être de cette pancarte.

En deux mois de surveillance serrée, les policiers avaient constaté qu'il ne se passait plus rien de spécial, et ils abandonnèrent leur patrouille dans le village. Les villageois présageaient que le danger reviendrait lorsque les policiers quitteraient les lieux. Les résidents de Gottow avaient fait pression auprès du corps de police de Luckenwalde pour que les patrouilles soient maintenues, mais le chef de police leur avait répondu que cela ne servait plus à rien de surveiller un village où il ne se passait rien. Le chef de police ferma la négociation en affirmant aux villageois en colère que lui et ses hommes avaient d'autres choses à faire que de surveiller un village fantôme. Cependant, il les assura que quelques auto-patrouilles viendraient de temps à autre faire un tour dans le village et que l'enquête était toujours en cours, bien qu'elle n'avançait pas. Les villageois commencèrent à douter de la bonne foi du corps policier, qui semblait avoir conclu que les créatures ne reviendraient pas.

Une semaine après le relâchement de la surveillance des forces policières, Karl et ses deux compères entrèrent comme d'habitude dans le magasin du vieux Albert avant d'aller travailler. La conversation tourna comme toujours autour des créatures.

— Je me demande combien il faudra qu'il y ait de morts ici avant qu'on daigne nous prendre au sérieux, dit Moritz à Albert.

— Je ne sais pas, lui répondit-il. Mais je crains le pire maintenant qu'il n'y a plus de surveillance.

Rosa entra subitement dans le magasin, comme si elle était sortie d'une boîte à surprise, et demanda au trio :

— Que pensez-vous de nos chers policiers qui nous ont laissés à nos problèmes ?

— Comme les autres, je commence à douter d'eux, lui répondit Karl.

— Ce qui m'intrigue le plus, continua Moritz, c'est ce qui peut bien se passer dans cette foutue villa ! Certains ont dit que le chef de police n'était resté que cinq minutes à leur résidence. Ce n'est pas une enquête, ça... On dirait qu'ils les protègent.

Karl reprit à voix basse :

— Je crois qu'il faudra mener nous-mêmes notre petite enquête sur ces gens.

— Il n'y a pas de mal à leur rendre visite ! approuva Albert. On n'aura qu'à faire semblant d'avoir besoin d'eux pour... je ne sais pas moi... pour nous aider à réaliser un projet ou quelque menterie de ce genre... juste pour savoir la façon dont ces gens s'expriment et peut-être s'inviter à visiter leur domaine.

— Il faudra dire, par exemple, continua Karl, qu'on trouve leur villa très jolie et qu'on aimerait la visiter. À ce moment-là, nous verrons davantage s'ils ont quelque chose à cacher.

— Il faudra surtout ne pas les avertir d'avance de notre visite afin qu'ils n'aient pas le temps de cacher leurs crimes! expliqua Rosa.

— Si on se formait une équipe? déclara Moritz avec entrain. Il faudrait se fabriquer une sorte de discussion sans faille et être prêt à répondre aux questions qu'ils pourraient nous poser sans que nous gaffions!

— Peut-être vont-ils se métamorphoser en horribles monstres! souligna Ulrich pour plaisanter.

La plupart rirent un peu nerveusement et la conversation se recentra sur le plan. Ils voulaient aller les visiter le lendemain.

L'équipe des visiteurs devait à l'origine se composer du trio habituel, Ulrich, Karl et Moritz, ainsi que d'Albert, et finalement de Lorenz, l'ami de Kassandra. Mais les évènements qui allaient suivre allaient changer la donne.

Quelques jours auparavant, les parents de Lorenz avaient eu du mal à le convaincre de ne pas aller là-bas pour tout casser. Lorenz s'imaginait que Kassandra était toujours vivante et pouvait être torturée par ces êtres immondes.

Le soir précédent la visite prévue arriva enfin, et chacun savait le rôle qu'il aurait à jouer rendu à la villa au matin. Mais, au cours de cette soirée, vers 20 h 30, un autocar arriva dans le village. Il n'y avait pas plus de 10 passagers dans cet autocar de luxe. Il s'arrêta devant le magasin d'Albert. Les passagers en descendirent tous, sauf le chauffeur.

Les villageois qui avaient eu connaissance de l'arrivée de l'autocar remarquèrent que ses passagers semblaient un peu spéciaux. Il s'agissait d'un gang de punks composé de cinq jeunes hommes et de quatre filles. Ils avaient, dans leur démarche et leur façon de regarder autour d'eux, l'air de se foutre de tout. Ils étaient évidemment habillés d'une drôle de façon, et leurs cheveux arboraient différentes couleurs vives. Ils portaient tous de gros sacs à dos remplis à craquer. Ils s'étaient rués dans le magasin d'Albert comme une bande de sauvages en poussant violemment la porte et en criant toutes sortes de choses. L'un d'eux demanda à Albert :

— Y a-t-il un motel ici ?

— Oui, juste quelques pâtés de maisons plus loin, répondit Albert en pointant la direction de l'hôtel. Mais que venez-vous faire ici ?

— On est venus voir les démons ! cria une des filles.

Les autres punks rigolèrent bruyamment en se bousculant l'un l'autre malgré les tentatives d'Albert pour les calmer. Ce dernier commença à devenir nerveux en réalisant soudain que la bande pourrait l'attaquer. Sa femme, qui avait eu connaissance de l'entrée des voyous, ne courut pas de risque et appela le trio d'hommes forts, au cas où…

— Eh, pépère ! T'aurais pas un peu de hasch sur toi, nous sommes tous en manque ! déclara un des punks.

La bande s'esclaffa à nouveau à tue-tête et se bouscula. L'un d'eux se ramassa dans une rangée et fit tomber plusieurs boîtes de conserve.

— Sortez d'ici ! cria Albert, en colère.

— Eh ! Relaxe, le vieux, c'est un accident ! Ça peut arriver à tout le monde ! dit un des punks.

— Allez-vous-en ! hurla Albert.

— Pas avant d'avoir vu vos terribles monstres des ténèbres ! répondit un autre punk sur un ton moqueur.

— À votre place, je ne ferais pas de plaisanterie avec ça ! avertit Karl en rentrant avec ses deux compagnons.

Le trio était rentré silencieusement derrière le groupe, qui ne les avait pas vus arriver. Ulrich et Moritz avaient les bras croisés et regardaient le groupe d'une façon menaçante.

— Regardez-moi ce taré ! dit le chef du groupe en désignant Karl. Il doit faire partie de ces poules mouillées du village qui ont pris des hirondelles pour des démons !

Les punks rigolèrent de plus belle en encerclant le trio pour les intimider. Karl fonça vite comme l'éclair sur le chef et l'empoigna. Il le recula brutalement sur le comptoir et lui dit :

— Espèce de garnement ! Tu n'as pas la moindre idée de ce qui peut se passer ici !

— Lâchez-moi ! Nous ne croyons pas à ces histoires ridicules !

— On a assez de problèmes comme ça ici, alors on vous demande de vous en aller !

— Ça, mon grand, il n'en est pas question ! Nous allons passer la nuit ici ! répondit le chef en se dégageant de Karl, qui le relâcha. Cette nuit, nous verrons si ce que vous dites est vrai !

— Qu'avez-vous l'intention de faire ? demanda Albert inquiet.

— Tu verras bien, grand-père ! À minuit ce soir, on va vous montrer... Allez ! On va au motel ! Yahouuuu !

La bande sortit du magasin en courant. Pendant ce temps, l'autocar avait mis le cap vers Luckenwalde.

# 6

Les punks sortirent du motel vers 23 h 30, tous habillés de grandes tuniques noires avec des capuches voilant presque entièrement leurs visages. La plupart des villageois avaient entendu parler que les punks allaient faire quelque chose de spécial et ne s'étaient donc pas couchés. Ils les surveillaient à partir de leurs fenêtres ; quelques-uns se risquèrent même à s'asseoir sur leurs balcons, se tenant prêt à rentrer rapidement si les démons apparaissaient.

Les célébrants se rassemblèrent en plein milieu de la rue principale pour être vus de tous. Leur autocar arriva quelques minutes plus tard et se gara près d'eux. Les punks déguisés y entrèrent pour en ressortir aussitôt toutes sortes d'objets pouvant servir à une messe noire et des morceaux de bois pour allumer un feu. Ils rassemblèrent les morceaux de bois en plein milieu de la rue et y mirent le feu. Ils se rassemblèrent autour du feu pour former un cercle.

À minuit pile, les villageois entendirent les punks commencer à réciter des incantations. Peu à peu, les villageois sortirent de leurs demeures et regardaient avec crainte et indignation le spectacle. Après une dizaine de minutes, la célébration devint plus sérieuse, et quelques célébrants se mirent presque nus en se roulant par terre, pendant que d'autres couraient autour du feu en criant des paroles obscènes.

— Arrêtez ! Mais qu'est-ce que vous essayez de prouver à la fin ? demanda Albert en sortant de son magasin.

Les punks, qui semblaient tous sous l'effet de la drogue, ignorèrent complètement les propos d'Albert. Le trio d'hommes forts s'approcha de ce dernier.

— Il faut les arrêter ! supplia Albert. Ils peuvent les attirer ici et il y aura d'autres victimes !

— Laissez-les faire, rassura Karl, je ne crois pas que les démons viendront, car il y a maintenant trop de monde ici. Après leur spectacle ridicule, les gamins s'en iront en croyant qu'ils avaient raison et nous, nous aurons la paix.

Hélas, ce fut Albert qui avait raison. Une horde de 15 démons finit par surgir du ciel pour se poser autour du groupe de punks, surpris et effrayés. Deux des filles qui s'étaient déshabillées furent enlevées par quelques démons qui les avaient vite maîtrisées. D'autres démons arrivèrent en renfort et, à un moment donné, plus d'une quarantaine de créatures posées au sol s'approchèrent des punks coincés. La plupart des villageois terrorisés s'enfermèrent à double tour dans leur demeure.

Pendant ce temps, Moritz avait couru chez Salomo, un de ses amis, qui était collectionneur d'armes. Les deux hommes avaient chargé à la hâte, dans la boîte de la camionnette de Salomo, une vingtaine de carabines et de fusils divers ainsi que quelques revolvers. Ils avaient évidemment aussi apporté plusieurs munitions.

Pendant ce temps, les punks se défendaient du mieux qu'ils le pouvaient en prenant des morceaux de bois enflammés à leur bout et en les pointant vers la tête des créatures qui voulaient approcher. Cela donna le temps à Salomo et Moritz d'arriver près de l'action et de distribuer les armes aux villageois qui voulaient régler le compte des bêtes. Le temps que les villageois aient chargé leurs armes, trois punks, dont leur chef, furent emportés par les démons. Il suffisait maintenant pour les villageois de tirer sur les créatures sans blesser les jeunes qui étaient encore là.

Les premiers coups de feu retentirent, et deux créatures ailées prirent difficilement leur envol, sans leurs proies et en hurlant de douleur. Les autres créatures cessèrent alors de s'approcher des jeunes pour se diriger vers les villageois armés. Cependant, la pluie de projectile s'abattant sur eux les fit changer d'avis. La plupart des démons furent blessés et prirent leur envol en hurlant de rage. Les créatures se dirigèrent vers leur lieu d'origine.

Salomo, qui avait dans ses mains sa plus puissante carabine, une arme de calibre 416, eut le temps d'abattre en plein vol deux créatures qui fuyaient. Ce type de carabine était une arme de safari et pouvait tuer un éléphant ou un rhinocéros d'une seule balle.

Les deux créatures touchées s'écrasèrent lourdement au sol. Des flammes vertes en jaillirent aussitôt, et les deux corps se consumèrent en moins d'une minute. Les ailes des démons abattus brulèrent comme de vulgaires feuilles de papier, se repliant sur elles-mêmes sous l'action du feu verdâtre. Une odeur nauséabonde se dégageait des corps calcinés. Les deux corps s'étaient complètement volatilisés sous l'action des flammes, même leurs squelettes. On n'avait donc pas pu examiner les corps bizarres de ces bêtes.

Les garnements survivants prirent tous la fuite vers l'autocar sans dire le moindre merci à leurs sauveurs. L'autocar démarra en trombe sous les injures des villageois en furie.

Mais l'autocar ne put aller très loin... Un démon gigantesque se posa sur le toit du bus. De ses puissantes pattes aux griffes énormes et avec ses ailes immenses, il souleva lentement dans les airs l'autocar dont le moteur virait au maximum. Le colosse, qui devait mesurer un bon 10 mètres, avait deux cornes argentées sur la tête. Les autres démons à ses côtés avaient, en comparaison, l'allure de petites gargouilles. Certains reconnurent le géant qu'ils avaient aperçu volant à haute vitesse au-dessus du village, allant dans la même direction que la Mercedes des étrangers lors de leur première visite.

Salomo tira sur le monstre avec quelques autres. Sa puissante carabine sembla affecter modérément le monstre qui rugissait de douleur à chaque coup tiré. Les autres carabines ne faisaient qu'égratigner le démon géant. Le colosse s'immobilisa quelques secondes dans les airs avec le bus et regarda, en tournant sa tête hideuse, les hommes qui lui avaient tiré dessus. Il lança alors un puissant cri à faire glacer le sang dans les veines.

Les punks affolés n'osaient pas sauter, car ils étaient trop hauts. Le géant reprit sa route avec l'autocar en s'éloignant à grande vitesse. Étant donné que les phares de l'autocar étaient encore allumés, les villageois purent voir distinctement la direction prise par le géant. Il s'était bel et bien dirigé vers la villa, et quelques instants plus tard, les villageois virent avec effroi que l'autocar tombait en chute libre. Le démon l'avait largué près du terrain de la villa entraînant probablement dans la mort tous ses occupants. Les villageois entendirent le bruit sourd de l'écrasement au sol du bus.

— Je crois que nous n'aurons pas à effectuer notre petite visite amicale demain, n'est-ce pas Karl? demanda Moritz.

— Ça, tu peux le dire! Il ne nous reste qu'à foncer et à ignorer la police. Je vais chercher mon pick-up avec mon gros câble, on va l'arracher, leur barrière! Qui vient avec moi?

Ulrich et Lorenz se portèrent volontaires. Moritz avec sa BMW, embarqua Albert, Salomo et le garagiste Kasimir. Lorenz et Ulrich embarquèrent dans la camionnette de Karl.

Chaque homme avait en sa possession de bonnes armes, comme des 3006, des 7mm et des 300 magnums, mais elles n'étaient pas aussi puissantes que la 416 que Salomo serrait nerveusement dans ses mains. Il avait importé la plupart de ces armes des États-Unis en tant que collectionneur. Jamais il n'aurait pensé qu'un jour ses pièces de collection allaient servir contre des gargouilles ou autres démons de l'enfer!

Salomo demeurait inquiet, car il avait bien vu que les balles des autres carabines ne semblaient pas avoir blessé le géant. Il tenta de s'encourager un peu en pensant qu'ils ne l'avaient tout simplement pas visé… Mais comment tous les tireurs auraient-ils pu louper un géant aussi grand qu'une maison de forte taille? «Aller là-bas est tout simplement du suicide!» pensa-t-il sans le dire aux autres. Les hommes avaient heureusement du temps pour charger leurs armes à bloc en cours de route.

## 7

Ils arrivèrent quelques instants plus tard devant l'entrée principale de la villa. On éteignit les moteurs et les phares.

Les hommes sentaient une grande tension nerveuse monter en eux, mais leur colère était la plus forte.

Karl sortit le câble composé de gros fils entrelacés. Le câble, qui avait un diamètre de trois centimètres, était plus résistant à la traction qu'une chaîne métallique, car le câble pouvait s'étirer un peu avant de se raidir au maximum. Les hommes savaient que la clôture était électrifiée, car ils avaient entendu parler que quelques petites bêtes domestiques avaient tenté de la traverser. Ce sont des villageois passant à pied qui avaient vu, entre autres, un petit chat se faire étourdir lorsque son museau avait touché la barrière. Mais le câble de Karl, lui, était non conducteur. Il suffisait donc de le glisser prudemment entre quelques barreaux de la clôture sans y toucher. Une fois le câble passé, Karl l'accrocha à deux solides points d'attache sous le pick-up. Il démarra son moteur et fit tendre lentement le câble.

— Attention! avertit Karl. Éloignez-vous de la clôture, je vais tenter de l'arracher de ses charnières!

Il engagea les quatre roues motrices du 4X4 et enfonça l'accélérateur. Le câble se banda et les roues du pick-up se mirent à glisser. Il insista une dizaine de secondes, mais les pneus n'avaient pas tout à fait assez de traction. Il recula un peu et avança plus sec pour tenter de donner un bon coup, mais lorsque le câble se raidissait, les pneus patinaient.

Un cri humain désespéré fut entendu de Karl et de ses compagnons. Le cri venait bien de la villa. Karl se mit dans une plus grande colère et fit rugir le gros moteur de 7,5 litres. Il avança un peu et recula à vive allure dans la clôture, qui céda avec quelques étincelles. Dans la rage qui l'animait, il ne pensait plus qu'il pouvait avoir légèrement abîmé l'arrière de son pick-up.

— On va laisser nos voitures ici, ordonna Karl en éteignant le moteur. Tenez-vous prêts à tirer, car ils vont sûrement venir voir ce qui se passe! Avançons lentement ensemble, et regardez bien autour de vous! On va leur faire la fête à ces cons!

— Là! indiqua Lorenz. Regardez! C'est l'autocar! Il est complètement écrasé... les pauvres jeunes n'ont eu aucune chance!

Les hommes s'approchèrent prudemment de l'autocar. Ce dernier était aplati sur lui-même, et les hommes constatèrent que son toit avait été arraché! Ils découvrirent avec leurs lampes de poche que le bus était vide, mais que plusieurs mares de sang étaient répandues partout.

— Bon sang! souffla à voix basse Moritz. Ce monstre a une force incroyable... Vous avez vu comment le toit a été déchiré? Je commence à me demander si on pourra tuer cette bête.

— On va l'avoir! encouragea Lorenz. N'est-ce pas Salomo?

— Ça devrait, répondit Salomo sans trop de conviction.

— On va lui faire des beaux trous dans la cervelle! insista Lorenz sur un ton faussement optimiste en voyant que les autres commençaient à douter de leur succès.

Les sept hommes se dirigèrent vers la porte principale de la plus grande maison. La grosse Mercedes était garée tout près. Mais avant que les hommes puissent atteindre la porte, une horde de démons les attaqua. La plupart durent faire demi-tour à cause des coups de feu, mais Albert et Salomo furent soulevés dans les airs par deux démons qui les avaient surpris par-derrière. Heureusement, les deux hommes n'avaient pas échappé leurs armes, et comme ils avaient les bras libres, ils pointèrent leurs canons vers l'arrière, juste au-dessus de leurs épaules, et tirèrent. Les deux créatures furent éventrées et lâchèrent leurs proies. Albert se foula une cheville en tombant au sol, mais Salomo fut plus souple et fit une sorte de roulade en atterrissant. Les deux créatures abattues brûlèrent de flammes vertes et se consumèrent rapidement. Albert fut raccompagné à la BMW, car il ne pouvait pratiquement pas marcher tant la douleur était vive.

— On continue ? demanda Lorenz.

— Ouais, répondit Salomo, peu rassuré. Et vous autres ? On ne sait pas ce qui nous attend dans cette demeure.

Les autres faisaient tous signe qu'ils étaient toujours prêts à foncer.

— Si on veut régler le problème une fois pour toutes, on doit foncer ! affirma Moritz.

— Et Albert ? demanda Salomo.

— Il est armé et a les clés de la voiture. Il pourra se défendre ou s'en aller s'il le veut. Mais je crois qu'il restera pour monter la garde. Ce vieux a beaucoup de courage et aurait bien aimé faire le ménage ici, comme nous.

— C'est bon, on y va, reprit Salomo. Mais ce qui m'inquiète le plus, voyez-vous, c'est le grand monstre... Il ne doit pas être bien loin... Je ne comprends d'ailleurs pas pourquoi il ne nous est pas encore tombé dessus !

— On va le descendre, je te dis ! persifla Lorenz.

— Ouais, on va le descendre... J'espère que tu as raison !

— Ce n'est pas le moment de flancher, les gars ! siffla Moritz. Le pire reste à venir ! Que ceux qui croient ne plus être capables de foncer le disent tout de suite !

Plus personne ne parlait, et les hommes regardaient leurs armes.

— Alors, je crois que le problème est réglé, conclut Lorenz. On fonce!

Les hommes atteignirent la porte principale. Elle était évidemment verrouillée. Une faible lueur sortait par les grandes vitrines. Ulrich s'approcha de la porte et ne cogna même pas. Il pointa son fusil de calibre 12 sur la serrure et tira. La serrure céda au premier coup et Ulrich ouvrit violemment la porte d'un puissant coup de pied. Quelques lampes éclairaient faiblement l'entrée. Silence total. Il ne semblait y avoir personne.

Karl trouva au mur les interrupteurs, et la lumière se fit. Les hommes s'aperçurent qu'ils étaient entrés dans un vrai petit palais. Ils avançaient lentement comme des soldats regardant autour d'eux et prêts à tirer sur tout ce qui bouge. Ils pénétrèrent tour à tour dans une grande salle principale, dans un salon au luxe incroyable et dans une salle à manger immense. Ils fouillèrent le reste de l'étage et n'aperçurent aucune porte menant à la cave.

— Ils doivent se cacher en bas comme des rats! souffla Karl.

— Il doit bien y avoir une porte ou une trappe menant à la cave, continua Lorenz.

— Elle doit être dehors, conclut Moritz. On n'a pas fait le tour de la maison.

Le cri d'une femme leur parut venir du deuxième. Les hommes coururent vers le grand escalier et le montèrent à la hâte. En haut, il y avait trois grandes salles de bain et plusieurs chambres à coucher somptueuses. Ils les fouillèrent une par une et arrivèrent à la dernière au fond du couloir principal. La porte n'était pas verrouillée, mais quelqu'un ou quelque chose semblait en interdire l'accès. Ulrich et Moritz l'enfoncèrent avec leurs épaules et virent que deux démons étaient dans la chambre.

Moritz vit que quelqu'un, un punk, était allongé dans le lit et recouvert jusqu'au cou de couvertures pleines de sang. Les deux démons qui regardaient la victime se retournèrent vers les deux hommes et foncèrent vers eux, mais ces derniers leur déchargèrent plusieurs coups en pleine poitrine. Les deux démons reculèrent en fracassant la grande fenêtre derrière eux. Leurs corps s'enflammèrent avant même de toucher le sol.

— Je crois que ces deux-là ont compris, exulta Moritz.

Les autres hommes entrèrent dans la chambre.

— Mais, je le connais, lui! déclara Lorenz. C'est le chef des punks! Je croyais avoir entendu le cri d'une femme! Ils l'ont torturé à mort, celui-là…

Lorenz et Moritz s'approchèrent du lit. Moritz dit :

— Ou il est mort, ou il est inconscient. Regardons un peu ses blessures…

Moritz souleva les draps et constata avec ses amis que le corps était très mutilé. La tête avait été coupée du tronc ainsi que les quatre membres. Des symboles de satanisme avaient été peints sur son abdomen avec son sang. Salomo et Kasimir reculèrent un peu, ayant subitement la nausée.

Tout à coup, les parties du cadavre se mirent à gonfler. La tête et le tronc se scindèrent en deux pour laisser échapper une multitude de vers blancs qui grouillaient partout. Les bras et les jambes, quant à eux, se mirent à changer de couleur pour se noircir en laissant échapper une fumée noire tellement nauséabonde que les hommes sortirent tous de la chambre en suffoquant. Salomo et Kasimir vomirent sur le beau tapis du corridor. Les autres avaient la tête qui leur tournait. Un autre cri de femme se fit entendre.

— Vous avez entendu? demanda Lorenz. Ce cri venait d'en bas!

Les hommes descendirent les marches en titubant un peu. En arrivant au premier, ils entendirent un autre cri.

— Cela semble provenir du salon! s'écria Karl.

En arrivant dans le salon, les hommes aperçurent une porte étroite qui s'était ouverte juste à côté d'un immense foyer.

— On n'a pas vu cette porte tout à l'heure! reprit Karl. Elle semble être l'entrée du sous-sol...

Ils entendirent de nouveau le cri qui se termina par un râlement.

— Cela provient bien du sous-sol, siffla nerveusement Salomo. Les gars, je commence à me demander si on ne devrait pas laisser cette mission à la police. On ne sait pas ce qui nous attend en bas.

— Si tu veux t'en aller, Salomo, on ne te retient pas! Mais avant de t'en aller, passe-moi ta 416 et prends celle-ci, dit Lorenz. Je veux avoir la plus puissante dans les mains et faire éclater la tête du géant... si je le peux.

Les deux hommes s'échangèrent les carabines.

— Ne m'en veuillez pas les gars, mais j'aime mieux ficher le camp. Je vais vous attendre dans la voiture avec Albert.

Salomo fit un faible salut et courut dehors.

— Bon, on n'est plus que cinq, dit Lorenz. J'espère que vous ne ferez pas tous comme lui... On y va?

— On y va avec toi, Lorenz, mais si on réalise qu'on est trop en danger, on fout le camp! C'est bien compris? demanda Karl.

— D'accord. Vous ferez ce que vous voulez. Pour ma part, je n'ai plus rien à perdre! J'irai jusqu'au bout!

— Lorenz, insista Karl, essaie de comprendre qu'on risque notre peau ici. C'est presque de la folie d'aller voir ce qui se passe en bas!

— Vous ne comprenez pas qu'ils ont un compte à me rendre! Ils ont enlevé Kassandra et sont peut-être en train de la torturer avec les autres en ce moment! Êtes-vous tous devenus des lâches?

— Je crois qu'il a raison, approuva Kasimir à voix basse.

— C'est bon, on y va! conclut Karl. Avant de descendre, vérifiez tous si vos armes sont chargées au max!

Les cinq villageois vérifièrent leurs armes. Lorsqu'ils furent tous prêts, ils pénétrèrent un à un dans l'accès du sous-sol. L'escalier qui descendait était très étroit et en spirale. Il n'y avait aucune garde.

À mesure que les hommes descendaient, ils s'aperçurent que le sous-sol ne cadrait pas avec le luxe des étages supérieurs. Les hommes achevèrent leur longue descente et semblaient être arrivés dans un grand entrepôt. Le plafond au-dessus de leurs têtes avait plus de 10 mètres de hauteur. Les hommes aperçurent devant eux, complètement au fond de l'entrepôt, une porte entrouverte d'où semblait s'échapper une lumière vive. En s'en approchant lentement, et en ayant tous leur doigt sur la gâchette, ils entendirent une sorte de son qui variait en intensité. C'est en étant près de la porte qui menait à un autre local que les hommes s'aperçurent que le son était en fait des paroles prononcées par un groupe de personnes sur un même ton monotone. Les paroles entendues étaient incompréhensibles et ressemblaient à des incantations pour une messe noire. Puis, un groupe de gargouilles de la taille d'hommes sortirent soudain de la porte pour foncer sur les intrus. Les hommes, surpris sur le coup, ouvrirent le feu sans réfléchir et abattirent facilement une vingtaine de gargouilles.

Pendant ce temps, Salomo et Albert à bord de la BMW aperçurent le géant sortir d'une grande trappe derrière la résidence principale. Il se dirigeait droit vers eux d'un pas lourd. Voyant cela, Salomo mit la voiture en marche et démarra en trombe pendant qu'Albert faisait du mieux qu'il pouvait pour tirer sur le monstre. Le géant ouvrit la gueule et une boule de feu en jaillit. Cette dernière explosa juste derrière eux, faisant valser dangereusement la voiture sport.

— Tu as vu ça? demanda Salomo, qui évita le dérapage. On nous tire dessus avec des roquettes!

— Ce n'était pas des roquettes! répondit Albert. C'est le monstre qui nous a craché ça!

— Quoi?

— Allez, fonce! Éloignons-nous de ce géant et allons prévenir la police!

Le grand démon prit son envol.

— Il nous rattrape! cria Albert. Mets le pied au plancher!

— J'y suis déjà!

Une autre boule explosa juste à côté d'eux, faisant éclater la vitre de la porte du conducteur.

— On va finir par y passer ! gémit Salomo. On n'aurait jamais dû venir ici !

Les deux compères n'eurent pas la chance d'aller très loin. Le monstre les avait finalement rejoints. Il saisit la voiture par le toit alors qu'elle filait à plus de 140 kilomètres à l'heure. Il la souleva aisément et prit rapidement de l'altitude.

Albert actionna le toit ouvrant et commença à tirer sur le ventre du monstre, mais la carapace de la bête était trop dure. Il ne faisait que gronder légèrement à chaque coup. Les hommes voyaient par les fenêtres qu'ils s'éloignaient du village en altitude et que la chute serait mortelle.

— Si seulement j'avais encore ma 416 ! cria Salomo. On pourrait éventrer ce fumier ! Tire dessus comme tu peux !

Les coups jaillirent de plus belle, mais la 3006 n'était pas assez puissante.

Le géant largua la BMW à une altitude de près de 500 mètres et il retourna vers la villa. Les deux hommes avaient eu le temps, dans la chute, de mourir de peur avant de s'écraser en bouillie au sol, non loin de l'église.

▲▼▲

Les cinq villageois reprirent leur souffle dans le sous-sol de la villa. Ils se félicitèrent tous un moment d'avoir abattu cette petite armée d'êtres malfaisants qui avait enlevé certaines personnes de leur village. Ils rechargèrent tous leurs armes avant de continuer plus loin.

Lorsque tous les hommes furent prêts, Karl fit signe à ses amis qu'il allait de l'avant pour s'enfoncer davantage dans ce sous-sol. Ils pénétrèrent alors par la porte qui menait dans un couloir vivement éclairé. Sur les murs du couloir étroit étaient inscrits toutes sortes de symboles kabalistiques. Le couloir menait à une autre porte entrouverte, et celle-ci n'avait aucune poignée. À mesure que les hommes s'en approchaient, les voix récitant les incantations s'amplifiaient. Ils ouvrirent la porte et apparurent dans une grande salle, dont le plafond était tout aussi haut que celui de la grande salle précédente.

Les étrangers se tenaient au fond de la salle et avaient cessé leur prière. Ils regardaient les villageois qui avaient pénétré leur lieu secret. Entre les étrangers et les villageois se trouvaient une vingtaine de tables où étaient allongées les victimes capturées. Les punks enlevés étaient tous morts et ensanglantés. Les deux ados, Arnold et Julian, s'y trouvaient aussi. Kassandra gisait tout au fond de la salle et avait subi de grandes tortures avant de rendre l'âme elle aussi.

Lorenz courut vers sa table et constata avec effroi toutes les horreurs qui lui avaient été faites. Les autres hommes reconnurent les autres corps qui avaient été ouverts en deux. La plupart des corps avaient eu le cœur arraché. Certaines victimes, dont Kassandra, avaient eu les deux yeux crevés et des membres sectionnés. Une poudre bleuâtre, dont les hommes ignoraient la composition, avait été légèrement éparpillée sur tous les corps. Les pauvres victimes avaient évidemment toutes été offertes en sacrifice à Satan par ces étrangers ignobles. Lorenz, qui était en pleurs, se releva et tira vers les étrangers qui souriaient. Les balles ricochèrent sur une paroi de verre blindé. Le chef des étrangers se mit à rire comme un dément et s'approcha de la paroi pour dire :

— Bienvenue chez nous, messieurs !

La voix était sortie d'un haut-parleur situé au plafond.

— Espèce de salauds ! hurla Lorenz, frustré. Sortez de là ! Je vais vous tuer un par un !

— Ne vous fatiguez pas, mon cher. Vous allez tous y passer... soyez patients.

En terminant cette phrase, la porte se referma pour se verrouiller derrière eux. Ulrich et Moritz tentèrent en vain d'ouvrir la porte, mais elle était blindée, comme les murs. Le chef reprit :

— Si vous êtes ici, c'est parce qu'on l'a voulu. Nous vous avons dirigés comme des rats dans un labyrinthe ! Toutes les personnes que vous voyez allongées ici ont été offertes à notre grand maître, et ce n'est qu'un début ! Mais quant à vous, c'est votre curiosité et votre insistance qui aura causé votre perte ! J'ai bien peur que vos deux amis dehors aient rencontré notre gardien. Vous savez... celui qui s'est envolé avec l'autocar.

— Que leur est-il arrivé ? cria Karl.

— Je crois que leur voiture a fait un peu de voltige. Elkéziac était très, très haut dans les airs lorsqu'il a décidé de les lâcher... Pensez-vous qu'ils sont morts, les pauvres ?

— Bande de lâches ! cria Moritz. Vous allez nous payer ça !

— Cela me surprendrait fort ! Vous êtes enfermés et notre garde du corps va se charger de vous ! Vous n'avez aucune chance de vous en sortir. Il est maintenant temps de nous quitter, messieurs...

Une grande trappe dissimulée s'ouvrit au plancher, et le géant en sortit comme un dragon en battant des ailes. Les hommes pointèrent tous leurs armes sur le démon qui les regardaient sans avancer.

— Vos armes ne pourront venir à bout de cette merveille, assura le chef. Elkéziac est en quelque sorte une créature assez spéciale et possède des pouvoirs que vous ne pouvez imaginer. Il va se faire un plaisir de vous anéantir un par un. Bonne chance, mes amis, et adieu !

Le chef sembla donner au colosse des ordres quelconques dans une langue étrangère. Le géant répondit bruyamment.

Les hommes aperçurent les étrangers disparaître de leur abri. Moritz cria :

— Il faut abattre cette saloperie ! Feu à volonté !

Lorenz vit que les autres tiraient en vain sur la bête aux yeux de braise qui avançait d'un pas lourd et qui rugissait.

— Laissez-moi faire ! cria-t-il. Je crois que seule l'arme que Salomo m'a donnée pourra en venir à bout !

— Vise la tête ! ordonna Moritz.

— Tu vas mourir pour ce que tu as fait à Kassandra, siffla Lorenz. Approche encore un peu…

Le colosse avançait toujours vers eux avec un grondement sourd et en agitant lentement ses ailes. La créature semblait certaine de pouvoir les décapiter sans peine et prenait son temps. Le démon géant aurait pu les désintégrer en leur crachant des boules de feu, mais il se retint. Il voulait avoir le plaisir de tuer ces insignifiantes créatures avec ses pattes.

— Tire Lorenz ! implora Moritz. Il est presque sur nous !

— Je veux qu'il soit le plus près possible de moi avant que je lui éclate la tête, répondit Lorenz avec une voix tremblotante.

Il visa la tête et même mieux…

Le coup partit. La bête rugit de douleur en tenant sa tête avec ses grosses pattes. Il baissa les mains, et Lorenz eut la satisfaction d'apercevoir un œil crevé. Du sang noir en coulait. Puis, il tira de nouveau vers la tête. La créature fut étourdie et lança un cri de douleur atroce. Cependant, son crâne avait résisté au coup. Son squelette était trop résistant. Mais la bête titubait… étourdie, comme si elle avait reçu un énorme coup de poing.

— Visez tous la tête! hurla Lorenz.

Les autres hommes commencèrent à tirer en espérant viser l'autre œil… et c'est ce qui finit par arriver. La créature, complètement aveuglée, titubait sur ses jambes. Lorenz visa sa gueule, qui criait toute la douleur ressentie. Une balle de la puissante 416 alla se loger dans le fond de sa gorge. Le projectile fit enfin son travail et déchiqueta l'intérieur de sa tête. La chair étant molle à cet endroit, la balle avait été mortelle. Le géant s'écroula lourdement au sol et faillit écraser les hommes dans sa chute.

Ces derniers crièrent de joie et regardèrent un instant le colosse abattu. Le corps du monstre commença alors à se désagréger dans une fumée noire avec des étincelles d'un vert vif. Les hommes ne traînèrent pas plus longtemps et s'engouffrèrent par la grande trappe. Les hommes émergèrent à l'extérieur sous le regard ahuri des propriétaires de la villa. Ils démarrèrent en trombe avec leur Mercedes, mais n'allèrent pas très loin. De nombreux véhicules de la police leur coupèrent la route.

Les étrangers furent rapidement mis aux arrêts. Leurs intentions étaient, par leurs rituels, de faire venir Satan dans ce monde. Mais ils avaient échoué, ayant sous-estimé le pouvoir des hommes. Les cinq villageois reçurent des prix de bravoure tandis que les étrangers furent condamnés à perpétuité... et Satan, probablement déçu, ne viendrait jamais les sortir de l'ombre.

Le lendemain de la remise des prix de bravoure, Karl fut enlevé chez lui par les Nantasiens...

▲▼▲

— Encore un beau spécimen que celui-là! N'est-ce pas Vorg?

— Il a l'air en parfaite santé, et résistant, mais... ça ne sent pas le brûlé ici?

Gemi se retourna et huma l'air de la pièce un moment. Puis, il trouva la source de l'odeur : la machine à explorer le temps dégageait une odeur de chauffé.

— Emportez le corps dans la salle des autres captifs, ordonna Gemi aux soldats dans la salle, sans même les regarder.

Les soldats s'emparèrent du corps de Karl, inconscient, et l'emmenèrent en direction des autres Terriens capturés. Gemi se promena autour de sa fameuse machine et la huma de nouveau.

— Il semble que ma machine dégage un peu plus de chaleur que d'habitude. Il ne nous reste que trois spécimens à aller chercher dans le temps, et après, je la ferai démonter pour examiner les pièces qui peuvent causer cette surchauffe.

— Il faut qu'elle tienne le coup ! La grande triade a telle-ment hâte qu'ils soient tous là !

# Chapitre 8

## *Le triangle des Bermudes*

### 1

Spécimen numéro 8
Sexe : femelle
Âge : 35 ans
État physique : bon
Dénommée : Melissa Fernandez

Tampico, Mexique, 1981.

Melissa préparait ses bagages. Elle était fébrile et avait tellement hâte de profiter de ses vacances… sur un yacht luxueux
de 35 mètres de long.

Cette Mexicaine aux yeux bruns et au teint basané avait
les cheveux noirs bouclés jusqu'aux épaules. D'apparence
anodine, cette petite femme avait un avantage majeur par
rapport aux autres : son charisme désarmant. Elle incitait à
la conversation même les personnes les moins bavardes. Sa
constante bonne humeur était contagieuse. Mais un autre
don qu'elle possédait la rendait très unique en son genre : sa
mémoire phénoménale. Elle retenait tout ce qu'elle lisait,
n'oubliait jamais le nom des gens qu'elle rencontrait, et

pouvait mémoriser un tas de chiffres ou de caractères en désordre.

Melissa était née dans une famille pauvre mais équilibrée. Elle avait trois sœurs et cinq frères. Un heureux hasard des choses avait fait en sorte que la petite Mexicaine rencontre un jour un neurochirurgien qui avait eu le coup de foudre pour elle. Un des plus jeunes frères de Melissa avait dû se rendre dans un hôpital de Miami pour des examens au cerveau suite à une chute en vélo. Le neurologue en chef, Sean Robertson, n'avait finalement diagnostiqué rien de grave pour son petit frère, qui avait eu plus peur que mal, mais il avait craqué pour sa grande sœur au charisme irrésistible, qu'il avait fini par épouser.

## 2

C'est ainsi que, par un bel après-midi d'été, au large des côtes de la Floride, Melissa et son mari ainsi qu'un autre couple de gens fortunés allaient s'adonner à leur activité favorite : la promenade en haute mer. Leur superbe yacht de 35 mètres de long pouvait les amener assez rapidement où ils le désiraient dans un grand confort. Il fallait être effectivement très riche pour posséder un tel bateau.

Sean, toujours chirurgien en chef d'un hôpital de Miami, en était le copropriétaire avec son ami, Mike Stuart, un important avocat. Les deux hommes étaient accompagnés par leurs épouses respectives : Melissa et Sandra. Ils y prenaient place aussitôt que leurs horaires chargés leur en laissaient le temps, ce qui arrivait rarement.

Sean n'osait jamais partir seul avec sa femme en haute mer. Il voulait toujours que Mike les accompagne, car ce dernier était le seul à pouvoir faire face à un pépin mécanique qui aurait pu survenir. Cependant, en ce qui concernait les connaissances de navigation, Sean était le seul qui pouvait naviguer et ramener le bateau à bon port en toute sécurité.

Le yacht avait été acheté à l'état neuf et possédait un puissant moteur. L'équipement à bord était des plus complets, et le bateau pouvait facilement accommoder six personnes.

Sean avait donné pour la première fois la barre à Mike afin qu'il s'habitue à la navigation sur mer lui aussi. Mike se tenait donc à la barre et fixait l'horizon avec un air rêveur pendant que Sean préparait un succulent steak en bas. L'odeur de la viande grillée s'échappait du bas et se propageait sur le pont, attisant l'appétit de ceux qui s'y trouvaient.

Un peu plus tard, la côte derrière eux ne fut plus visible. Ils firent une halte et prirent un bon repas en plein air sur le pont, en discutant de tout et de rien, mais pas de leur travail. Ils voulaient se changer les idées lorsqu'ils avaient la chance de se retrouver sur ce bateau, et ils n'étaient pas là pour discuter de leurs problèmes, mais pour se payer du bon temps.

Dans l'après-midi, ils firent une autre halte et se laissèrent bronzer au soleil. La chance semblait avec eux, car la météo était vraiment belle ce jour-là, et les bulletins météorologiques annonçaient une très belle semaine en perspective. Vers la fin de l'après-midi, Sean remit les moteurs en marche et ils s'éloignèrent davantage de la côte. Peu de temps après, Sandra fit signe aux autres qu'elle avait aperçu quelque chose au loin. Les autres virent une faible colonne de fumée noire à l'horizon.

— Qu'est-ce que ça peut bien être? demanda Sandra, intriguée.

— On dirait un incendie en pleine mer... un navire en difficulté peut-être, répondit Mike.

— Un navire en flammes? ajouta Sean.

— Je ne vois pas autre chose, dit son mécano personnel. Et si on allait voir?

— Allons-y! répondit vivement Sean.

Sandra commençait à regretter d'en avoir parlé, elle qui, d'ordinaire, n'était pas très aventurière. Mais de toute façon, les autres auraient vu la fumée tôt ou tard. Melissa, quant à elle, était plus exploratrice et avait hâte de voir ce qu'il y avait là-bas.

« Peut-être encore un autre mystère dans la zone du triangle », se dit-elle.

Elle se tenait en avant, debout sur le pont avec son conjoint. Ils fixaient tous les deux l'endroit d'où parvenait la fumée. Pendant ce temps, Sandra avait rejoint son mari dans la cabine en l'informant qu'elle ne tenait pas vraiment à aller là-bas. Mike la rapprocha de lui avec l'un de ses bras autour de sa taille pendant qu'il tenait la barre. Il lui chuchota à l'oreille qu'ils allaient seulement s'approcher un peu, « juste pour voir ».

Mike enfonça davantage la manette des gaz. Le moteur fit entendre un beau rugissement et le yacht accéléra. Sean sourit en ressentant l'accélération et donna un baiser à son amie.

— Eh! Mike! cria Sean à ce dernier, ce n'est pas parce que je te donne la barre pour la première fois que tu dois faire griller le moteur!

— Ne t'inquiète pas… de toute façon, c'est moi le mécano, tu te souviens?

Après une dizaine de minutes de déplacement, ils purent enfin distinguer l'origine de la fumée. Ils s'approchaient d'un grand navire de marchandise sur le pont duquel un petit incendie faisait rage. Cependant, à mesure qu'ils approchaient, l'incendie diminuait en intensité. On semblait avoir réussi à le maîtriser.

Les flammes furent éteintes peu de temps après et il n'y avait plus qu'une légère fumée noire qui émanait du pont. Les plaisanciers étaient encore trop loin du gros navire et ne pouvaient pas encore distinguer clairement ce qui se passait sur le pont.

Lorsqu'ils furent encore un peu plus près, une minute plus tard environ, la fumée avait presque totalement disparu. Mike abaissa le régime du moteur. Sandra, inquiète, se collait presque sur son mari, tandis que les deux autres, dehors, fixaient l'imposant navire. On pouvait distinguer le nom *Norteria* sur la coque rouillée du navire. Sean jugea qu'ils étaient assez près et il demanda à Mike de couper le régime du moteur.

3

— Là! Regardez! s'exclama Melissa.

Mike et sa femme se précipitèrent sur le pont pour rejoindre les deux autres. Ils furent pris d'effroi en apercevant la scène: un gros barbu avec un long couteau de cuisine courait derrière un gamin affolé.

Mike cria:

— Hé! Vous là-bas! Que faites-vous? Arrêtez ça tout de suite!

Le barbu, mal vêtu, les regarda une seconde sans interrompre sa course. Il semblait vouloir cerner le gamin qui courait dans tous les sens sur le pont. Lorsqu'il parvint à l'acculer à un mur, il l'immobilisa et commença à le poignarder sous les yeux horrifiés des vacanciers. Ces derniers s'égosillaient sur leur yacht pour que cesse ce crime, mais rien n'y faisait; son gros bras poilu montait et descendait, montait et descendait encore. La lame, pleine de sang, s'enfonçait à répétition. Puis, quand le carnage fut terminé, le barbu se tourna vers les plaisanciers en pointant la lame vers eux d'un air menaçant :

— Foutez le camp! Ce bateau est perdu! C'est l'enfer ici! Fuyez pendant qu'il en est encore temps!

— Espèce de salaud! cria Mike. Pensez-vous que vous allez vous en tirer comme ça?

Le barbu pénétra dans un local et en ressortit quelques secondes plus tard avec une mitrailleuse. Il la pointa vers eux et tira. Les vacanciers se ruèrent à plat ventre et entendirent quelques balles atteindre le haut de leur yacht. L'homme n'avait pas voulu les blesser. Il avait tiré au-dessus de leurs têtes pour atteindre la partie supérieure du bateau. Les dommages étaient mineurs. Lorsque les coups de feu cessèrent, Sean se déplia comme un ressort et se précipita vers la cabine. Il redémarra le moteur. Il enfonça la commande de puissance du moteur et tourna le volant au maximum.

— Fichons le camp d'ici, cria-t-il aux autres, avant que ce fou nous tue tous!

— On va appeler la police! cria Mike vers le barbu qui ne bougeait plus sur le pont.

Il tenait sa mitrailleuse dans ses mains et regardait les plaisanciers s'éloigner. Leur yacht prit rapidement une bonne distance. Sean diminua la vitesse et voulut allumer la radio. Il constata rapidement que quelque chose clochait. La radio semblait en panne. Sa conjointe vint le rejoindre :

— Et puis?

— Je ne comprends pas… La radio est morte.

Mike arriva dans la cabine.

— Les as-tu appelés?

— Je ne comprends pas… la radio ne s'allume pas.

— Le GPS est mort lui aussi! ajouta Mike.

— Tu peux réparer ça, Mike? demanda Sean.

— Je vais voir ce que je peux faire.

Mike alla chercher ses outils et démonta quelques appareils pour constater que rien ne semblait les avoir endommagés, pas plus que les antennes à l'extérieur. Les balles ne les avaient pas touchées. Il déclara aux autres qu'il n'y comprenait rien et que tout semblait en parfait ordre de fonctionnement.

— Retournons à la marina, alors! ordonna Sean. Au moins, il nous reste le compas pour nous guider!

— Ouais! répondit Mike sur un drôle de ton.

Ils se remirent donc en route en se fiant uniquement au compas. Après un moment, le navire marchand n'était plus en vue derrière eux. Sandra, soulagée de ne plus apercevoir le navire, demanda :

— Je me demande pourquoi il a préféré agresser le petit avec un couteau plutôt qu'avec la mitrailleuse…

— Je ne sais pas, répondit Sean, songeur. À cette vitesse, on devrait atteindre les côtes dans moins d'une heure. J'ai vraiment hâte de voir la tête de ce sale type à la télé lorsque la police aura mis la main dessus!

Le bateau avançait toujours sans peine à pleine vitesse. Mais après un certain temps, Sean s'aperçut que quelque chose clochait.

— On devrait apercevoir les côtes maintenant, c'est bizarre…

— Tu as conservé ton cap? demanda Mike.

— Qu'est-ce que tu crois? lui répondit-il sèchement.

— Bon! D'accord, d'accord! Pas la peine de t'emporter comme ça!

— Euh… bon, excuse-moi. Cette histoire m'a rendu fou! Ça m'a rendu trop tendu… Pas toi?

— Certainement! Si on peut atteindre la marina!

— Je maintiens pourtant le cap depuis notre départ, mais je ne vois rien devant nous!

— Ce n'est pas normal, compte tenu du temps de navigation et de la vitesse!

— Là! Regarde devant nous! On s'approche de quelque chose!

— Attends, fit Sean. Ah, je le vois aussi! Mais… ce n'est pas la marina! On dirait… un autre navire!

## 4

Un peu plus tard, l'air d'interrogation des deux hommes passa à l'incrédulité. Sean abaissa le régime des moteurs, ce qui fit sortir de la cabine leurs deux conjointes.

— Alors ? demanda Melissa, on arrive à la marin…

Elle fut incapable de terminer sa phrase en apercevant le navire duquel ils s'approchaient.

— Je ne comprends pas, répondit Sean sur un ton à peine audible. On dirait le même navire…

— Mais c'est impossible ! s'écria Mike en scrutant le côté du navire avec des jumelles.

— Est-ce bien encore le *Norteria* ? demanda Sandra.

— Hélas, oui ! siffla Mike.

Sean s'approcha suffisamment du navire pour qu'il puisse à nouveau apercevoir s'il pouvait y avoir une quelconque activité sur le pont. Puis, il coupa le moteur. Il ne semblait plus y avoir d'activité. Personne, pas un chat…

— Où est passé le barbu ? s'enquit Sandra, inquiète.

— Je ne sais pas, répondit Mike. Il doit se cacher quelque part dans le navire…

— Qu'est-ce qu'on fait ? demanda Sean. On monte à bord ?

Un cri de terreur inhumain se fit entendre. Il parvenait du navire marchand.

— Pas question de monter là ! gémit Sandra en frémissant de frayeur.

— Mais quelqu'un d'autre a peut-être besoin d'aide ! objecta Sean. Le fou terrorise peut-être d'autres personnes !

Un autre cri étrange se fit entendre.

— Non… allons-nous-en ! déclara Mike. Allons trouver de l'aide !

— Mais cette aide, ils en ont besoin maintenant ! rétorqua Sean.

— Sean, mon chéri, fit Melissa toute tremblante, soudainement moins aventurière, en se collant sur lui, allons-nous-en, je t'en prie !

Elle avait peur qu'ils soient à leur tour victimes du triangle des Bermudes.

— Bon, concéda son mari à regret. Mais je persiste à croire que...

— Fichons le camp ! lui cria Mike. Cet endroit me donne la chair de poule ! Sentez-vous cette odeur ? L'air autour de nous semble chargé de je ne sais quoi...

— Qu'est ce que t'attends pour rejoindre cette maudite marina ? s'écria soudain Sandra.

Elle voulait quitter les lieux comme si une mystérieuse créature risquait de sortir de l'eau pour les attaquer. Sean la regarda un court moment d'un air hébété et reprit la manette des gaz. Il l'enfonça. Le gros moteur rugit et le yacht fit demi-tour. Il regarda le compas. Il était devenu fou et vire-voltait dans tous les sens. Il s'organisa pour que le navire soit bien enligné derrière eux et souhaita ne pas dériver.

En s'éloignant de la zone, le compas cessa de s'affoler peu à peu. Sean put enfin le consulter et maintenir un cap constant vers les côtes. Le navire marchand s'éloignait peu à peu derrière eux, et le compas indiquait bel et bien qu'ils filaient vers le continent.

Dehors, les deux femmes fixaient du regard le navire marchand qui devenait de plus en plus petit... jusqu'à devenir un point minuscule... et enfin disparaître complètement.

Un peu plus tard, les deux femmes entendirent Mike laisser échapper un soupir. Elles se retournèrent et aperçurent la mine découragée des deux hommes. Ils se rapprochaient d'un navire, et cela semblait être encore le *Norteria*.

— Ce coup-ci, ne change pas de cap ! Va tout droit ! ordonna Mike.

— Tu as la même idée que moi ! Je passe à côté de ce foutu navire et je continue tout droit !

Les deux femmes regardèrent avec crainte le navire passer à côté d'eux. Elles remarquèrent, lorsqu'ils passèrent près du navire, qu'une longue échelle en corde pendait à partir du pont du navire et qu'elle atteignait l'eau. Le barbu ne l'avait pas hissée... ou peut-être n'en avait-il pas encore eu la chance.

Il n'y avait toujours pas de trace d'activité sur le pont. Puis, le navire se trouva encore derrière eux, pour disparaître à nouveau avec la distance qui augmentait entre les deux bâtiments. Ils continuèrent un plus long moment à naviguer plein gaz et crurent un instant qu'ils s'en éloignaient vraiment, mais une faiblesse indescriptible les submergea plus tard, lorsqu'ils aperçurent devant eux le même navire qui grossissait peu à peu.

— C'est impossible ! balbutia Sean, le visage en sueur. Il ne peut pas aller si vite et nous couper la route !

— Je sais, approuva Mike, abasourdi. Ce navire n'a sûrement pas la capacité de nous doubler aussi vite à distance et de réapparaître devant nous !

— Je vous jure que j'ai suivi le cap ! Je vous le jure ! balbutia Sean en proie à une crise de nerfs.

— Ça y est... on est en plein dedans, soupira Melissa.

— Dans quoi ? lui demanda Sandra.

— Dans le triangle des Bermudes... Nous avons rejoint le portail ; nous sommes perdus !

Sandra regarda sa copine un moment, ne sachant si elle était sérieuse ou non.

## 5

— Je ne sais plus quoi faire! confia Sean, découragé.

— Calme-toi, ce n'est pas ta faute, lui répondit son ami. Il y a sûrement une explication logique à tout ça…

— Quelqu'un a-t-il des suggestions? hésita Sean avec une voix tremblante.

— Je crois « qu'on désire » qu'on aille sur ce navire, annonça Mike avec une voix sinistre.

— Ah non! Tu n'es pas sérieux? persifla Melissa.

— On n'est pas armés, mais lui si! approuva sa copine.

— Il ne voulait pas nous tuer, observa Sean, seulement qu'on quitte les lieux. Mais, une force mystérieuse semble nous en empêcher. Peut-être que lorsque nous serons rendus sur le pont, cet individu deviendra plus raisonnable. On ne peut quitter les lieux, ce n'est pas notre faute, bon sang! Il devra comprendre cet état de fait!

— On doit éclaircir ce mystère, conclut Mike. La réponse se trouve sûrement sur ce vaisseau…

— Attendez! Ne me dites pas que vous voulez vraiment monter à bord! siffla Sandra, au bord des larmes.

— Préfères-tu vraiment attendre ici pour l'éternité? lui répondit son conjoint en la saisissant par les deux bras.

— Je crains que ton mari a raison, reprit faiblement Melissa, le teint blême. Montons là-haut et finissons-en! Leur radio fonctionne probablement, et nous pourrons appeler de l'aide.

— Bon, c'est décidé. On monte à bord ! déclara Mike sur un ton faussement rassuré. Mais seulement Sean et moi. Vous deux, vous restez ici !

— Pas question que vous nous laissiez toutes les deux seules ici ! cingla Melissa d'un regain de vigueur soudain. N'est-ce pas, Sandra ?

— Tout ce que je veux, moi, c'est de m'en aller loin d'ici... mais je dois bien admettre que la chose est impossible... Alors, je vous suis ! Je ne veux pas rester seule ici ! Trouvons cette fichue radio !

Les deux hommes admirent qu'ils ne devaient pas laisser leurs conjointes seules et approuvèrent de les emmener.

Ils s'approchèrent donc de la longue échelle de corde du navire et, quelques instants plus tard, se retrouvèrent tous les quatre sur le pont du *Norteria*. Un fouillis de pièces métalliques diverses s'étendait sur le pont. Sean trouva une grosse barre de fer d'une cinquantaine de centimètres de long, et son ami ramassa une grosse masse de dix kilos un peu plus loin. Les deux femmes suivaient derrière, très près de leur conjoint, et regardaient nerveusement tout autour d'elles.

Ils parcoururent le pont avec précaution et aperçurent un peu plus loin le corps de quelqu'un étendu par terre. Les deux hommes, fort nerveux, s'en approchèrent lentement avec leurs armes levées dans les airs, au cas où. Ils s'aperçurent que cela semblait être le barbu, mais ils n'en avaient pas la certitude, car... la tête manquait. Il était vêtu de la même façon, et une mitrailleuse se trouvait près de lui. Sean lâcha sa barre de fer et prit l'arme à feu. Il constata qu'elle était vide en voulant tirer un coup vers la mer. Il la jeta au sol pour reprendre sa barre.

— En tout cas, observa Mike en regardant le cadavre, celui-là ne pourra plus nous menacer !

— Tenez-vous près de nous ! ordonna Sean aux deux femmes.

Elles approuvèrent d'un faible murmure noyé par une trop grande tension nerveuse. Ils parcoururent le pont en entier et ne trouvèrent trace du petit garçon. Sean reprit :

— On va pénétrer à l'intérieur pour atteindre le poste de commandement. En espérant que leur radio fonctionne…

Ils empruntèrent une porte au hasard pour entrer dans le navire. Au moins, l'électricité était en fonction à bord, car les corridors étaient éclairés. À ce moment, ils se trouvaient vers l'arrière du navire, donc assez loin du poste de commande situé plus en avant et vers le haut. Une odeur nauséabonde assaillit leurs narines lorsqu'ils pénétrèrent dans le navire. Des traces de sang séché avec des lambeaux de chair garnissaient le plancher et les murs. Les deux femmes faillirent vomir, tandis que les deux hommes, dégoûtés, avançaient en se mettant la main sur le nez.

— Je veux m'en aller ! s'écria Melissa.

— Moi aussi ! approuva Sandra.

— Attendez ! fit Sean. On savait bien qu'on allait tomber sur ce genre de chose ! On ne voit plus personne ! Si on veut trouver une radio, il faudra bien s'enfoncer dans le navire.

Les deux femmes ne répondirent pas et tremblèrent de peur.

— Ç'a dû bagarrer fort par ici ! confirma Mike en regardant autour de lui.

En s'enfonçant davantage dans le navire en direction du poste de commandement, ils passèrent par différents locaux pour apercevoir avec peine différentes scènes d'horreur : des cadavres étendus par terre, la plupart décapités. Certaines victimes semblaient avoir été écrasées par des forces inconnues. Les deux femmes étaient littéralement collées sur leurs maris et faisaient leur possible pour ne pas regarder.

Ils atteignirent enfin le poste de commande, et ne trouvèrent toujours pas de survivants sur le chemin y menant. Mike sursauta en remarquant en premier une chose qui avait été plantée sur le tableau de bord du navire : cela semblait être la tête du gros barbu qui courait après le gamin avec son couteau.

Mike donna un furieux botté à la tête, qui roula au sol. Melissa se mit dans un coin et vomit un peu. Sandra, le teint pâle, avait peine à se tenir debout. Elle était proche de l'évanouissement. Et cette odeur qui ne cessait de les agresser. Mike tenta de se servir de la radio, mais constata qu'elle était hélas morte. Il voulut actionner les commandes des moteurs, mais rien ne marchait. D'ailleurs, rien ne fonctionnait sur le tableau de bord. Mike démonta le panneau de ce dernier pour ne constater aucun bris apparent.

Le quatuor était complètement découragé. Incapables de quitter la zone avec leur propre yacht, ils se retrouvaient sur un navire-cargo bourré de cadavres et inutilisable. Dans un moment de réflexion silencieuse, ils entendirent un gémissement. Il semblait être celui d'un enfant.

— Vous avez entendu ? demanda Sandra. On aurait dit un enfant qui pleurait !

— C'est peut-être celui que le meurtrier poursuivait! répliqua Melissa.

D'autres pleurs et gémissements se firent entendre.

— Essayons de trouver d'où ça vient! demanda Mike.

— Oui, mais restons sur nos gardes! répondit Sean.

Les vacanciers entamèrent une exploration plus profonde du navire. Les gémissements semblaient provenir de la salle des machines. Sur leur route, ils croisèrent d'autres cadavres éparpillés partout. Alors qu'ils descendaient l'escalier mal éclairé qui conduisait à la salle des machines, ils entendirent des ricanements. Des ricanements qui semblaient inhumains. Le quatuor se figea sur place dans l'escalier et cessa sa descente.

— C'était quoi ça? demanda Melissa.

L'équipe sursauta en apercevant un mouvement en bas. Trois choses avaient passé rapidement en bas, mais ils n'eurent pas le temps d'en apercevoir la vraie nature. Sean fit signe à Mike de se préparer au pire. Les deux hommes serreraient fort leur arme de fortune et continuèrent leur descente jusqu'en bas pendant que les deux femmes demeuraient figées dans l'escalier.

Les deux hommes, sur leur garde, avancèrent un moment. Ils sursautèrent quand surgirent devant eux de petits êtres à la peau d'un rouge vif. Ils avaient la taille et la morphologie de petits enfants, mais la comparaison s'arrêtait là. Leurs yeux brillaient d'un jaune doré et chacun d'eux avait sur la tête de petites cornes noires. Ils contournèrent rapidement les hommes et s'approchèrent de l'escalier où se trouvaient les deux femmes. Les diablotins menaçants s'approchèrent des deux femmes, qui reculèrent lentement.

Puis, les diablotins foncèrent avant que les deux hommes aient le temps de faire quoi que ce soit. Ils agrippèrent les deux femmes en gloussant. Ils essayaient de les faire tomber dans l'escalier. Les deux hommes crièrent en approchant avec leurs armes, et les diablotins prirent la fuite. Cependant, l'un d'eux griffa Sandra au passage. Cette dernière laissa entendre un petit cri de surprise. Les petits démons disparurent à l'étage supérieur.

— Ça va? demanda Mike, inquiet d'avoir vu sa femme se faire griffer sur le bras.

— Je… ne sais pas… Je me sens toute molle! Je sens que je vais m'évanouir!

Mike la prit dans ses bras pendant que les deux autres essayaient de la réconforter. Ils descendirent l'escalier, et Mike l'étendit doucement au sol. Le visage de sa femme avait rapidement perdu de ses couleurs. Elle avait le teint blême. Ils regardèrent la plaie sur le dessus de son bras gauche. Deux entailles parallèles de cinq centimètres s'y trouvaient. Les plaies suintaient une matière épaisse et verdâtre. Puis, sa femme perdit connaissance.

## 6

Ils finirent par trouver l'infirmerie du navire et y emmenèrent Sandra. L'infirmerie était propre et, curieusement, sans cadavre. Ils trouvèrent du désinfectant.

Melissa, en pleurs, avait peine à ne pas faire une crise de nerfs, et Sean la calmait du mieux qu'il le pouvait. Mike, les mains tremblantes, essayait de se calmer pendant que Sean commençait à désinfecter la plaie.

— On a de la chance d'avoir un docteur avec nous, balbutia Mike envers son ami. Tu vas réussir à la soigner, hein Sean?

Ce dernier ne répondit pas et trouva un stéthoscope et un instrument pour vérifier la pression artérielle. Sean releva la tête d'un air sombre et fouilla rapidement dans les armoires pour trouver un médicament.

— Mais dans quelle sorte d'infirmerie est-on tombés? clama Sean rageusement. On ne peut soigner des gens avec un simple stéthoscope et un peu de désinfectant! Je... je n'ai pas ce qu'il faut pour la soigner... sa pression est en chute et les battements de son cœur diminuent!

Puis, soudain, Sandra se mit à suffoquer et porta ses mains à sa gorge, comme si elle ne pouvait plus respirer. Les autres assistaient, impuissants, à la scène qui ne dura que très peu de temps : environ cinq secondes. Puis, Sandra tomba raide morte sur la table.

Sean constata son décès. Mike cria sa rage. Il voulait tout détruire autour de lui. Sean eut du mal à le calmer, mais y parvint à force de lui parler. Puis, Mike se laissa tomber par terre et pleura un bon coup.

Après quelques instants, ils entendirent de nouveau les pleurs de l'enfant. Ils ne semblaient pas venir de très loin. Mike regarda sa femme inanimée un moment et fit signe aux autres qu'il allait les suivre. Les pleurs les conduisirent à la cuisine du navire.

Ils trouvèrent alors, dans une cuisine d'une propreté irréprochable, un vieil homme qui était ligoté sur une chaise près des fours.

— Ah... d'autres visiteurs! dit-il en les voyant s'approcher. Dommage... si vous êtes ici, c'est que vous êtes fichus!

— Qui êtes-vous ? demanda Sean en le détachant.

— Je suis Hector, le cuisinier de ce navire. Je suis le seul survivant à part la bande de démons ainsi que la petite peste !

— Mais… de quoi parlez-vous au juste ? demanda Mike. Voulez-vous parler de petits êtres à la peau rouge qui peuvent attaquer les gens ?

— Exactement ! David est leur chef !

D'autres pleurs d'un gamin se firent entendre.

— On cherche l'origine de ces pleurs sans jamais savoir où les trouver, fit Melissa.

— N'en faites surtout pas de cas ! C'est David. Il joue avec vous ! Il joue avec vos émotions et s'amuse à lancer ces maudits lutins sur vous lorsque vous le trouvez ! Éloignez-vous de ces pleurs ! Fuyez si vous le pouvez ! C'est le fils de Satan ! Il me laisse en vie juste pour raconter les horreurs qu'il a fait subir aux pauvres gens comme vous qui sont montés à bord !

— Voulez-vous nous accompagner ? demanda Sean.

— Et pour aller où ? railla Hector. On ne peut aller nulle part ! Vous êtes encore plus fichus que moi ! Il finira par vous avoir… Moi, je suis sa seule assurance ! Son carnet vivant des horreurs !

Le trio considéra un moment le vieux. Ils hochèrent la tête et crurent qu'il était un peu simple d'esprit. Hector leur balbutia :

— Je me tue à vous dire que vous n'irez nulle part ! Vous êtes dans le triangle du diable ! Une roue sans fin sur la mer ! Impossible d'y échapper : vous y tournerez en rond pour le reste de votre vie ! Ce démon me laissera libre jusqu'à ce que vous creviez tous ! Après, sa bande de démons me ligotera à nouveau jusqu'à ce que d'autres bonnes âmes comme vous viennent ici! Ils prennent plaisir à torturer les gens!

Ils firent signe à Hector qu'ils allaient le quitter. Hector leur fit un signe désespéré de la main et se retourna vers un comptoir. Il s'affairait déjà dans les armoires de la cuisine pour préparer à manger en sifflotant. Il faisait déjà comme s'il ne les avait jamais vus. Cela donna un frisson dans le dos au trio qui sentait que le vieux n'avait peut-être pas si tort.

## 7

Un peu plus tard, le trio trouva finalement le gamin. Il était accroupi dans un coin, la tête entre les deux genoux. Ils ne pouvaient voir son visage. Les vêtements de l'enfant étaient maculés de sang. Ils entendaient le gamin qui semblait pleurer discrètement. Melissa tenta de s'en approcher pour tenter de le consoler.

— David? dit-elle doucement. Est-ce que c'est toi?

Il se releva la tête subitement pour crier :

— Vous allez tous crever!

Les yeux démoniaques de l'enfant figèrent Melissa sur place. Puis, il lévita un court instant au-dessus du sol. C'est alors qu'il tendit le bras vers Sean. L'homme fut frappé par une force invisible. Il fut projeté dans les airs en reculant et alla s'empaler sur un gros crochet fixé à un mur. Le gamin se sauva en ricanant. Les deux survivants se précipitèrent vers Sean, mais il était trop tard. Il avait été tué sur le coup. Melissa hurla de peine et de rage. Elle pleura son mari un bon moment tandis que Mike, encore attristé de la mort de sa femme un peu plus tôt, tentait de la consoler.

Un bon moment plus tard, Melissa finit par se reprendre et jura avec Mike qu'elle aurait la peau de ce gamin. Ils commencèrent alors à fouiller le navire pour retrouver le gamin démoniaque afin de lui faire la peau. Arrivés à l'intersection d'un couloir, les deux vacanciers sursautèrent en apercevant le gamin surgir devant eux comme d'une boîte à surprise. Les deux survivants tentèrent en vain de l'agripper au passage, mais le gamin, trop rapide, leur fila entre les doigts. Il cria avant de disparaître :

— Mon maître arrive!

Melissa et Mike suivirent le gamin, mais ce dernier avait subitement disparu en empruntant une intersection de couloir. Ils entendirent cependant une nouvelle fois la voix du gamin qui répétait sans cesse : «Mon maître arrive! Mon maître arrive!» Puis, les deux vacanciers entendirent un bruit sourd qui s'intensifiait. Ils ressentirent des secousses sur le navire, accompagnées d'un bruit sourd qui prenait de plus en plus d'ampleur. Un mouvement dans l'eau sur leur gauche attira leur attention. Quelque chose semblait être sous l'eau près de leur yacht, et cela causait de sérieux remous. Les deux survivants aperçurent alors, incrédules, une gigantesque main d'un rouge vif munie de griffes noires sortir de l'eau. La main était deux fois plus grande que le yacht. Elle s'abattit avec force sur le bateau des plaisanciers et le coula sans effort. Les deux vacanciers jurèrent sur le pont. Ils n'en croyaient pas leurs yeux. Puis, ils entendirent le gamin rire derrière eux.

— C'est bien fait pour vous! Pauvres minables que vous êtes!

La voix du gamin semblait irréelle. Elle ne semblait pas provenir d'un enfant, mais plutôt d'une entité inconnue douée d'une grande méchanceté. Les deux survivants se précipitèrent sur le môme, mais au même instant, ce dernier s'entoura d'une sorte de halo lumineux. Mike fut le premier à l'atteindre et se fit électrocuter. Melissa eut le réflexe de reculer en voyant son ami se faire terrasser par le gamin. Mike s'écroula au sol après quelques secondes de décharge. Puis, le gamin prit à nouveau la fuite en faisant des gestes obscènes vers Melissa, qui sentait la folie s'emparer d'elle. Elle tâta le pouls de Mike, mais c'était trop tard pour lui aussi. Il avait été tué par le petit démon. Melissa se prit la tête entre les deux mains et cria à s'en arracher les cordes vocales. Elle avait tout perdu. Ce foutu gamin venu d'on ne sait où lui avait tout pris : son mari, ses deux meilleurs amis, leur yacht…

Melissa marcha en titubant vers le bord de la rampe. Une envie irrésistible lui passa par la tête. Se jeter en bas. Elle ne savait pas nager… La mort ne tarderait pas et elle pourrait oublier à jamais ce cauchemar. Mais elle se ressaisit soudain, et la colère qui grandissait encore en elle lui fit oublier le projet. Elle se retourna avec un air abominable. Un air de tueuse folle, prête à tout pour assouvir sa vengeance. Elle marcha un peu et alla chercher une barre de fer. Elle voulait fouiller le navire de fond en comble, surprendre le gamin, arriver silencieusement dans son dos et lui enfoncer la barre dans le crâne avant qu'il ait le temps de se servir de ses pouvoirs. Après, elle jura qu'elle le décapiterait lentement et qu'elle répandrait toutes ses tripes sur le plancher. Cette horrible mésaventure avait transformé une gentille femme équilibrée en tueuse psychopathe.

Un peu plus tard, Hector sursauta en croisant Melissa dans un couloir. Hector fit mine d'ignorer le visage fou de la femme. Il lui annonça d'un ton faussement neutre :

— J'ai préparé un bon ragoût, si ça vous tente.

Mais Melissa passa à côté de lui comme si elle ne l'avait jamais vu. Elle avait programmé son cerveau pour une seule tâche : massacrer le gamin.

Un peu plus tard, un croiseur de la marine américaine approcha du *Norteria*. Les militaires à bord sursautèrent. Ils aperçurent un gamin qui se sauvait d'une femme avec une barre de fer dans les mains. Puis, Melissa se fit enlever par les Nantasiens.

▲▼▲

— Emmenez cette femelle avec les autres ! ordonna Vorg aux soldats près d'eux. Cette femelle semble en bon état physique.

— Mais, la machine sent de plus en plus le chauffé, soupçonna Gemi. Qu'est-ce qu'on fait ?

— On continue jusqu'à ce qu'elle saute ! Il ne nous reste plus que deux individus à aller chercher !

— Jusqu'à ce qu'elle saute ? Mais vous n'imaginez pas toutes les recherches et le temps investis sur ce prototype !

— J'ai dit, on continue ! répliqua Vorg sur un ton qui ne donnait pas lieu à la réplique.

— Très bien alors… j'espère qu'on ne le regrettera pas.

# Chapitre 9

## *Voyage astral*

### 1

Spécimen numéro 9
Sexe : mâle
Âge : 18 ans
État physique : médiocre
Dénommé : Sam Wilson

Las Vegas, Nevada, États-Unis, 2010.

Je me retrouvai planant à environ une dizaine de mètres au-dessus du Las Vegas Boulevard à 21 h 15. Mon corps astral se déplaçait assez lentement afin que j'aie le temps de regarder tout autour de moi. Je pouvais ainsi, de ce point de vue privilégié, observer l'activité fébrile de la fin du mois de juillet dans les nombreux casinos.

Mes sens étaient aiguisés à l'extrême : mon champ de vision était élargi, mes oreilles «astrales» captaient des sons que je n'aurais normalement jamais entendus.

Alors que je voulus entrer dans un casino, mon câble astral m'attira soudainement avec une force inouïe, me signifiant que je devais réintégrer mon corps rapidement.

Ma répercussion dans mon corps fut très violente, et je sursautai sur le sofa en criant.

— Réveille-toi, fiston! hurla désagréablement mon père.

Depuis quelques temps, il avait la fâcheuse manie de m'appeler ainsi, et ça m'agaçait!

— Tu étais blanc comme un linge! Je me demandais si tu étais mort!

— Non, papa… balbutiai-je.

Mon corps semblait déchiré en deux tant la répercussion avait été brutale. Je me redressai lentement sur le divan.

— Va donc te coucher dans ton lit au lieu de dormir sur le divan! me dit-il bêtement.

Je le regardai un moment comme si je voulais lui sauter dessus et finalement, je détournai mon regard pour filer dans ma chambre sans dire un mot. Ce crétin de militaire avait bousillé sans le savoir ma première sortie astrale consciente.

Arrivé dans ma chambre, je m'étendis sur le lit sans me dévêtir, me demandant comment j'avais enfin réussi à me souvenir d'une projection.

Je suis Sam Wilson. Je viens d'avoir 18 ans. Je ne me considère pas comme un beau jeune homme. En fait, je suis trop grand et trop mince. Je mesure 2,10 mètres mais ne pèse que 60 kilos. Cet état physique exceptionnel m'a embêté tout au long de mes dernières années à l'école. On m'a traité de grand échalas, de grande perche, de grande tour blanche… et j'en passe.

Mon visage était bien ordinaire aussi. Des prunelles sombres avec des cheveux noirs, trop fins, qui me tombaient sur les yeux et presque aux épaules. Le teint de mon visage était trop pâle et légèrement boutonneux ; un vrai zombie quoi...

Je détestais les sports et j'avais peu d'amis. Je passais beaucoup de mon temps sur les jeux vidéo de mon ordinateur et je lisais beaucoup.

Mon père (Frank) ne savait pas que je pouvais réussir à me projeter hors de mon corps. Je ne voulais pas lui en parler non plus. On ne se parlait pas beaucoup depuis quelque temps... Surtout depuis qu'il avait obtenu un nouveau poste dans l'armée, précisément à la fameuse base 51. Il n'avait jamais voulu me dire ce qu'il faisait là-bas. C'était top secret, et il me radotait toujours que jamais il ne me le dirait...

Je l'avais agacé une fois sur le fait que de plus en plus de rumeurs racontaient que cette base renfermait des corps d'extraterrestres morts et certains vaisseaux spatiaux capturés par l'armée. Cette plaisanterie l'avait alors mis dans une colère noire, et il m'avait finalement dit que tout cela était des racontars et d'arrêter de prendre de la drogue. La façon abrupte de mon père pour répondre à cette question m'avait laissé songeur.

Alors, avais-je insisté, pourquoi ces écriteaux à la bordure de la base qui disent qu'on peut se faire tirer dessus si on y pénètre ?

— Ça suffit ! avait-il hurlé. Tu as tout ce qu'il te faut pour t'amuser ici !

Je n'avais rien répondu de plus, faignant vouloir le laisser gagner, mais mon insatiable curiosité faisait en sorte que lorsque j'avais connaissance de quelque chose de bizarre, il fallait que j'en perce le secret coûte que coûte.

Je voulais savoir ce qu'il fabriquait sur cette base et je me jurai qu'un jour, je le saurais...

En passant, je ne fumais pas et je ne prenais pas de boisson non plus. Bien que je n'étais pas très sociable, je me considérais comme une bonne personne, doux de caractère et toujours prêt à aider les autres.

Alors comment me rendre là-bas sans être vu ? Rien de plus facile : il fallait seulement que je maîtrise mes sorties astrales et que j'y aille avec mon esprit. Encore fallait-il que mes sorties soient maîtrisées à 100 % et qu'à mon réveil, je puisse me rappeler de mon « voyage » ; ça, c'était une autre histoire...

Mon père étant rarement à la maison, j'avais tout mon temps pour pratiquer mes sorties astrales, mais je n'arrivais jamais à atteindre mes objectifs. La plupart du temps, je me répercutais violemment dans mon corps sans me souvenir de quoi que ce soit...

Ce n'était pas ma mère qui allait m'inquiéter non plus, elle qui nous avait quittés il y une dizaine d'années, lasse de ne jamais voir papa, toujours en mission secrète quelque part.

Mais mon principal problème quand je me projetais était toujours les éternelles questions : Où étais-je allé ? Pendant combien de temps étais-je parti ? Je ne le savais jamais...

C'est alors que, par hasard, en faisant des recherches sur Internet, je découvris un site dans lequel on informait les personnes intéressées qu'un professeur asiatique donnait des cours sur la maîtrise des voyages astraux. Le fait de découvrir ce site m'avait fait presque sursauter. Se pouvait-il enfin que quelqu'un me guide vers la maîtrise de cet art si difficile à contrôler ?

Le site Internet annonçait :

« Pratique et maîtrise du voyage astral.

Lieu : manoir Sasaki, Las Vegas, Charleston Boulevard. »

Un numéro de téléphone pour les informations s'y trouvait. Dans ma ville ! Je me précipitai sur le téléphone et composai le numéro. Un homme avec un accent asiatique me répondit. Il déclara qu'il s'appelait Nori Sasaki, qu'il était propriétaire du manoir et que c'était lui qui donnait les cours.

Afin de vérifier si j'étais sérieux, il me posa toute une série de questions, allant de ma vie privée jusqu'à la description de quelques-unes de mes expériences de sorties astrales.

Mes réponses avaient semblé le satisfaire, et il me dit que le cours allait coûter la rondelette somme de 1 500 dollars...

Mon père me laissait souvent seul à la maison, mais me laissait beaucoup de fric. C'était lui qui avait payé ma vieille Corvette, et il veillait au moins à ce que je ne manque de rien. Alors, je répondis au professeur qu'il n'y avait pas de problème pour l'argent. Avant de finir, et afin de vérifier que j'étais toujours sérieux, il me spécifia que je devais demeurer au manoir pour toute la durée du cours, qui allait être d'environ six mois. Si je quittais le manoir avant la fin de la formation, je ne pouvais revenir au manoir par la suite, et il n'y aurait aucun remboursement.

Je lui répondis qu'il n'y avait pas de problème à ce niveau-là non plus.

Il me laissa entendre que je ne semblais pas être une personne à problème et que j'étais le bienvenu à son manoir.

Je lui confirmai que j'y serais sans faute et raccrochai, le sourire aux lèvres. C'était trop beau pour être vrai !

Le soir d'après, mon père entra avec une pile de documents qu'il devait étudier. Je le retrouvai dans son bureau pour lui annoncer que j'allais être absent de la maison pour environ six mois parce que j'avais décidé de suivre des cours de judo dans un manoir.

Il me répondit vaguement sans me regarder que c'était bien et de ne pas oublier d'avertir la femme de ménage afin qu'elle vienne faire un tour régulièrement à la maison. Il était tellement absorbé dans son travail que j'aurais pu lui dire que j'allais me taper un cours de ballet sans qu'il en ait connaissance.

Tant que je n'attirais pas de problèmes et de policiers à la maison... Il ne fallait surtout pas que la réputation de monsieur Frank le militaire soit ternie à la base.

Je lui demandai de me fournir la somme pour couvrir les frais de cours et il me la fournit sans sourciller ; il me donna également une autre somme pour couvrir mes dépenses des mois à venir.

Je le saluai et me retirai dans ma chambre. J'avais tout ce qu'il fallait pour commencer mon projet d'espionnage de cette foutue base légendaire...

## 2

— Prenez une profonde inspiration et détendez-vous, nous ordonna le professeur Sasaki alors qu'il se promenait lentement autour de nous.

Il nous surveillait tous très attentivement. Nous étions tous allongés sur de confortables lits, la tête orientée au nord. Je me retrouvais ainsi avec sept autres personnes, en train de me relaxer afin de pratiquer la maîtrise de la technique du voyage astral. La pièce était faiblement éclairée et parfaitement insonorisée. Nous n'avions pas encore été présentés, le professeur nous ayant accueillis et tout de suite guidés dans cette chambre de pratique.

C'est ainsi que nous nous retrouvâmes tous allongés dans un superbe manoir, celui du professeur Sasaki. Un parc d'une grande beauté et de tranquillité.

Ce professeur, apparemment asiatique, devait être très riche pour posséder un tel domaine. C'était un homme assez court aux cheveux hirsutes. Il avait constamment au visage un rictus étrange avec des yeux perçants. L'un de ses yeux était grand ouvert tandis que l'autre était à demi fermé.

J'avais été déçu de prime abord de constater que nous n'étions que huit personnes à avoir répondu à l'appel. Mais après coup, cela était peut-être une bénédiction : non seulement toutes les personnes présentes étaient sérieuses d'en apprendre plus, mais aussi, et surtout, le professeur aurait plus de temps à consacrer à chacun de nous étant donné le faible nombre d'étudiants.

Après la séance de relaxation, le professeur nous fit visiter le reste du manoir.

Il y avait la salle de pratique, qu'on venait de quitter. Puis, un grand salon doté de plusieurs sofas et divans ainsi qu'un grand écran de télévision. Une bonne chaîne stéréo semblait aussi agrémenter le tout.

Un peu plus loin, une grande piscine très luxueuse entourée de plusieurs chaises longues. Ensuite, un gymnase super complet. Enfin, une salle de jeu comprenant entre autres une belle table de billard, des consoles de jeux vidéo branchées à des écrans géants pour jouer en réseau local et tout le tralala. Il y avait aussi une belle bibliothèque recelant de livres traitant de plusieurs sujets.

On ne pouvait sortir du manoir sans mettre fin à notre engagement, mais l'établissement comportait tellement d'activités possibles qu'on ne pouvait s'y ennuyer. Les fumeurs devaient aller fumer dehors, dans la cour.

Un gardien se trouvait à l'entrée du manoir et surveillait les allées et venues des voitures. Une haute grille métallique ceinturait tout le domaine. Le gardien contrôlait l'ouverture et la fermeture de la porte principale de l'unique entrée du manoir.

La suite de la visite nous fit découvrir, par une grande salle à manger, plusieurs chambres à coucher comprenant chacune sa propre salle de bain. Chacune de ces chambres privées était très luxueuse. L'étage du haut était réservé aux filles et celui du bas pour nous, les gars.

La chambre du professeur était fermée à clé et on n'avait pas le droit de traîner dans ce secteur.

Après la visite, il nous conduisit dans notre principale salle de classe, où la partie théorique du voyage astral allait être enseignée. Il nous fit asseoir en cercle afin qu'on puisse se présenter.

— Vous allez tous vous présenter à tour de rôle, demanda le professeur. Vous allez vous nommer, dire votre âge, d'où vous venez, parler un peu de vous, raconter pourquoi vous êtes venus ici et, s'il y a lieu, raconter un peu vos expériences dans le domaine de la sortie astrale. La feuille sur votre table vous résume tous ces points à décrire.

» Nous allons procéder par ordre alphabétique. Commençons alors... par vous, mademoiselle Blaney.

— Je m'appelle Melany Blaney. J'ai 28 ans. Je viens de l'Illinois. Je suis une grande pratiquante chrétienne. Cette pratique de sortie du corps astral n'est pas vraiment approuvée par ma religion... Mais voilà, ce phénomène m'arrive involontairement. Je suis venue ici pour savoir quel devrait être mon cheminement entre ma religion et ces phénomènes étranges.

Melany était une femme assez grande, ses cheveux châtains lui tombant dans le dos. Pas une beauté fatale, mais quand même assez attirante. Elle semblait très prude et réservée. Elle continua, hésitante, en rougissant un peu :

— N'allez surtout pas vous moquer de moi, mais...

— Continuez, mademoiselle, lui pria le professeur. Personne ne se moquera de vous ici, en classe, sinon il aura affaire à moi.

— Bien, monsieur... Eh bien... il m'est arrivé une fois de me rappeler de l'une de mes sorties hors de mon corps. Ce fut une expérience déroutante, mais merveilleuse puisque...

— Oui, mademoiselle, l'encouragea à nouveau le professeur.

— Euh... il m'est arrivé de côtoyer des anges...

Il y eut des chuchotements dans la classe, mais je n'entendis aucune moquerie. Le professeur répondit sérieusement :

— Hmmm, vous semblez avoir visité des plans supérieurs. Ce sujet sera débattu plus tard dans l'un de nos cours. Passons à l'élève suivante ; mademoiselle Fraser.

— Je m'appelle Linda Fraser, j'ai 32 ans, de l'Oregon. J'ai vu votre annonce sur Internet. Ce sujet me fascine, mais je ne me souviens pas être déjà sortie de mon corps. Par contre, quand je suis seule, j'ai parfois la désagréable impression que quelqu'un est avec moi... une sorte de présence. Je veux en apprendre plus sur ce domaine afin de savoir ce qui se passe dans ce monde des esprits !

— Bien, mademoiselle, vous êtes au bon endroit.

Cette Linda était une fille quelconque selon mes critères. Elle semblait nerveuse mais assez sympathique. Elle avait les cheveux blonds très fins et mi-longs.

— Vous maintenant, jeune homme.

— John Hinkel, 19 ans, Hollywood, Californie ! déclara fièrement le jeune coq au visage de porcelet.

Il avait des cheveux bruns assez courts et frisés.

Cet étranger semblait souffrir d'embonpoint et portait, remontées sur le front, des lunettes solaires. Il était habillé comme une carte de mode ; l'argent n'était probablement pas un problème pour ce type qui semblait arrogant. Il était venu d'ailleurs au manoir dans une Mercedes sport décapotable de l'année. On l'avait vu sortir de sa voiture en ne regardant personne, trop occupé à s'amuser avec ce qui devait être le dernier iPhone le plus branché.

— Je suis ici pour en apprendre plus sur ce domaine, continua la vedette.

— Très bien. Suivant, monsieur...

— Ted Larkin, du Maine. 22 ans. Je me rappelle quelques fois de mes projections, mais je suis toujours victime de forte répercussion lorsque je rejoins mon corps. Je voudrais apprendre à réintégrer mon corps plus doucement.

— Avec la pratique, monsieur Larkin, et en analysant plus en détail vos sorties astrales, je pourrai peut-être vous aider, lui répondit le professeur.

Ce Larkin ne me plaisait guère non plus. Les cheveux en bataille, mal habillé, avec une barbe de trois jours. Il avait l'air d'un vrai drogué. Une sorte de hippie des temps modernes. Lorsqu'il était passé à côté de moi, j'avais également remarqué qu'il dégageait une désagréable odeur.

— Et vous monsieur… continua le professeur.

— Morris Mason, 30 ans, du Mississippi. Je me rappelle quelquefois mes sorties, mais je n'ai aucun contrôle sur ma destination. C'est un peu comme dans un rêve où on ne dirige rien, mais qu'on a bien conscience de ce qui se passe.

— Cela est appelé du vagabondage, monsieur Mason. Un autre point dont nous discuterons dans les cours à venir et qui, j'espère, saura vous aider.

Cet individu me semblait poli, équilibré et avenant. C'était un Noir assez costaud au crâne rasé. Le professeur passa à la personne suivante.

— C'est à vous, mademoiselle…

— Julie Murphy, de Dallas, au Texas. J'ai 20 ans. J'ai vainement essayé de me projeter avec plusieurs méthodes suivies dans les livres, et ça ne fonctionne jamais. En tout cas, si ça fonctionne, je ne me rappelle jamais de mes projections.

— Rassurez-vous, mademoiselle Murphy, j'essaierai de faire en sorte non seulement que vous réussissiez vos projections, mais qu'en plus vous vous en souveniez.

Cette demoiselle Murphy était vraiment la plus belle du groupe. Cheveux noirs, fins et tombant au milieu de son dos. Les yeux verts et un petit sourire coquin. Je devrais essayer de laisser ma timidité au placard et aller la rencontrer avant les autres gars de la classe.

— Vous maintenant, désigna le professeur en indiquant l'avant-dernier élève.

— Richard Setton, du Colorado. J'ai 25 ans. Ce qui m'arrive, c'est que...

— Continuez, l'encouragea le prof.

— Je me projette et je vais visiter des mondes peuplés de... personnes méchantes et d'êtres malfaisants. Je voudrais que ça cesse, mais je ne contrôle pas mes sorties. Je finis toujours par atterrir dans ces mondes obscurs !

Il y eut des chuchotements dans la salle et tout le monde semblait horrifié de cet état des choses. Moi aussi, je l'étais, car cela pouvait nous arriver à tous, et ces voyages incontrôlés ne devaient pas être comme une ballade dans le parc. C'est dommage que ces sorties adviennent pour ce gars, qui me paraissait un chic type. Cheveux noirs et courts, il semblait un homme juste et à sa place. C'était également le plus costaud du groupe. Le professeur l'avait regardé un moment sans dire un mot, pour finir par répondre :

— Il me semble, monsieur Setton, que vous vagabondez dans les mondes inférieurs. Votre cas sera difficile, sans vouloir vous décourager, et je devrai vous guider pas à pas vers le monde normal ou des sphères supérieures, car vos visites vers ces mondes hostiles finiront par devenir très dangereuses pour vous...

— Dangereuses ? Dans quel sens ? demanda Richard, qui s'était mis à transpirer abondamment.

— Dans le sens de l'équilibre psychique d'abord et... bon. Ne vous en faites pas, je vais vous sortir de ce pétrin, je vous le promets, monsieur Setton. Passons au dernier élève maintenant.

C'était à moi maintenant, et j'avais des papillons dans l'estomac. La timidité me dirigeait comme un pantin, et j'appréhendais ce moment.

— Euh… moi… hésitai-je. Je suis Sam Wilson, de Las Vegas, au Nevada. Je viens d'avoir 18 ans. Je peux me projeter assez souvent, mais je ne suis arrivé à me souvenir que d'une seule de mes projections.

— Et qu'est-ce qui vous fait dire que vous vous projetez assez… souvent? Quelle preuve en avez-vous?

— Les répercussions à chacune de mes entrées dans mon corps, la rigidité avant mes sorties accompagnées de sons stridents et de lumières…

— Excellent! fit le professeur. Vous avez au moins conscience de beaucoup d'indices qui témoignent de ce phénomène. Eh bien voilà. Je suis entouré de huit élèves très différents ayant chacun leurs caractéristiques et leurs problèmes. Ce cours sera fascinant, je crois! Le premier cours d'aujourd'hui nous apprendra ce qu'est la projection astrale, ce qu'est le corps astral et ce qu'est la catalepsie, comme l'a décrite un peu monsieur Wilson tout à l'heure. Il est évident que certains points risquent d'être déjà connus par certains d'entre vous, alors je vous demanderais d'être patients envers vos collègues qui, eux, les ignorent. Au cours des semaines à venir, vous atteindrez tous le même niveau que tout le monde. Vous serez évidemment libres à tout moment de me poser des questions au cours de mes interventions.

» Commençons par définir ce qu'est la projection astrale. C'est tout simplement votre corps qui sort de votre esprit pour aller vers d'autres lieux, sans mourir physiquement.

Ces lieux peuvent être divers, et vos sorties peuvent aussi vous emmener dans des sphères peuplées d'êtres protecteurs ou malfaisants… d'où l'importance d'une bonne connaissance de cet art et d'une grande pratique en ce qui a trait à ces fameuses sorties.

« Oui, monsieur… Setton.

— Appelez-moi Richard.

— Très bien, Richard. En passant, si vous voulez bien, cessons de nous vouvoyer et appelons-nous tous par nos prénoms, ça vous va ? Appelez-moi Nori, simplement.

On acquiesça tous de la tête. Le fait de se tutoyer allait rendre les discussions moins lourdes et plus amicales. Richard continua :

— Quand vous… je veux dire, quand tu dis que nous pouvons quitter notre corps avec notre esprit sans mourir…

— Je signifie par là que la mort fait en sorte que notre esprit quitte notre corps définitivement, ce qui n'est pas le cas lors d'une projection astrale, puisque dans cette dernière, notre corps est relié par un lien ténu mais très résistant. J'y reviendrai plus tard, dans le prochain cours.

Ce cours promettait d'être absolument fascinant. On était tous pendus aux lèvres de Nori, qui nous déblatérait toutes ses connaissances sur le sujet. Il enchaîna un peu plus tard avec ce qui était en soi le corps astral. Il nous révéla ainsi que ce corps représentait le double du corps physique mais sous forme spirituelle, un corps astral. On posa alors quelques questions sur cette notion, et le cours passa très rapidement.

À la fin du cours, le professeur nous décrivit ce qu'était la catalepsie astrale. Ce phénomène avait été expérimenté consciemment par moi-même et par d'autres étudiants en classe. Cet évènement précédait la sortie astrale proprement dite. La catalepsie se décrivait souvent comme étant une période de paralysie totale ou partielle, des vibrations dans le corps avec des sons étranges et indescriptibles. Des lumières et des éclairs lumineux pouvaient aussi être aperçus...

Le cours se termina après une brève période de questions, et le professeur Nori nous donna finalement congé.

Au repas du midi, le professeur nous demanda nos impressions sur le manoir et le cours.

Le repas de la soirée se déroula de la même façon. On discutait entre nous de choses et d'autres. Les cuisiniers du manoir semblaient toujours vouloir nous ébahir avec des plats succulents et très diversifiés : au moins trois menus différents étaient disponibles sur la table, sans compter des desserts vraiment exquis.

Au cours de la soirée, on se retrouva tous dans le salon. Le professeur Nori, quant à lui, s'était retiré dans ses appartements. Il nous avait signifié qu'il allait très rarement nous accompagner hors des cours et qu'il préférait ne pas être dérangé.

La télé du salon, un écran plasma de 50 pouces, nous montrait les nouvelles de la soirée. Puis, sans aucune explication et sans nous le demander, Ted se leva et changea de chaîne. Il avait choisi un poste de vidéos heavy métal et se mit à parler de musique avec John le millionnaire, qui se joignit à lui en s'asseyant à ses côtés. Ces deux-là allaient apparemment s'entendre à merveille. Ils discutèrent de musique en regardant l'écran, pendant que les autres et moi-même avions trouvé que Ted avait été en quelque sorte plutôt impoli. Je remarquai au passage que Ted me regardait de travers quelques fois. Il n'avait vraiment pas l'air de me blairer...

Je discutai un moment avec les autres, afin de faire plus ample connaissance. Je constatai avec le temps que Julie semblait me regarder plus affectueusement que les autres. Je ne le croyais pas... La plus belle fille du groupe !

Peut-être qu'elle ne faisait que feindre, pour me laisser tomber par la suite... ça m'était déjà arrivé dans le passé.

Une fille qui me regardait sans cesse en classe alors que j'avais environ 15 ans. Elle ne cessait de me regarder en me faisant de beaux sourires... J'avais mis presque un mois à me décider à aller la voir pour me faire finalement dire qu'elle ne voulait rien savoir de moi. Elle n'avait fait cela que pour me faire perdre mon temps.

Mais cette Julie me semblait sincère et très aimable. Je l'avais écoutée parler un moment avec les autres, et elle me paraissait humble, bien éduquée, et le respect semblait faire partie de ses valeurs, contrairement aux deux malfrats près de nous qui ne cessaient de monter le volume de la télé et de crier à tue-tête comme s'ils étaient seuls.

À un moment donné, nous quittâmes tous le salon, laissant ces deux vieux ados dans leur tintamarre.

Richard nous indiqua qu'il allait relaxer au gym avec Morris. Je perdis les autres de vue, mais Julie me demanda de lui tenir compagnie. Je ne me le fis pas dire deux fois. Je lui demandai gentiment si elle voulait m'accompagner à la bibliothèque. Elle fit signe que oui.

La bibliothèque du professeur était très complète dans le domaine de la médecine, de la physique, de la chimie, mais surtout dans le domaine de l'ésotérisme. Je pris un volume au hasard qui parlait de chakras. Je vis du coin de l'œil Julie sélectionnant un volume de médecine. Nous prîmes place ensemble à une table afin de commencer notre lecture. Je pensai alors que la lecture ne l'intéressait peut-être pas.

— Aimes-tu lire souvent ? lui demandai-je afin de la connaître un peu mieux.

— Parfois, je lis un peu...

— S'il y a d'autres activités qui te tentent dans ce château, tu me le dis !

— Pourvu que je sois avec toi, le reste m'importe peu.

Wow ! Je ne pouvais y croire... Un gars aussi laid que moi, attirer la compagnie d'une aussi jolie fille.

M'ayant vu rougir un peu, elle s'empressa d'ajouter :

— Oups... j'ai été maladroite, pardon... Je ne voulais pas insinuer...

— Insinuer ?

— Je voulais juste dire que je recherchais ta compagnie en tant que nouvelle amie de classe. Les autres me rendent nerveuse et... je crois que j'ai intérêt à me tenir souvent avec toi, puisque tu sembles être celui qui maîtrisera le plus rapidement la projection astrale...

Ouf... en fait de douche froide, on ne pouvait faire mieux. Cela me semblait trop beau aussi. En fait, elle tenait à ma compagnie seulement au point de vue pratique.

— J'espère que tu ne t'imaginais pas... bredouilla-t-elle.

— Un coup de foudre ? répliquai-je subitement. Non, non... Je... tu peux rester avec moi aussi longtemps que tu voudras.

— Ah merci ! fit-elle, soulagée, avec un sourire radieux à faire fondre n'importe quel homme. J'ai besoin d'avoir quelqu'un en qui je peux avoir confiance. Je ne me sens pas à l'aise ici et… peut-être que je n'aurais jamais dû venir…

— Non, ne dis pas ça. Tu as autant ta place ici que tous les autres. C'est juste que certains d'entre nous devrons travailler plus fort afin de maîtriser la projection consciente. Avec de la pratique et de la persévérance…

— Bon. Tu as sans doute raison.

Nous bavardâmes un moment de choses et d'autres, sans vraiment avoir lu un seul paragraphe des livres que nous avions en main. On se quitta un peu plus tard, chacun rejoignant son quartier.

3

Le lendemain matin, le professeur nous expliqua les trois types de projections : les projections conscientes, c'est-à-dire notre objectif à tous au terme de ce cours, les projections semi-conscientes, et celles qui devaient actuellement se produire le plus souvent : les projections inconscientes.

Le professeur nous décrivit par la suite les trois vitesses de déplacement du corps astral. La première vitesse s'apparentait à un déplacement lent : à la vitesse d'une personne qui marche. À cette vitesse, le corps astral se déplace seulement dans son environnement immédiat.

La deuxième vitesse, beaucoup plus rapide, s'apparentait à ma première projection consciente : une vitesse ahurissante au cours de laquelle les objets semblent venir vers soi. On peut planer à vitesse élevée au-dessus du sol aussi rapidement qu'un avion à réaction.

La troisième vitesse, trop rapide pour être réellement ressentie consciemment, était décrite comme plus rapide que ce que l'esprit conscient peut concevoir. Cette vitesse permettrait de franchir des distances incroyables en une fraction de seconde : une téléportation du corps astral, en quelque sorte.

— Mais le corps physique dans tout ça ? demanda Richard.

— Il demeure immobile. Comme pendant le sommeil, mais dans un état très profond. Un médecin examinant un tel corps diagnostiquera un état comateux. Une personne non avertie surprenant un individu en projection pourrait penser qu'il est mort. Avec un visage pâle, un souffle presque inexistant, un pouls très faible, cela ne peut pas faire autrement... Cela me pousse à vous avertir, lorsque vous effectuerez vos projections chez vous, avertissez vos proches de ne pas vous déranger, ou d'être prêts à vous retrouver dans un état de « mort apparente » s'ils vous approchaient. Le fait que tout le monde autour de vous soit au courant de vos activités de décorporation pourra vous éviter bien des problèmes.

Cet avertissement du professeur nous laissa un peu mal à l'aise et nous prévint tous de prendre nos précautions ! Il enchaîna par la suite :

— Un ami à moi s'est retrouvé à l'hôpital lors de l'une de ses sorties parce qu'il avait ignoré tous les signes de sensations physiques de son entourage en pleurs. Normalement, lors d'une sortie astrale, bien que notre corps paraisse si engourdi, il continue d'envoyer à notre esprit « en voyage » des messages via le câble astral.

— Mais qu'est-ce que le câble astral ? demanda Melany.

— C'est un lien vital qui relie le corps physique au corps astral. Le voyageur qui prendra conscience de ce lien presque invisible constatera que ce câble peut s'étendre à l'infini entre les deux corps sans jamais se rompre. Ce fil aura, à un moment donné, l'apparence d'un délicat fil d'araignée possédant une élasticité qui dépasse l'imagination. Ce câble est souvent décrit comme étant le cordon d'argent.

— Mais qu'est-ce qui se passe si ce câble se rompt ? demandai-je.

— La mort survient.

Il y eut des brouhahas dans la salle, chacun pensant tout haut les conséquences de la rupture. Le professeur nous rassura :

— La mort est un processus naturel. Toute personne qui meurt quitte son corps à jamais, d'où la rupture du câble entre son esprit et son corps physique. Mais le processus normal de la projection n'entraîne pas de rupture du câble. Comme je vous l'ai dit, ce câble s'allonge indéfiniment entre les deux corps même sur de grandes distances. Ce qui m'emmène maintenant à vous avertir d'un des facteurs les plus importants à propos du cordon d'argent : les signaux qu'il vous envoie. Écoutez ce qui suit attentivement !

» Les sensations tactiles, sonores ou de présence indésirable près de votre enveloppe. De tels avertissements ne doivent jamais être ignorés bien que la tentation, lors d'une projection consciente, d'aller encore plus loin pour prolonger le plaisir devienne irrésistible ! Certaines entités désincarnées, décédées depuis quelque temps, peuvent rôder dans les alentours et vouloir s'approprier votre enveloppe physique.

» Certains esprits refusent l'idée d'être morts. Cela peut survenir en cas de mort violente comme dans un accident de voiture ou un assassinat.

» Je tiens ici à vous avertir solennellement : ne jamais ignorer les signaux envoyés par votre câble astral ! C'est un mécanisme de protection qui peut vous avertir de la présence de quelqu'un qui veut vous réveiller d'urgence, ou qu'un danger physique menace votre corps... la fumée d'un incendie, par exemple. Mais il y a pire : cela pourrait vous avertir qu'un esprit malin rôde autour de votre corps. Sachez qu'il peut prendre possession de votre enveloppe corporelle même si vous êtes toujours relié par votre câble !

Un brouhaha naquit de nouveau dans la salle de cours. Cette déclaration du professeur nous mit tous sur les nerfs.

— Silence ! ordonna Nori. Calmez-vous un peu ! Sachez que lors d'une projection inconsciente, les signaux envoyés par le câble ne sont jamais ignorés, et votre corps astral réintégrera automatiquement votre enveloppe physique.

» Dans une projection inconsciente, c'est votre subconscient qui mène le navire. Il vous protège et enclenche les mécanismes de protection au besoin. La nature a pensé à tout !

— Mais, est-ce que ces esprits rôdeurs sont tous mauvais ? demanda John.

— Bien sûr que non. Si certains esprits semblent coincés entre deux mondes, d'autres demeurent sur le plan astral neutre simplement pour observer ce qui se passe, par exemple, dans leur maison. Certains ont peur de passer aux sphères supérieures et de quitter définitivement notre monde. D'autres aussi veulent tenter d'aider leur proche à traverser leur deuil. Mais pour entretenir leur présence sur ce plan astral, les esprits désincarnés ont besoin d'énergie. Un esprit qui n'a pas de mauvaise intention finira tôt ou tard par quitter notre monde de lui-même, par manque d'énergie, pour s'élever vers les sphères supérieures. Mais dans le cas d'esprits mauvais, ces derniers voudront « s'accrocher » littéralement à notre univers et rechercheront de l'énergie.

» Vous savez, lorsqu'une maison est déclarée officiellement hantée, les occupants « vivants » de cette demeure seront parfois témoins de la fluctuation de l'éclairage dans la maison. Mais ces mêmes entités ne rateront pas leur chance de tenter de s'approprier une enveloppe physique abandonnée temporairement lors de voyages astraux par un voyageur négligent. Si cela se fait, on aura ce qu'on pourrait appeler un cas de possession. Pas de possession par le démon comme on voit souvent dans les films. On parle ici de possession par un esprit désincarné. Le propriétaire du corps physique deviendra inconsciemment l'hôte d'un esprit malin. Cette entité malfaisante se nourrira de l'énergie de son hôte, pouvant ainsi prolonger sa présence dans notre univers.

— Mais que se passe-t-il dans ce cas ? demanda Melany.

— Le caractère mauvais de l'entité physique tentera de s'approprier le « moi » de la personne. Ce sera un combat psychique entre les deux propriétaires de l'enveloppe. Une personne ainsi possédée vivra peu à peu un dédoublement de personnalité qui empirera avec le temps. La colère, l'angoisse et la tristesse faisant souvent partie d'un esprit malfaisant feront en sorte que la personne possédée pourra en extérioriser elle-même sans le vouloir. Une telle personne sera en grande détresse psychologique et un exorcisme devra être pratiqué avant que survienne un effondrement mental.

Le cours se termina sur ce sujet, et on passa près de deux heures à poser des questions au professeur, qui, à mon avis, faisait preuve d'une grande patience. Il devait parfois répéter encore et encore certains faits qu'il avait mentionnés dans son cours.

Dans l'après-midi, j'avais besoin de prendre l'air et de vider mon esprit de toutes ces connaissances insolites et effrayantes. Je me dirigeai donc avec Julie dans un sentier qui s'enfonçait dans le petit bois derrière le manoir.

C'était un magnifique chemin sinueux, propice à la détente, qui serpentait dans cette petite forêt, évidemment clôturée contre les visites indésirables. La clôture était légèrement électrifiée pour décourager les plus aventureux imprévus...

En s'enfonçant dans le bois, Julie et moi eûmes la surprise d'y voir une fontaine avec deux bancs surplombés de magnifiques arbres très feuillus.

Nous prîmes place sur un banc, en inspirant l'air pour remplir nos poumons de la fragrance naturelle et réconfortante des arbres alentour.

— Cet endroit me fait du bien, me confia Julie.

— Ce manoir et son terrain privé sont vraiment paradisiaques, approuvai-je.

— Mais je demeure cependant avec une crainte. Toutes ces histoires d'esprit malfaisant. On dirait que je ressens maintenant constamment un danger qui rôde...

— Il n'y a pas de danger tant qu'on demeurera prudent.

— Peut-être bien, mais... tout ce que je veux, c'est que tu ne te tiennes jamais trop loin de moi, d'accord ?

— Euh… bon d'accord. Si ça peut te rassurer.

Les dernières révélations du professeur avaient ébranlé Julie. Mais je ne savais pas qu'elle avait été ébranlée au point de venir dans ma chambre au cours de la nuit.

En effet, vers minuit, elle vint cogner discrètement à ma porte.

Je ne sais pas à combien de reprises elle avait fait cela, mais toujours est-il que cela finit par me réveiller.

Je me levai alors du lit, pestant contre celui ou celle qui avait osé me réveiller en pleine nuit. Mais lorsque j'entrouvris la porte, toute ma colère s'envola comme par magie en voyant qui c'était.

— Pardon de te déranger aussi tard dans la nuit, balbutia Julie.

— Mais qu'est-ce qui se passe ? bâillai-je, encore à moitié endormi.

— Je n'arrive pas à dormir. Puis-je entrer un moment ?

— Eh bien, euh… oui, je suppose.

Elle ne se le fit pas dire deux fois et pénétra dans ma chambre comme un projectile. Elle était revêtue d'un pyjama tout simple. Rien d'aguichant, mais ses formes demeuraient pleinement visible et… Je commençai à me demander si l'amitié de cette fille allait me causer des problèmes. Elle se collait à moi sans vouloir devenir ma copine intime, mais sa présence toujours constante près de moi allait finir par me faire craquer.

— Je sais qu'on n'est pas supposées, les filles, aller dans le dortoir des gars, mais… est-ce que je pourrais dormir habillée avec toi dans le lit ?

— De dor… de dor… mir… bégayai-je, abasourdi.

— Oui. Comme frère et sœur, si tu veux. Aucun contact. Aide-moi, s'il te plaît. Je me tiendrai tranquille. Je n'ai pas de fausses intentions, je te le jure. C'est juste que... Je ressens de drôles de choses en ce moment.

— En as-tu parlé au professeur? lui demandai-je en refermant doucement la porte derrière elle.

— Non, pas encore... Je ne veux pas l'embêter avec ça. C'est juste une sensation qui me donne parfois l'envie de fuir d'ici en courant. Mais... je veux en connaître plus sur ce domaine. Ma curiosité me tient ici même si, quelque part, une partie de moi-même me crie de quitter ces lieux!

Décidemment de pire en pire... J'allais devenir le garde du corps d'une superbe nana sans pouvoir y toucher. Mais que pouvais-je y faire? L'abandonner à son triste sort et la foutre à la porte? Non, je n'étais pas fait comme ça. Ma nature faisait en sorte que j'aimais aider les gens du mieux que je pouvais.

— Très bien, répondis-je alors, encore somnolent. Je m'allongerai sur le sol et tu...

— Non! Je te dis que non! répliqua-t-elle. Je veux simplement me coller à toi. Je veux dormir avec quelqu'un digne de confiance qui ne cherchera pas à me tripoter!

Cette fois, le message avait été clair : elle ne me désirait pas, mais cherchait seulement la présence d'un ami afin qu'elle puisse dormir plus en paix.

— Eh bien, euh...

— Oh! merci, répondit-elle en s'engouffrant rapidement sous les couvertures.

Je la regardai un moment, figé comme une statue de pierre... tout cela me dépassait totalement.

— Tu peux venir, toi aussi, minauda-t-elle. Je ne te mangerai pas durant ton sommeil.

— Bon, très bien.

C'est ainsi que je rejoignis Julie sous les couvertures sans pouvoir faire quoi que ce soit. La plus belle fille du manoir allait dormir près de moi sans que je puisse même la caresser un peu. Situation intenable. Je savais d'avance que je n'allais pas dormir de la nuit avec mes pensées de scénarios avec cette beauté. Par chance qu'elle ne m'était pas apparue vêtue en lingerie fine. J'avais beau ne pas être un bel homme, je n'étais pas fait en bois...

## 4

Je me levai au matin, tout courbaturé, ayant très peu dormi le reste de la nuit. Julie semblait dormir encore, alors je fis mon possible pour ne pas la réveiller. Je pris une douche rapide qui me revigora un peu et j'avalai rapidement deux cafés. Je n'avais pas faim de toute façon...

Je quittai mon appartement et me dirigeai vers la bibliothèque afin d'attendre le début des cours.

Une demi-heure plus tard, je vis apparaître Julie, rayonnante de bonheur. Elle vint s'asseoir près de moi et me donna une bise sur la joue.

— Que me vaut l'honneur de cette marque de tendresse ? demandai-je.

— Pour avoir assuré ma sécurité, grand bêta !

— Oh, tu sais... je n'ai pas fait grand-chose.

— As-tu bien dormi, au moins ?

— Euh non... pas vraiment.

— C'est l'habitude, tu t'y feras...

Eh bien… il semblait que je n'avais pas le choix d'héberger cette jolie dame et de subir les tortures physiques de mes hormones. Combien de temps allais-je tenir ? Est-ce qu'elle se rendait compte combien elle était attirante ?

Elle prit un livre comme si tout était normal et commença à le lire pendant que je l'observais, penaud. Puis, je lui demandai enfin :

— Désolé pour l'indiscrétion, mais…

— Oui ?

— Tu as quelqu'un dans ta vie ?

— Non. Pas pour l'instant. Et je ne souhaite pas devenir intime avec quiconque ici. Vous habitez tous trop loin de chez nous. Les autres gars ici me reluquent, mais je leur ai indiqué que je n'étais intéressée par personne. Il est bon de mettre rapidement les choses au clair parfois.

— Euh, oui. Tu as sans doute raison.

Elle remit le nez dans son livre et je fis de même, mais je fus incapable de lire une seule ligne. Je feuilletais les pages au hasard, songeant peut-être…

« …et si je m'installais au Texas ? »

Je laissai mon imagination vagabonder le reste du temps avant le cours, m'imaginant, fraîchement installé à Dallas, avec un nouvel emploi quelconque tout en faisant la cour à cette jolie demoiselle. On peut toujours rêver…

Je me retrouvai plus tard dans la classe avec tout ce beau monde.

Le professeur entama le cours sur le sujet des répercussions du corps astral. La plupart des élèves ici semblaient en avoir vécu quelques-unes très violente. Moi-même, j'en avais déjà subies quelques fois et ce n'était vraiment pas agréable. Cela pouvait arriver lorsque notre corps astral était subitement rappelé vers notre enveloppe physique, à cause des signaux d'alarme envoyés par ce dernier. Les répercussions pouvaient aussi survenir dans le cas d'une rencontre indésirable dans le plan astral ou d'un évènement trop intense et imprévu. Le retour dans l'enveloppe corporelle, dans le cas d'une forte répercussion, était toujours douloureux : c'était comme être déchiré en deux de haut en bas du corps.

Nous discutâmes un bon moment à tour de rôle de ce phénomène avec le professeur.

Par la suite, le professeur nous fit bien comprendre le danger de certaines visites non autorisées par le corps astral dans des lieux où l'intimité ou la tranquillité sont sacrées. Certaines personnes voyantes connaîtraient le secret pour chasser les corps astraux trop curieux avec des bouts de bois munis d'une pointe d'acier. Le corps astral, bien qu'immatériel et insensible à toute matière, serait cependant vulnérable à ce type de bâton qui lui donnerait l'impression désagréable et douloureuse d'être électrocuté sur place.

Je doutais fort de cette théorie, et les autres aussi ; pourtant... le professeur avait l'air de savoir de quoi il parlait.

À la fin du cours, le professeur nous retint, Julie et moi, et semblait vouloir nous dire quelque chose.

Je m'en doutais un peu. Un des étudiants avait dû voir Julie sortir de ma chambre et nous avait vendus !

— Vous avez tous les deux désobéi aux consignes de ce manoir, commença le professeur, qui observait le paysage par la fenêtre.

— Quelle consigne ? siffla faiblement Julie.

— Tu sais très bien de quoi je parle, Julie. Il est interdit aux filles de rejoindre le quartier des garçons la nuit. Et toi,

Sam, tu n'as pas été mieux, en l'acceptant dans ta chambre. Cet endroit n'est pas un bordel !

— Mais monsieur ! objectai-je. Nous étions tous les deux habillés et il n'y a eu aucun contact…

— Mais comment avez-vous su ? ajouta Julie, rougissante de colère et d'indignation.

— La nuit, je voyage souvent… avec mon corps astral. Je n'ai pas eu l'indiscrétion d'entrer dans votre chambre, car cette manœuvre, je vous l'ai indiqué, est interdite par les règles de l'art de la projection. Mais j'ai bel et bien vu Julie entrer dans vos appartements !

— Professeur, je vous jure qu'il ne s'est rien passé ! me défendis-je.

— Peut-être bien, peut-être pas… répondit le professeur, le regard absent.

Il continuait à fixer un point inconnu par sa fenêtre sans nous regarder.

— Que cela ne se reproduise pas, sinon, je vous demanderai de quitter ces lieux.

— Bien, monsieur, répondit Julie, écumant de rage, sans s'expliquer davantage.

Je quittai le professeur sans ajouter d'autres commentaires. Ça n'aurait rien changé de toute façon.

Au repas du midi, Julie ne me regarda pas beaucoup. Juste quelques coups d'œil discrets de temps à autre. Puis, je la perdis de vue.

Après le repas, je la cherchai partout dans le manoir. Arrivé dans la salle de jeu, je vis les autres gars se distraire avec les tables de billard. John montrait les fonctionnalités de son foutu iPhone à Ted. En me voyant arriver, les deux lascars me dévisagèrent désagréablement un moment.

J'avais remarqué, lors des cours et des repas, que ces deux individus ne semblaient pas avoir de tels comportements. On aurait dit deux anges, tant qu'ils étaient en présence du professeur. Mais lorsqu'ils se retrouvaient seuls, hors de vue de Nori... ils étaient d'autres hommes. Je les ignorai et quittai le local.

Arrivé à la piscine, j'aperçus Melany et Linda profiter de l'eau chaude en faisant de la nage. Mais Julie était absente. Je leur demandai si elles l'avaient vue quelque part, mais toutes deux firent signe que non.

Je sortis donc et me dirigeai vers le sentier pour la retrouver assise près de la fontaine.

— Puis-je m'asseoir avec toi ?

— Bien sûr, dit-elle discrètement.

— Il semble que les apparences ont été fâcheuses...

— Et trompeuses, approuva Julie. Moi qui voulais me retrouver avec quelqu'un durant la nuit...

— Mais pourquoi tu n'as pas dit au professeur les craintes que tu avais ?

— Il ne nous aurait pas crus de toute façon. Ça doit être moi qui deviens parano. Nous sommes en sécurité ici. Je crois, en tout cas.

— Bien sûr que nous le sommes ! Mais je... Si tu tiens toujours à te tenir avec moi le jour, sache que tu es la bienvenue, la rassurai-je en rougissant.

— C'est très aimable à toi, me souffla-t-elle en rougissant aussi. Je n'osais pas te le demander. J'ai failli nous faire expulser tous les deux avec mes peurs idiotes. J'accepte avec plaisir ! Je prendrai des somnifères la nuit et le problème devrait se régler tout seul.

Nous discutâmes un moment de choses et d'autres dans le parc, et le temps passa.

Dans la soirée, nous nous retrouvions tous dans le salon. Morris et Richard avait indiqué aux deux lascars de penser aux autres et qu'ils n'étaient pas seuls dans le salon. John et Ted leur firent des grimaces et rendirent la télécommande à Richard. Ils prirent place de chaque côté de Melany et entamèrent un nouveau petit jeu. Ils commencèrent à lui chuchoter des paroles qui ne semblaient pas lui plaire, et elle changea de place dans le salon. Les deux indésirables quittèrent leur place pour la rejoindre encore et lui toucher les cuisses. Ce geste me fit sortir de mes gonds :

— Allez-vous enfin la laisser tranquille ? hurlai-je en me levant comme un ressort.

Ted se leva et m'envisagea un moment.

— De quoi tu te mêles, la girafe ?

J'aperçus Richard se lever et venir me joindre.

— Quittez ce salon avant que je vous foute une raclée, menaça-t-il.

Ted perdit de sa superbe en regardant un moment Richard. Un avertissement de ce dernier ne laissait pas d'équivoque. Valait mieux ne pas se mettre contre lui...

Ted quitta le salon en me donnant un coup d'épaule. John se leva en me regardant de travers et le suivit comme son petit chien.

— Merci à vous deux, chuchota Melany.

— De rien, répondit Richard. Mais tout le mérite revient à Sam.

— Je sens que je n'ai pas fini d'en baver avec ceux-là, répondis-je, soudainement découragé.

— Ne t'en fais pas, rassura Richard. Morris et moi, nous les observons depuis un moment. Si l'un d'eux vous embête, toi ou les filles, dites-le-nous. On va les calmer s'il le faut.

— Merci, répondis-je, plus rassuré.

Je n'étais pas un combattant et je ne le serai jamais. Julie m'observait, admirative. Je lui décochai un sourire timide, espérant que toute cette histoire allait mourir avec le temps. Je me trompais, cependant...

## 5

C'en était fini de la théorie. On allait passer aux choses plus sérieuses dans les prochains cours. On allait maintenant pratiquer dans un premier temps, dans la salle de relaxation. Ce premier cours pratique allait nous entraîner au dédoublement conscient.

Nous étions tous étendus sur de minces matelas, la tête orientée au nord. Le professeur nous relaxa en nous parlant doucement, nous montrant comment respirer, relaxer tous les muscles du corps.

Une fois cet état atteint, il nous demanda de nous concentrer en visualisant la cour à l'extérieur du manoir, afin que notre corps astral se retrouve à cet endroit. Il nous ordonna, si on avait conscience de la sortie, de ne pas nous éloigner davantage afin d'éviter des vagabondages.

Puis, il garda le silence, se promenant lentement autour de nous en guettant nos signes vitaux.

Cela ne prit pas longtemps... dans mon cas en tout cas. Sa technique de visualisation était ce qui me faisait défaut, et un déclic incroyable se fit à l'intérieur de tout mon être.

La soupape qui m'empêchait de me souvenir de mes projections était maintenant ouverte.

Je me retrouvai donc dans la cour, flottant légèrement au-dessus du terrain. J'attendis un moment de voir apparaître les autres corps, mais rien ne semblait se produire.

Puis, je vis apparaître le corps astral de Melany. Il me fit un bref sourire et s'envola dans les airs aussi rapidement qu'une fusée.

Je l'appelai, en vain, lui demandai de m'attendre, mais je ressentis dans mon esprit qu'elle avait déjà quitté le plan astral de base dans lequel je me trouvais. Elle semblait encore aller visiter les plans astraux supérieurs, monde dans lequel je ne pouvais apparemment pas aller pour l'instant. Je me demandai alors si elle était en état de conscience ou non.

Le deuxième corps astral que je vis apparaître fut Ted. Il avait traversé le mur de l'établissement comme un zombie. Il marchait comme l'aurait fait un somnambule. Il se dirigea un peu plus loin, quittant l'enceinte du manoir. Il ne me traversa pas l'esprit d'aller prendre contact avec lui. Qu'il aille vagabonder ailleurs et rencontrer Elvis Presley, cela ne m'importait guère. Il ne devait pas avoir conscience de sa sortie de toute façon.

Puis vint Richard. Je le vis sortir rapidement, comme un boulet de canon à travers le mur. Il s'éleva un moment dans les airs. Son corps astral tourbillonna un instant au-dessus du sol. Son câble astral ne s'enroulait cependant pas autour de sa tête comme l'aurait fait un tube relié au corps physique : le cordon d'argent demeurait à la hauteur de sa tête, et son attache ténue se déplaçait sans problème autour de celle-ci…

Je tentai de le rejoindre afin qu'il sorte de cet état étrange et que sa conscience s'éveille, mais ce fut peine perdue : lorsque je m'approchai de son corps astral, celui-ci me regarda avec un rictus de frayeur et s'enfonça dans les entrailles de la Terre. Encore un qui voyageait dans d'autres sphères astrales.

J'attendis impatiemment que Julie se montre le bout du nez, mais je ne la vis jamais.

Puis, un signal se fit en mon corps astral. Un signal sonore et tactile m'enjoignant de rejoindre mon enveloppe corporelle. Je retournai le plus lentement possible vers mon corps, traversant à nouveau le mur. J'aperçus les autres corps allongés avec le professeur, qui semblait vouloir nous réveiller.

L'entrée dans mon corps se fit en douceur, sans répercussion désagréable.

Puis, je me réveillai en souriant : je me souvenais de tout !

Je pris un sofa, étirant mes membres comme un chat qui vient de se réveiller tout en observant les autres revenir. Ted fit une violente répercussion en hurlant comme s'il sortait d'un cauchemar. Puis, il se ressaisit soudainement, comme s'il prenait tout à coup conscience de son retour parmi nous.

Mais la répercussion de Richard fut plus terrible encore. Non seulement il avait crié en revenant, mais il se roula de douleur sur le matelas un court moment. Le professeur tenta de le calmer du mieux qu'il le pouvait.

Après ce moment angoissant, les autres se réveillèrent.

Julie déclara qu'elle s'était tout simplement endormie. John, Linda, Melany et Morris déclarèrent qu'ils ne se souvenaient de rien.

— Quels souvenirs as-tu de ta sortie, Ted? demanda le professeur.

— Je me souviens vaguement d'avoir quitté ce local et d'avoir marché involontairement sur la route d'à côté. Les voitures traversaient mon corps, mais je ne ressentais aucune peur. Cependant, mon corps astral était sans contrôle et s'éloignait du plus en plus, jusqu'à ce que tu me réveilles.

— Serais-tu allé encore plus loin? demanda John.

— Je ne sais pas. C'était comme si un véhicule me transportait ailleurs, sans contrôle.

— Et toi, Richard? demanda le professeur.

— Je suis encore allé me promener dans les sphères inférieures, peuplées d'entités malfaisantes… La peur m'a heureusement fait revenir ici. Je savais que j'allais avoir une douloureuse répercussion, mais c'était préférable à rester là.

— Peux-tu nous décrire ce monde? s'enquit Melany.

— Peut-être l'enfer ou je ne sais quoi. Je ressentais la haine, la crainte et le désespoir qui émanait de ces… choses hideuses. Des corps déformés, tordus de douleur qui semblaient vouloir s'approprier mon esprit… son énergie.

— Il faudra que je travaille un peu plus avec toi, répondit Nori. Il faut absolument que tu cesses d'aller là-bas.

— Et toi, Sam? demanda Julie.

— La technique de visualisation a été salutaire dans mon cas. Je suis tellement heureux! C'est ce qui m'a permis de me rappeler entièrement mon voyage! Je me suis d'abord retrouvé dans la cour du manoir. J'ai résisté à la tentation d'aller ailleurs.

— Félicitations, jeune homme, me complimenta le professeur.

Ted et John semblaient m'observer avec dédain et jalousie tandis que les autres semblaient contents de mon sort. Ted sursauta lorsque je révélai que j'avais vu son corps astral se diriger comme un somnambule à l'extérieur. Il ne sembla pas apprécier le fait que j'aie décrit son corps astral de cette façon. Décidément, ça allait de mal en pis entre nos deux personnes.

Je décidai d'ignorer encore son regard mauvais et continuai :

— J'ai également vu Melany s'envoler dans les airs puis disparaître dans les sphères supérieures. Tu ne te souviens vraiment pas ? Tu m'as fait un sourire avant de disparaître.

— Maintenant que tu m'en parles... oui... je crois me souvenir de ta présence dans la cour, mais par la suite, j'ai perdu conscience de mon voyage.

— Et est-ce que tu m'as vu, moi ? me demanda Richard.

— Oui. C'était fascinant ! Ton corps astral s'est soulevé à quelques mètres dans les airs et s'est mis à tourbillonner un moment. Le regard que tu m'as lancé semblait plein d'effroi, comme si tu savais dans quel monde tu allais plonger !

— C'est très intéressant, Sam, le fait que tu aies pu te rendre compte de tout ça, conclut le professeur. Tu es vraiment doué. Plus doué que moi-même lors de mes premières sorties contrôlées.

Nous discutâmes un moment dans la salle. Du coin de l'œil, je vis Ted et John discuter à voix basse entre eux et me jeter un regard mauvais. Je sentais un gros conflit à venir et je n'y pouvais rien.

Dans la soirée, alors que je discutais de choses et d'autres avec Julie, dans le parc près de la fontaine, je vis apparaître les deux tristes sires.

— Tiens, tiens, tiens, gloussa Ted. Qu'avons-nous là ?

— Le chouchou du prof avec sa petite copine, continua John avec son visage de porcelet rosissant de joie.

— Je crois qu'il est temps de lui montrer certaines choses, hein John ?

— Oh oui ! Je crois qu'une petite raclée lui fera le plus grand bien, rigola le porcelet.

— Nous ne voulons pas de problèmes ici, suggérai-je aux deux vauriens, en me levant tout en prenant Julie par la main afin de quitter rapidement les lieux.

Tout se passa très rapidement après cela.

Le porcelet sauta sur Julie pour l'immobiliser. Elle lança un cri de désespoir tandis que Ted me lançait un coup de poing à l'estomac.

Je tombai mollement par terre, plié en deux par la douleur.

— Mais arrêtez ! supplia Julie. Que voulez-vous à la fin ?

— Je crois que tu as cassé la baguette en deux ! rigola le porcelet.

— Il faudra lui coller du ruban adhésif au milieu afin de la réparer ! ajouta Ted, hilare.

— À l'aide, quelqu'un ! gémit Julie. Venez…

Le porcelet lui coupa la parole en lui mettant sa sale main sur sa bouche. Ted me regardait me tordre de douleur et s'apprêtait à me donner un coup de pied quand soudain, je le perdis de vue. Quelqu'un était soudainement apparu et le rouait de coups. Je me redressai et m'aperçus que Ted était en train de prendre la fuite avec Richard à ses trousses. Le porcelet lâcha Julie en voyant Morris approcher. Il prit la fuite lui aussi.

Morris et Julie m'aidèrent à me relever et à prendre place sur le banc. Je voyais encore des étoiles : je n'étais vraiment pas fait pour le combat, car j'étais trop fragile physiquement.

Richard vint nous rejoindre quelques instants plus tard.

— Ça va aller ? me demanda-t-il doucement en me mettant une main sur l'épaule.

— Oui... Un gros merci à toi et à Morris. Sans votre intervention, j'allais en manger toute une.

— Comment avez-vous su ? demanda Julie.

— On surveillait ces deux fauteurs de trouble depuis un moment, répondit Morris.

— Nous les avons suivis de loin dans le parc, ajouta Richard. Lorsque je t'ai entendu crier, on a couru jusqu'à vous.

— Merci à vous deux, fit Julie.

— Ce n'est rien, répondit humblement Richard. Je crois que ces deux-là ont compris et qu'ils ne recommenceront pas de sitôt !

## 6

Le lendemain, on se retrouva tous dans la salle de pratique. Ted et John m'ignoraient et faisaient comme si rien ne s'était passé. Le professeur entra, regarda les deux lascars et commença :

— Ted et John, venez ici, devant tout le monde. J'ai quelque chose à vous dire.

Les deux connards se levèrent tout penauds et prirent place devant nous, leurs visages rougissant de honte. Le professeur continua :

— Hier, vous avez été surpris à malmener un étudiant ici présent. Sachez qu'un tel comportement est formellement interdit ici. Si je vous y reprends, je vous fous à la porte. Est-ce que je me suis bien fait comprendre ?

— Euh... oui, balbutia Ted.

— Mais, comment avez-vous... débuta John.

— Ce n'est aucun des autres étudiants qui vous a mouchardés. Comme je l'ai déjà dit, je me promène souvent hors de mon corps dans ce parc et je peux y voir bien des choses...

John rougit davantage.

— Maintenant, je veux que vous présentiez des excuses à Sam et à Julie. Allez leur serrer la main et excusez-vous sur-le-champ !

Ted et John s'approchèrent de moi et me serrèrent la main.

— Désolé, je... commença Ted.

— J'ai ordonné des excuses, souligna le professeur, plus loin.

— Je m'excuse, Sam. Je ne sais pas ce qui m'a pris. Je ne recommencerai plus.

— Très bien, j'accepte tes excuses. Soyons amis, cela vaudra mieux. On fait partie d'une petite famille ici, et l'ambiance sera meilleure si on s'accorde tous.

— Oui, tu as raison. Excuse-moi, Julie, dit Ted par la suite.

Puis, John approcha. Encore plus rougissant que Ted.

— Je m'excuse, Sam. Je suis désolé.

— D'accord John. Soyons amis, tu veux bien?

— Euh... oui... si tu veux. Et désolé pour toi, Julie. Je m'excuse si je t'ai fait du mal.

Julie le regarda de travers et lui serra la main du bout des doigts.

— Bon, fit le professeur satisfait. Maintenant, revenons à nos moutons. Dans ce dernier cours, je vais vous enseigner la technique de sortie astrale volontaire. Le reste de votre séjour ici se fera individuellement dans vos chambres. Vous pratiquerez vos sorties sur vos lits. Ceux qui auront des difficultés ou autres problèmes lors des sorties astrales n'auront qu'à venir me voir et je verrai à corriger vos problèmes. Ceux qui auront maîtrisé totalement leurs sorties pourront quitter l'établissement s'ils le désirent ou continuer leur pratique ici.

Ce cours de technique de sortie astrale volontaire ressemblait un peu au cours précédent avec toutes les techniques de relaxation et de visualisation. La différence était que maintenant, il fallait travailler sur la «conscience du moi» : le déplacement de la conscience au niveau du corps astral.

Le professeur nous demanda d'avoir la sensation physique de s'enfoncer dans le sol pendant que notre esprit quittait notre corps peu à peu.

Pour le reste, je perdis conscience un moment de mon entourage et du reste des instructions du professeur. J'avais déjà quitté mon corps et je pris conscience que je planais, immobile, au-dessus du manoir. Je ne savais pas comment les autres s'en tiraient, mais dans mon cas, les sorties ne semblaient plus un problème.

Je pris mon temps pour me promener un peu au-dessus du parc. Puis, quelques instants plus tard, je vis sortir presque tout le monde… sauf Julie, hélas.

Mais certains d'entre eux allaient devoir régler des problèmes : Ted continuait à se déplacer comme un somnambule, Richard, à s'enfoncer dans le sol, Melany, à quitter notre monde comme une fusée vers je ne sais où, dans le monde des anges.

Je vis également John pour la première fois, un bref moment, pas très loin de Morris. C'est deux-là n'avaient vraiment pas l'air à l'aise et semblèrent réintégrer leur corps rapidement.

Quant à Linda, elle apparut soudainement près de moi, souriante et heureuse de prendre enfin conscience de sa décorporation.

Linda et moi, nous nous promenâmes un instant au-dessus du manoir. Elle m'invita à quitter le manoir, mais je résistai à la tentation. Je voulais y aller progressivement. Je l'aperçus alors me quitter rapidement. Elle voulait en profiter et ne pouvait résister à la tentation d'aller beaucoup plus loin, malgré les avertissements de Nori.

Quelques instants plus tard, un signal strident fut entendu par mon esprit via mon câble astral. Ce son m'indiquait qu'il fallait que j'entre.

Ma répercussion fut un peu brusque; sans douleur cependant. Je m'éveillai soudainement en prenant conscience que Nori avait sorti un sifflet. Il s'époumonait à siffler dedans pour vérifier si nos corps astraux prenaient conscience des avertissements sonores captés par nos enveloppes corporelles grâce au cordon d'argent.

Les autres, à part Julie, déjà réveillée, entrèrent peu à peu dans leurs enveloppes, sauf Linda, qui tarda à rentrer.

Le professeur, inquiet à son sujet, lui fit un petit sermon à son retour, l'avisant de ne jamais ignorer les stimulations physiques de son corps.

Linda, toute contente de sa sortie consciente et volontaire, ne sembla pas vraiment prendre les avertissements du professeur au sérieux.

Dans l'après-midi, à la bibliothèque, alors que je me détendais à lire un livre sur les chakras, Julie vint me rejoindre. Elle avait la mine basse et semblait au bord des larmes.

— Je n'y arriverai jamais, me confia-t-elle. Tout le monde ici se projette maintenant et, en plus, se souvient de ses sorties, sauf moi !

— Ne te décourage pas, Julie ! Le professeur aboutira tôt ou tard à te faire réussir une sortie consciente. Je l'ai entendu parler cet après-midi de ce livre sur les chakras que je suis en train de feuilleter un peu. Tiens, prends-le et lis-le. Cela me surprend qu'il ne t'en ait pas encore parlé. Ce livre sur la prise de conscience des chakras pourrait sûrement t'aider un peu.

— C'est quoi, ces « chakras » ? me demanda-t-elle en me prenant le livre des mains.

— Ce serait des centres d'énergies situés dans notre corps. Ils seraient au nombre de sept, en partant de la base de la colonne vertébrale jusqu'au sommet du crâne. Il est écrit qu'ils jouent un rôle primordial dans l'équilibre de l'harmonie du corps.

— Tu as absolument raison, dit une voix derrière moi.

C'était Nori, qui était entré dans la bibliothèque silencieusement.

— C'est vrai que j'aurais dû t'en parler, et je te conseille vivement de le lire attentivement, conseilla Nori à Julie. Le fait d'apprendre à prendre conscience de tes sept chakras et à les recharger en énergie te donnera un meilleur contrôle de ton esprit lors de tes sorties conscientes. Pour le reste, ne t'en fais pas. Certaines personnes se projettent plus facilement que d'autres. Mais pour certaines personnes, comme toi, la pratique, la patience et la détermination finiront par en venir à bout. Je t'assure que je finirai bien, d'ici à quelques mois, par te faire réussir une sortie consciente et volontaire. Tu as ma parole !

— Merci Nori ! répondit Julie, soudainement plus joyeuse.

Le lendemain du dernier cours pratique en groupe, on entama chacun nos pratiques de sorties astrales dans nos chambres à coucher. On choisissait la période de la journée qu'on voulait. Tout ce que le professeur voulait, c'était qu'on se pratique chaque jour.

Dans mon cas, la sortie astrale volontaire et consciente ne me causait plus de problème. C'était vraiment rendu trop facile…

Dans les jours qui suivirent, je commençai petit à petit à m'éloigner du manoir. Un peu plus tard, j'entrepris de commencer l'exploration de la ville, traversant usine, pont, volant au-dessus des grands boulevards. La sensation était tellement grisante !

Quelques jours plus tard, je décidai d'explorer l'extérieur de la ville afin de connaître les alentours.

Puis, vint un soir où j'eus la sensation d'être fin prêt à atteindre mon objectif ultime : aller visiter la fameuse base 51.

Je verrouillai la porte de ma chambre, ayant au préalable averti les autres de ne pas venir me déranger.

Ayant étudié à plusieurs reprises l'emplacement de la base militaire sur l'outil de carte de Google, je savais où je pouvais diriger mon corps astral et quelle était la distance à parcourir. J'avais aussi évidemment étudié, avant mon voyage, toutes les informations disponibles sur le Net concernant les bâtiments sur cette base, du moins ce que chacun pensait, ce que telle ou telle structure pouvait être en théorie...

Après un court moment de relaxation sur mon lit et d'application des techniques de visualisation, je quittai mon corps en un rien de temps. Je me retrouvai alors planant au-dessus de la ville en un clin d'œil, ayant emprunté la vitesse la plus rapide de déplacement du corps astral.

Pour le déplacement de la ville à la base, j'empruntai la deuxième vitesse, plus lente, mais je me déplaçais quand même à la vitesse d'un avion de chasse.

J'atteignis alors la zone interdite en quelques minutes de vol. Je me sentais fébrile. Je survolais une base militaire interdite à tout civil sans être pour le moins du monde intercepté par les forces armées en présence.

Je survolai la base un moment et notai au passage, parmi les pistes d'atterrissage, la plus grande piste que j'avais vue de ma vie.

Il y avait de grands hangars et un plus grand que l'autre, un peu plus loin, appelé par les ufologues le hangar 18. Un autre hangar encore plus énorme était en construction plus au sud de la base.

Je « posai » mon corps astral sur le sol et entreprit de prendre la vitesse de déplacement la plus lente. J'observai la base un moment. Elle était tellement gigantesque, munie de tellement de bâtiments que je ne savais pas par où commencer.

Je me dirigeai vers les quatre grands hangars principaux, qui, selon plusieurs dires, pouvaient abriter des prototypes d'avions secrets.

En m'approchant, j'aperçus plusieurs gardes qui patrouillaient avec des bergers allemands.

Les chiens se mirent à aboyer vers moi et me firent peur un moment. Cela augmenta la tension sur mon câble astral, qui me faisait signe de quitter cet endroit. C'était à prévoir...

J'avais déjà entendu dire par le professeur au cours de nos discussions à table que certains animaux pouvaient nous apercevoir plus ou moins brièvement : chats, chiens, chevaux... Ces derniers étant plus apeurés que les autres par ces apparitions spectrales et « prenant parfois le mors aux dents » de façon inexpliquée.

Je réussis à me contrôler in extremis, et la tension de mon câble astral diminua progressivement. Les maîtres-chiens regardaient nerveusement autour d'eux, sans comprendre ce qui se passait. Leurs chiens semblaient fort agités sans raison apparente.

Je me hâtai vers le premier des quatre hangars et traversai la grande porte.

Ce qui j'y aperçus alors me laissa émerveillé.

Le mystique avion Aurora y était garé. Je fis le tour de l'appareil fabuleux et, fou comme un gamin, je voulus aller visiter les autres hangars voisins.

Je passai à travers les murs et visitai rapidement les trois autres hangars.

D'autres avions inconnus et fantastiques s'y trouvaient. Il y avait entre autres une sorte d'appareil de transport de troupes de style furtif, des drones étranges et énormes pouvant être téléguidés pour effectuer des missions de combat ou de reconnaissance.

Ces quatre hangars renfermaient donc les prototypes secrets de l'armée américaine.

Je quittai alors les quatre hangars pour me diriger vers le fameux hangar 18, le plus grand de tous.

Plusieurs patrouilles à pied surveillaient l'entrée du hangar. Les chiens aboyèrent dans le vide plus d'une fois, et cela me fit rire. Je traversai la grande porte et je me retrouvai… dans un hangar totalement vide! Moi qui croyais voir des soucoupes ou autres vaisseaux extraterrestres…

Puis, je remarquai soudain un détail qui m'avait échappé : le plancher du hangar était en fait une gigantesque plateforme. Il y avait quelque chose là-dessous. Un souterrain gigantesque abritant encore des objets plus secrets? Alors que je me mis en tête d'aller sous ce plancher, une tension soudaine de mon câble astral se fit ressentir.

Un cri au loin… Mes oreilles physiques transmettaient à mon cerveau ce cri étrange et distordu. Je contemplai encore le plancher du hangar, mais les cris persistaient. Je pouvais toujours revenir ici de toute façon; je me laissai donc emporter par mon câble à une vitesse inimaginable vers mon enveloppe physique. Ma répercussion fut un peu violente, et je jurai intérieurement de ce dérangement importun.

Je sortis des limbes et me levai brusquement. Le cri semblait provenir du couloir.

J'ouvris ma porte et je jaillis dans le couloir comme un diable en boîte. C'était Julie. Elle exaltait de bonheur et criait comme une démente.

— J'ai réussi! J'ai réussi! J'ai volé comme un oiseau! J'ai voyagé!

— Du calme, Julie! lui exhortai-je.

Les autres étaient tous en train de la regarder. Certains l'applaudissaient. Je l'approchai en lui donnant une accolade. Soudainement moins marabout.

— Je te l'avais dit! Il fallait que tu sois patiente!

— Oui, oui, oui! Le professeur a été tellement patient avec moi!

Julie nous raconta sa sortie. Son voyage avait été court et elle avait flotté quelques minutes au-dessus du terrain à l'extérieur. Puis, elle avait rejoint son corps sans répercussion brutale.

Le lendemain soir, je fis une nouvelle visite du hangar 18 en m'y projetant à la troisième vitesse. C'était comme si je m'étais téléporté sur les lieux. Je pénétrai au sous-sol.

Je fus stupéfait de la grandeur du souterrain en l'examinant un peu, passant à travers plusieurs corridors et locaux. Il semblait 10 fois plus grand que la base en surface!

Je parvins peu après à un secteur sous haute surveillance. Ce fut le choc! J'y trouvai une salle énorme où différents ovnis étaient garés.

Il y avait des soucoupes, des vaisseaux aux formes aérodynamiques ou ovoïdes...

Ainsi, c'était donc vrai. Cette base abritait bel et bien des véhicules spatiaux étrangers.

L'activité humaine autour de ces engins me faisait penser à une véritable fourmilière. Des scientifiques de tout acabit s'affairaient sur des consoles, des militaires faisaient des patrouilles, des hommes de la NSA surveillaient les alentours et discutaient à voix basse avec des militaires hauts gradés. J'entendais dans les haut-parleurs qu'on demandait à un tel ou un tel de se diriger vers un tel secteur. Des lumières multicolores se trouvaient un peu partout, également sur le haut des murs. Certaines allumaient en clignotant, d'autres demeuraient allumées. Ce code de couleur devait signifier quelque chose pour les initiés de cette base, mais pour ma part, je n'avais aucune idée de leur fonction.

Je distinguai des techniciens qui s'affairaient en toute quiétude près des appareils avec divers appareils insolites.

J'étais furieux et ébahi à la fois. Mon père allait en entendre parler… Il fallait que le monde sache!

Je quittai les lieux pour continuer l'exploration. J'aperçus plus loin une autre grande salle où reposaient des ovnis en ruines ou fortement endommagés, probablement accidentés lors d'écrasement sur notre Terre.

Encore plus loin, je distinguai une autre salle entièrement occupée par un grand appareil de forme cylindrique qui reposait sur ses étançons.

Puis, je m'enfonçai de plus en plus dans un dédale énorme contenant une myriade de bureaux. Il y avait aussi des salles de gym, des quartiers privés, des coiffeurs, des dentistes, une cuisine énorme où des chefs cuisiniers s'affairaient rapidement à concocter les prochains repas. Enfin, tout ce qu'il fallait au personnel afin qu'il n'ait même pas à quitter le souterrain.

Je découvris plus loin des salles d'opération, un grand nombre de laboratoires et autres locaux abritant des appareils aux fonctions inconnues.

En continuant mon exploration, j'aperçus un ascenseur. Il y avait donc d'autres niveaux !

Je fis alors voyager mon corps astral un étage plus bas. J'y trouvai alors une prison. Différentes personnes y étaient enfermées. Étaient-ce des personnes qui en avaient trop vu sur le phénomène des ovnis ? Ou sur l'existence de l'activité à l'intérieur de cette base ?

Je m'enfonçai encore plus bas et j'atteignis enfin le paradis de tout ufologue : des extraterrestres enfermés dans des cylindres emplis d'un liquide transparent. Il y en avait de toutes tailles et de toute apparence.

Notre planète semblait avoir été visitée dans le passé par toutes sortes de civilisations étranges et insolites. Certains corps inanimés me firent « froid dans le dos », si j'ose dire, malgré ma présence sous forme astrale. Certains êtres semblaient insectoïdes, d'autres reptiliens, tandis que d'autres corps ressemblaient vaguement au nôtre.

Je prenais de moins en moins mon temps pour tout regarder, impatient de m'enfoncer davantage dans ce monde secret.

J'entrepris alors de descendre d'un autre étage, et ce que j'y découvris me laissa pantois : des extraterrestres circulaient dans les corridors avec des militaires hauts gradés et discutaient avec eux dans une langue que je n'avais jamais entendue. C'était le top du top !

Puis, j'entendis une voix familière au loin. Non… c'était impossible ! Pas lui !

En me dirigeant vers le local d'où provenait la voix, je retrouvai… mon père en train de discuter autour d'une table avec d'autres militaires.

Au bout de la table se trouvait… un gris ! Les fameux extraterrestres si chétifs et mesurant à peine un mètre de haut avec leurs yeux noirs énormes en forme d'amande !

Le petit être semblait répondre à des questions de l'assemblée puis s'interrompit sec.

Je sursautai alors, m'apercevant que l'être avait soudainement cessé de parler et me fixait avec sa tête ovoïde. Les autres tournèrent la tête vers l'endroit que regardait le gris.

J'avais la désagréable impression d'avoir été aperçu encore une fois par une forme de vie, mais cette fois, la forme de vie était intelligente ! Je sentis la panique s'emparer de moi, et mon câble astral se raidit très fort.

Alors que je me préparais à rejoindre mon corps au plus vite, je m'aperçus que l'extraterrestre avait repris la conversation en m'ignorant peu à peu. Mon père et les autres reprirent leur échange avec le gris comme si de rien n'était.

Est-ce que le petit être m'avait réellement aperçu ? Ou peut-être avait-il cru apercevoir quelque chose ? Puis, une tension irrésistible me tira à nouveau vers mon enveloppe corporelle.

Des détonations… J'entendais des détonations via mon câble.

Ma répercussion fut trop rapide et mon corps sembla encore se rompre en deux. Je me levai, tout étourdi, fulminant encore contre ce bruit qui faisait trembler les murs.

Mais qu'est-ce que c'était encore ? Je sortis de ma chambre à toute vitesse, à moitié habillé, et découvrit les autres qui entendaient le vacarme.

— Qu'est-ce qui se passe encore ici ? demandai-je à Morris, qui me rejoint, lui aussi à moitié habillé.

— Je ne sais pas. On dirait que ça provient du secteur privé de Nori. Allons voir !

Au bout de quelques minutes, je me retrouvai avec toute la bande d'étudiants se dirigeant vers les quartiers du professeur. Le vacarme cessa pendant le trajet. On se retrouva quelques instants plus tard devant sa porte. Je cognai à la porte.

— Professeur Nori ? Est-ce que ça va ? m'enquis-je.

— Laissez-moi tranquille, répondit-il brusquement. Je... Attendez un instant.

Le prof ouvrit la porte et on le retrouva tout échevelé. On aurait dit qu'il s'était battu avec ses draps.

— Je vais bien, poursuivit-il. Allez-vous-en. J'ai des... problèmes à régler.

— Mais ce vacarme ? demanda Linda. Il venait bien de chez toi ?

— Oubliez ça ! ordonna Nori. Tout va bien ici. Laissez-moi dormir maintenant.

— Très bien, Nori, répondis-je. On était simplement inquiets.

Le professeur nous remercia brièvement et referma sa porte. On se regarda tous un moment, silencieusement, en haussant les épaules.

Nous rejoignîmes alors nos quartiers afin de poursuivre notre petite vie tranquille... enfin pas pour moi.

J'allais téléphoner à mon père le lendemain. Je savais qu'il rentrerait dans l'avant-midi, car il était toujours en congé le dimanche.

Mais, curieusement, je ne voulais pas parler de ma visite aux autres pour l'instant. Je voulais garder cela secret pour un temps. Peut-être que Nori n'aurait pas apprécié le fait que je sois allé fouiner avec mon corps astral dans un lieu interdit !

J'avais cependant un problème : comment appeler mon père sans que mon appel soit affiché sur le téléphone de la maison ? Je ne voulais pas qu'il sache d'où provenait l'appel. Je ne pouvais pas quitter le manoir et aller utiliser une cabine téléphonique. Puis, je pensai au iPhone de John. C'était la solution ! Mais aussi la plus gênante. Il fallait que je demande un service à un compatriote dont j'ignorais encore les sentiments envers moi.

Je passai une partie de la nuit à ne pas dormir, m'imaginant comment j'allais approcher ce type, comment j'allais lui demander ce service ; et comment il réagirait. Allait-il m'envoyer promener ? Comment allait-il se comporter ? Il s'était excusé devant moi et tous les autres, mais cela ne signifiait pas qu'il était vraiment disposé à devenir mon ami. Après tout, il ne me devait rien !

Le lendemain, après le repas du midi, j'allai voir John au gymnase. Ted n'était heureusement pas avec lui.

John semblait vouloir enfin prendre soin de son corps et en faire fondre la graisse. Il était en train de faire du vélo stationnaire et suait à grosses gouttes. Le professeur l'avait sévèrement averti de commencer un entraînement cardio-vasculaire, car un cœur en mauvais état pouvait apporter de graves problèmes lors de répercussions violentes.

John fut surpris de me voir arriver, mais ne semblait plus hostile à ma présence. Il me fit même un petit sourire :

— Tu viens te joindre à moi pour t'entraîner un peu ? haleta-t-il. Même si tu n'as pas une once de graisse sur le corps, sans vouloir te vexer...

— Non John. Ne t'en fais pas. Je voulais juste... te demander quelque chose.

— Vas-y, demande ! fit John sur un ton poli.

— C'est que... j'aurais besoin de t'emprunter ton iPhone un moment. J'aurais besoin de faire un appel sans que le destinataire sache d'où vient l'appel... tu comprends ?

— Très bien, Sam. Il est dans mon sac, sur ce banc. Tu n'as qu'à le prendre.

Je fus stupéfait de sa réaction. Il avait accepté sur-le-champ, sans me poser de questions. Il voulait probablement se faire pardonner, et visiblement, il semblait heureux de me rendre service. Je trouvai l'appareil et le regardai un peu.

— Je vais te payer ton temps d'appel, balbutiai-je, encore surpris de sa réaction amicale.

— Ne t'en fais pas pour ça. J'en ai les moyens, tu as dû t'en apercevoir... sans vouloir faire le riche... Prends le temps qu'il faudra, je viens de renouveler mon temps d'appel de toute façon sur cet appareil.

— Je te remercie infiniment, John. Je vais noter le temps de mon appel et je te le dirai. Tu n'auras qu'à me dire le temps que je te dois...

— Pas de problème.

— Et je voulais te dire aussi que je n'en prendrai pas l'habitude. Cet appel est une exception et je ne te le redemanderai pas.

— Sois à l'aise... je ne te sauterai pas dessus! Tu as l'air tellement nerveux! Ted et moi ne te ferons plus de trouble, je te le promets! Fais ce que tu as à faire avec l'appareil et remets-le dans le sac après. Ne l'échappe pas par terre, c'est tout ce que je te demande, c'est vraiment fragile ce truc!

— Tu peux être certain que j'en prendrai soin comme si c'était le mien! lui répondis-je joyeusement.

— Tu sais comment ça fonctionne?

— Euh... eh bien, j'imagine...

— Attends, passe-le-moi. Je vais te montrer comment accéder au menu et faire un appel.

John me prit l'appareil d'entre les mains et fit glisser quelques icônes sur l'écran. Cet appareil m'émerveillait : tant de technologie dans un si petit boîtier! Il me montra rapidement comment faire un appel et me montra aussi un peu ce que l'appareil pouvait faire. Je l'écoutai sans dire un mot, encore un peu mal à l'aise en sa présence. Puis, je le quittai avec l'appareil, armé pour faire «mon mauvais coup».

## 7

Je pris l'appareil avec mes mains légèrement tremblantes. Mon cœur battait la chamade, mais il fallait que ça se fasse. J'avais sur le cœur tous ces mensonges de mon père, et il méritait une bonne leçon. J'allais avoir le plaisir de le remettre à sa place, et il n'en reviendrait pas!

Je composai son numéro et j'embarquai sur mon lit en tremblant de plus belle. Si j'échappais l'appareil, au moins, ce serait sur le lit.

J'entendis la tonalité. Trois coups sonnèrent. Je me demandai alors s'il avait pu faire une commission et partir à l'extérieur un moment. Il décrocha enfin :

— Allo ?

— Salut papy ! lui répondis-je de façon insolente.

— C'est toi Sam ?

— Qui veux-tu que ce soit ?

— Où es-tu ?

— À un endroit secret, parce que ce que j'ai à te dire va te secouer un peu !

— Dépêche-toi un peu, Sam, je n'ai pas que ça à faire… Que veux-tu me dire exactement ? Tu as eu un accident ? Tu as besoin d'argent ?

— Non, mon colonel ! Je veux te parler de ton monde secret. L'endroit où tu travailles !

— On en a déjà discuté, je…

— Laisse-moi parler un moment, s'il te plaît, l'interrompis-je. Je sais tout ! Absolument tout de ta petite base secrète ! Tout ce que vous cachez dans les hangars, tout ce qui se trouve dans le sous-sol ! Il y en a des secrets là-dedans, dis donc !

— Je ne comprends absolument pas de quoi tu veux parler. Tu as pris de la drogue ou une saleté du genre qui t'a dérangé l'esprit ?

— Ah, ah, ah… très drôle. Je t'ai vu, toi ! Dans le sous-sol, en train de parler avec d'autres militaires et avec un gris ! Un extraterrestre !

— Tu délires ! me cria mon père. Ces choses n'existent pas !

— Tu mens ! Vous nous mentez tous, toi et ta bande de militaires à la con ! Je te répète que j'ai tout vu ! Les prototypes dans les hangars à la surface, le sous-sol avec les ovnis, la prison, les extraterrestres dans les cylindres de verre, les labos, et les extraterrestres vivants qui discutent avec vous.

— Et d'abord, comment aurais-tu fait pour te rendre là ? coupa mon père rageusement.

— Ah ça… si tu savais !

— Justement, je ne sais pas. C'est impossible que tu aies pu te rendre là-bas ! On t'aurait arrêté bien avant !

— Oui, j'ai bien vu tous vos soldats, les patrouilles avec les maîtres-chiens… mais tout ça ne pouvait m'arrêter, car j'étais immatériel, invisible comme un fantôme !

— Non mais, ça ne va pas dans ta tête ! Il faut aller te faire soigner ! Tu rêves éveillé !

— Tu connais l'existence de la projection astrale ?

Il y eut un moment pendant lequel il ne parla plus.

— Allô ? T'es encore là ? demandai-je.

— J'en ai déjà entendu parler… tout ça, ce sont des balivernes. Il n'y a rien de prouvé là-dedans, fiston !

— Laisse-moi dire que tu te trompes royalement ! Je me suis pratiqué et je peux aller n'importe où, traverser les bâtiments, explorer n'importe quoi sous forme astrale. La matière ne peut pas m'empêcher de traverser les murs ou les portes les mieux gardées ! Je peux te dire où tu étais assis avec l'E.T. Je t'ai entendu converser avec lui dans une langue que je ne connaissais pas. Combien de temps cela t'a-t-il pris pour apprendre leur langue ?

— Où es-tu ? me demanda-t-il rageusement.

— Dans un endroit secret. Moi aussi, j'ai mes secrets, tout comme toi ! Nous sommes donc égaux sur ce point ! Ça t'en bouche un coin, hein mon colonel !

— Je t'ordonne de me dire où tu es ! Sur-le-champ !

— Désolé, mon général, mais tu devras patienter. Je devrai d'abord révéler au monde tout ce qui se cache là-dedans !

— Tu n'as aucune preuve de toute façon.

— Là, tu te goures encore, amiral ! Je vais emmener d'autres personnes qui savent se projeter comme moi. Puis, je vais m'organiser pour dénoncer un par un tous tes copains, ce qu'ils font là-bas et ce qui s'y cache... Bientôt, tout le monde saura...

— Arrête un peu, Sam ! cria mon père.

Il ne m'appelait plus fiston.

— Arrêter quoi ? Le dévoilement de la vérité ? Pourquoi tous ces secrets ? Pourquoi vous cachez tous ces faits ?

— Pour la sécurité de notre peuple. Le monde n'est pas encore prêt à connaître la vérité. Tu imagines la panique au pays si tout le monde savait qu'on est officiellement visités par d'autres formes de vie ? Qu'on n'a aucun contrôle aérien sur le déplacement de leurs engins ? Le choc dans la religion et la société ?

— Il faudra pourtant que la vérité sorte un jour ! Et ce jour est arrivé !

— Tu es allé trop loin, Sam ! Reviens à la maison... nous discuterons...

— Non mais, tu me prends pour un taré ? Aller me présenter devant toi et tes toutous de la NSA ? Pas avant que tout le monde sache ! Je ne veux pas me faire jeter en prison dans ton sous-sol secret comme les autres ! Quand tout le monde saura, tu ne pourras plus rien faire contre moi, ni le gouvernement, ni la NSA !

» Je sais que j'ai actuellement atteint le point de non-retour et que je ne peux pas revenir à la maison pour le moment ! Mais je vais revenir visiter cette base encore et encore ! Et très bientôt, j'emmènerai mes copains qui se projettent avec moi. Ce sera le début de l'effondrement de vos secrets si bien gardés.

— Non ! Tu n'oserais pas...

— Si ! Je vais oser !

— Attends que je te trouve, espèce de salopard ! Si je te mets la main au collet, tu es bon pour passer le reste de ta vie au trou !

— Je te souhaite bonne chance, mon colonel ! À plus !

— Attends ! Sam ! Ne raccroch...

Je coupai la ligne. C'était fait. Je ne pouvais plus revenir en arrière. Je me demandais encore si j'avais bien fait... Mais ç'avait été plus fort que moi !

Le lendemain, je me levai, souriant, imaginant la tronche de mon père en train de mettre la NSA à ma recherche. Ils allaient chercher longtemps...

Alors que je me dirigeais vers la salle à manger, au détour d'un couloir, je surpris la conversation entre Ted et John.

Les deux lascars discutaient, assis sur un divan du corridor principal du rez-de-chaussée. Je me collai au mur et les écoutai un moment, incognito.

— ...enfin arrêté de marcher comme un somnambule ! s'écria Ted. Je contrôle mieux mes déplacements depuis, euh...

— Depuis que tu t'en injectes ! Tu ne devrais pas faire ça, Ted. C'est dangereux ! Tu risques de devenir dépendant en un rien de temps !

— Oh… je t'en prie, John. Ne fais pas ma mère ! Si tu savais comme c'est enfin agréable de pouvoir contrôler son propre corps astral !

— Oui, mais… l'héroïne, Ted. Penses-y un peu… ça te tuera tôt ou tard ! Va donc voir le prof plutôt que de t'injecter cette merde !

— C'est déjà fait ! Il n'a pas encore réussi à faire en sorte que mes sorties soient contrôlées ! Tout le monde ou presque, ici, contrôle maintenant son corps astral et pas moi ! La drogue est la seule méthode pour moi de prendre le contrôle de mon corps astral. Elle me détend avant la projection. Et toi ? Tes projections ?

— Ça ne va pas trop mal…

— Évidemment, on ne peut pas se projeter impeccablement comme Sam, le petit agneau adoré ! Je ne sais pas ce qu'il fait avec le professeur, celui-là !

Je sursautai un peu en entendant ces remarques.

— Ne sois pas si dur avec lui, contra John. C'est un bon type, tu sais. Il suffit de prendre la peine de le connaître un peu…

— Oui, tu as sans doute raison, on a cherché ce type inutilement. Nous étions tous les deux jaloux de Sam, et cela nous a conduits à faire des choses ingrates envers lui.

Un bruit derrière moi me fit sursauter. Quelqu'un avait échappé quelque chose et s'approchait derrière. J'abandonnai sur-le-champ mon espionnage et fit comme si de rien n'était en m'éloignant de Ted et John.

Le reste de la journée se déroula normalement. Chacun se pratiquait dans sa chambre et allait voir le professeur si quelque chose clochait.

Je ne divulguai à personne ce que j'avais découvert à la base. Je ne voulais pas que cela vienne aux oreilles de Nori. Il fallait que j'en parle à Julie et à quelques-uns des autres, mais à la fin de la session, lorsqu'on serait sortis du manoir. Il fallait que je m'organise pour avoir leurs numéros de téléphone. Avec mon argent restant, j'avais l'intention de me louer une chambre et de révéler la vérité aux autres. Il fallait que je lance un mouvement ou je ne sais quoi...

Mais dans la soirée, mon intention d'aller visiter à nouveau la base s'envola avec la succession d'évènements qui déboulèrent soudainement au manoir.

Cela commença par d'autres déflagrations qui provenaient du quartier de Nori. J'étais à l'extérieur à discuter avec les autres dans la cour, quand nous aperçûmes une lueur bleutée qui pulsait de la fenêtre de la chambre à coucher de Nori.

Puis, la lueur cessa aussi brusquement qu'elle était apparue.

Nous discutâmes un moment de ce phénomène et nous nous séparâmes.

Je voulais en avoir le cœur net ; il semblait se passer quelque chose que le professeur nous cachait, et ma curiosité allait encore l'emporter.

Je décidai donc d'aller explorer les environs du manoir avec mon corps astral, mais sans pénétrer dans le quartier de Nori... au cas où il m'apercevrait.

Ce fut durant cette même nuit que je fus témoin, une fois rendu dans le plan astral, de la sortie du corps astral de Linda. Je la vis s'éloigner, mais en même temps, je vis avec horreur d'autres corps astraux étrangers qui l'observaient.

Il n'y avait aucun cordon d'argent relié à ces corps : c'était des êtres désincarnés, qui rôdaient autour du manoir ! Des morts en peine qui erraient sur notre plan astral !

Ils étaient au nombre de trois, flottant, immobiles, au-dessus du manoir. Je ressentis un malaise profond en apercevant ces entités qui semblaient dégager de la haine, du désespoir et une envie que je n'arrivais pas à décrire.

Un des êtres pénétra dans le manoir tandis que les deux autres prirent la même direction qu'avait prise Linda. Je suivis alors le premier étranger dans le manoir, mais une fois à l'intérieur, je ne trouvai plus de trace de lui. Il s'était volatilisé quelque part, mais où ?

M'inquiétant de plus en plus du sort de Linda, je tentai de la rejoindre pour finalement la retrouver à l'extérieur de la ville, toujours poursuivie à distance par les deux esprits étrangers. C'est alors que l'un d'eux m'aperçut. Son regard était hostile et je le vis avertir son compagnon.

Les deux êtres cessèrent leur poursuite de Linda un moment et semblèrent se consulter. Puis, l'un d'eux reprit sa poursuite tandis que l'autre approcha de moi. Une frayeur indescriptible s'empara de mon corps astral et je me laissai tirer par mon câble astral, qui avait depuis peu augmenté sa traction en guise d'avertissement.

Je ne sais pas si l'autre m'avait suivi, mais toujours est-il que ma répercussion fut une des plus violentes que je vécus.

Je criai de douleur en tombant de mon lit. Mon corps semblait en feu. La douleur cessa rapidement cependant. Je me relevai, tout abasourdi. Mon cœur battait dangereusement vite...

Je m'efforçai de prendre de grandes inspirations en m'assoyant sur mon lit. Il fallait que je me calme, sinon j'étais bon pour un infarctus.

Au bout d'un certain temps, je finis par me calmer, et mon cœur cessa de vouloir me sortir de la poitrine. J'avais eu chaud : c'était ma première rencontre avec une entité astrale malfaisante!

Le lendemain matin, je retrouvai Linda avec Julie au salon; elles écoutaient un bulletin de nouvelles.

— Est-ce que ça va Linda? lui demandai-je en l'apercevant.

Elle semblait avoir le regard absent et le teint cireux. Elle sembla complètement m'ignorer.

— Linda? demandai-je à nouveau.

— Oui? Qu'est-ce que tu veux? me demanda-t-elle brusquement.

Julie sursauta en l'entendant me répondre si brusquement. Puis, Linda se ressaisit.

— Euh… pardon Sam. Je… J'ai mal dormi la nuit passée et… je suis plutôt de mauvaise humeur ce matin.

— Je voulais juste te dire que je t'ai aperçue sortir cette nuit alors que je me promenais avec mon corps astral dans les environs du manoir. Je ne voulais pas t'espionner, mais… j'ai aperçu des étrangers se promener ici.

— Des étrangers? demanda Julie, inquiète.

— Pas des étrangers «physiques», mais des… esprits errants. Tu n'as pas reçu un message de ton cordon d'argent te signalant que ton corps pouvait être en danger? demandai-je à Linda.

— Si, mais… c'était tellement délicieux de m'évader encore de mon enveloppe que j'ai ignoré ces signaux.

— Mais il ne faut jamais faire ça! la gronda Julie. Le professeur nous a dit de ne jamais ignorer les messages via notre cordon d'argent!

— Je sais. J'ai été imprudente. Lorsque je me suis réincarnée, j'étais tout étourdie et mes mains tremblaient!

— Tu devrais aller voir le professeur sur-le-champ! lui conseillai-je. Il faudrait que tu lui en parles. Des entités semblent rôder ici la nuit, et je n'aime pas…

Des soubresauts de Linda interrompirent ma phrase. Son corps devint soudainement comme incontrôlé. Puis, elle tomba par terre et fut prise de convulsions.

— Appelle Nori! ordonnai-je à Julie.

Cette dernière partit à la course vers l'interphone.

Nori arriva quelques minutes plus tard, soufflant comme un train à vapeur. Julie le suivait avec d'autres curieux. Linda était sortie de sa crise durant ce temps.

Elle se releva avec l'aide du professeur et prit place sur un fauteuil. Je lui demandai de lui raconter sa sortie et son erreur. Elle me regarda de travers un court instant et dut se confier sous le regard de plus en plus inquisiteur de Nori.

Elle lui raconta tout, et au travers de son témoignage, je mentionnai au professeur la présence de rôdeurs astraux désincarnés qui semblaient hostiles.

Le professeur sursauta lorsque je lui spécifiai ce fait. Il me regarda un moment sans rien dire.

Puis, Linda nous confia qu'elle ne se rappelait pas l'épisode de ses soubresauts avant sa perte de conscience. Elle nous déclara qu'elle se sentait soudainement fatiguée et qu'elle allait filer droit à sa chambre.

Une fois qu'elle nous eut quittés, je demandai au professeur :

— Hier soir, nous avons encore entendu des détonations dans ton secteur et vu une lueur bleutée qui émanait de ta chambre.

— Ah bon ? répondit évasivement Nori. Je n'ai rien vu de tel dans ma chambre. Peut-être étaient-ce des reflets…

— Non, professeur. On a tous été témoins de ce phénomène. Ce n'était pas des reflets et les bruits…

— Laisse tomber, Sam, me répondit brusquement Nori. Il y a des choses ici que… oh laissez tomber…

» Quant aux esprits désincarnés, il est normal d'en faire la rencontre quelquefois. Il suffit d'être attentif au signal envoyé par votre câble. C'est un mécanisme de protection qui ne doit jamais être ignoré ! Je vous avais pourtant tous avertis, il me semble !

— Mais professeur ! objecta Julie.

— Je m'en vais dans mes quartiers. Surveillez de près cette petite sotte ! Il se peut qu'un esprit désincarné ait pris possession de son corps pendant son voyage ! Si vous avez besoin de quelque chose d'autre, appelez-moi, mais cessez de m'espionner, parbleu !

## 8

Les choses se compliquèrent encore les journées suivantes. Non seulement Linda vivait des épisodes étranges de dédoublement de personnalité, mais de plus en plus de manifestations d'esprits errants se produisaient. J'en fus témoin ainsi que les autres lors de nos sorties astrales.

Cela me coupa l'envie un moment de visiter la base 51. Il y avait trop de phénomènes étranges qui se déroulaient autour de nous à notre insu, et cela décourageait la plupart d'entre nous à quitter le manoir avec nos corps astraux.

Nori devenait de plus en plus irritable au fil des jours, refusant de nous révéler certains faits cachés. On se rassemblait le soir au salon pour en discuter. On se doutait tous que le professeur nous cachait quelque chose.

Un soir, lors de l'une de mes sorties astrales, un drame survint.

Alors que je flottais au-dessus du terrain du manoir, observant à distance les allées et venues des entités étrangères, j'aperçus John, qui s'était projeté un peu plus loin. Deux êtres désincarnés le rejoignirent rapidement pour le coincer. John tenta de se libérer, mais les deux êtres le retenaient, l'accusant de les avoir roulés dans un investissement pyramidal. Ces deux personnes s'étaient suicidées à cause de lui et voulaient le faire payer en l'emmenant dans les sphères inférieures.

Je voulus intervenir pour le défendre, mais la traction soudaine du câble astral de John fut plus forte que la force combinée des deux morts.

Le corps astral de John se débattit en criant aux deux autres qu'il regrettait leur suicide, mais ces derniers criaient de rage en voyant leur proie se diriger peu à peu vers son enveloppe charnelle. Ils s'accrochaient à son corps astral, jurant des obscénités et s'arcboutant de toutes les façons contre le corps astral de John, qui accélérait peu à peu son retour.

Je suivis la scène jusqu'à la chambre de John. Le corps astral de celui-ci se positionna horizontalement au-dessus de son corps en dépit de tous les efforts de ses deux ennemis. Puis, ce fut la répercussion. Brutale et mortelle...

La piètre condition physique de John fit en sorte que son cœur flancha.

Ce fut une scène effroyable. Je vis le fantôme de John s'élever de son enveloppe charnelle sans son câble astral. Il était bel et bien mort! Les deux entités voulurent à nouveau saisir son fantôme, mais celui-ci s'éleva dans les airs aussi rapidement qu'une fusée, laissant derrière lui ses deux ennemis astraux, furieux, qui ne purent le suivre. Puis, les deux compères se tournèrent vers moi et m'observèrent un moment.

Je me demandai s'ils allaient maintenant foncer sur moi, témoin de toute la scène. Ils ne bronchèrent pas. Les deux regardèrent à nouveau le corps inanimé de John. Ils ne pouvaient pas occuper un corps décédé.

Ils se consultèrent à voix basse, leur regard alternant entre le corps de John et moi-même. Puis, ils semblèrent satisfaits du dénouement de la situation : ils ne s'étaient pas saisis du fantôme de John, mais l'avaient au moins fait mourir. Et cela, pour eux, représentait la justice.

Je les vis me saluer avec un air neutre. Puis, les deux morts s'enfoncèrent dans le sol pour disparaître de ma vue. Je me dirigeai alors vers mon enveloppe charnelle.

Une fois réintégré, je courus vers l'interphone et avertis tout le monde de se diriger vers la chambre de John.

Nori tenta en vain de ramener le corps de John à la vie en lui prodiguant des manœuvres de réanimation pendant que les filles pleuraient derrière lui, sauf Linda, qui observait la scène en souriant. Elle n'était pas consciente que son parasite astral était en train de jouir de la scène.

Les ambulanciers arrivèrent un peu plus tard, mais il était trop tard...

Ted était affalé dans un coin, complètement dévasté. Son meilleur ami au manoir était disparu.

Linda quitta la scène en ricanant. On ne pouvait lui en vouloir, sachant qu'elle n'était pas elle-même.

Nori nous signala qu'il avait appelé un spécialiste qui allait l'aider dans l'exorcisme de Linda. Cette personne demeurait hélas très loin et était fort occupée. Nori savait que cela allait prendre encore quelque temps avant que le spécialiste arrive au manoir.

Je racontai à Nori et aux autres tout ce que j'avais vu. Ted écouta d'un air absent.

Les repas dans la salle à manger furent silencieux un bon bout de temps, chacun ruminant sa grogne et ses craintes. Ted demeurait l'ombre de lui-même. Nous essayâmes en vain de lui remonter le moral.

Une semaine plus tard, le spécialiste annonça enfin qu'il était en route... Il était temps ! Linda devenait de plus en plus difficile à supporter, son parasite astral prenant de plus en plus contrôle de sa personnalité. On ne savait pas si elle allait s'en tirer sans séquelles psychologiques...

Pendant ce temps, à la piscine, Melany nous racontait une de ses visites dans les plans astraux supérieurs.

Elle était étendue sur une chaise longue à côté de la piscine. Julie, Richard, Linda et Morris m'accompagnaient. Tous, sauf Linda, rejoignirent Melany, qui nous avait fait signe qu'elle allait nous raconter quelque chose d'important. Linda demeura dans l'eau, indifférente à l'annonce de Melany.

— Des anges m'ont annoncé que le manoir est devenu un endroit très dangereux, commença Melany.

— Mais comment fais-tu pour aller visiter ces lieux? se plaignit Richard. Moi, je passe mon temps à aller dans les plans astraux inférieurs. Je peux contrôler un moment mon corps astral dans le plan neutre, mais peu à peu, je m'enfonce toujours, et aucune des techniques de Nori ne peut m'aider.

— La direction qu'emprunte mon corps astral vers les sphères supérieures se fait involontairement pour moi aussi. Peut-être qu'un ange protecteur a fait en sorte que je vienne ici pour vous protéger... je ne sais pas. Mais toujours est-il qu'ils m'ont avertie que le manoir est de plus en plus visité par des morts qui rôdent. Des esprits désincarnés désespérés. Ils ont soif de violence et sont animés d'une colère sans bornes.

» Nos sorties astrales ont été trop fréquentes en ces lieux, m'ont-ils dit. Cela a attiré l'attention de ces esprits malfaisants.

— Mais de quoi a l'air ce monde? lui demandai-je.

— C'est comme un monde tout en blanc... baigné d'une lumière à la fois vive mais douce à mes yeux. Ce plan astral semble habité uniquement d'êtres spirituels bienfaisants, détenant une connaissance infinie...

— Et puis, interrompit Morris, que t'ont-ils dit d'autre?

— La conversation a cessé après cette révélation. Tout est devenu encore plus blanc, et j'ai cessé d'apercevoir ces êtres. Puis, j'ai réintégré mon corps tout en douceur.

Le lendemain, dans la soirée, me promenant physiquement dans la cour pour me détendre, j'entrevis à nouveau des lueurs dans la chambre de Nori. Les lueurs étaient multicolores et un vacarme d'enfer y régnait.

Je me précipitai à la course dans le manoir. Sur mon chemin vers le quartier de Nori, je sursautai en croisant Ted qui se déplaçait comme un somnambule. Je l'ignorai. À ce qu'il paraît, il ne faut pas déranger un somnambule si celui-ci est en sécurité. Je poursuivis ma course vers la chambre de Nori. Je croisai aussi Melany, blanche comme un linge, qui me cria au passage que les anges l'avaient encore avertie :

— Sam ! Je les ai encore vus !

— Vu qui ? haletai-je en passant à côté d'elle.

— Les anges m'ont encore…

— Plus tard, Melany, excuse-moi ! N'as-tu pas été témoin du vacarme ici ?

— Oui, mais ça doit être…

Je n'entendis pas le reste de sa phrase, poursuivant ma course. Puis, je retrouvai Nori quittant son antre, les cheveux en broussaille et titubant vers moi.

— Que fais-tu encore ici ? rugit-il.

— Je… j'ai encore vu des lumières… et j'ai entendu un vacarme d'enfer. J'ai pensé que tu avais été blessé !

— Tu vois bien que je ne le suis pas ! Je suis juste un peu secoué ! Je… Je vais tout vous révéler bientôt… je te le promets. Le spécialiste pourra peut-être m'aider à régler des problèmes qui surviennent ici. Je ne peux t'en dire plus pour le moment.

— Mais, professeur… objectai-je en vain.

Il mit sa main sur mon épaule et me rassura d'un sourire étrange.

— Merci de t'en faire pour moi, Sam. Mais je te promets que tout est sous contrôle, malgré les apparences… Retourne dans tes quartiers. Tout va bien maintenant.

— Très bien, Nori, hasardai-je. Mais si tu as besoin de moi...

— Ne t'en fais pas ; à mon âge, je dois commencer à savoir ce que je fais !

Je quittai Nori, de plus en plus inquiet. Une force majeure semblait présente dans le manoir sans qu'on puisse intervenir.

Je retrouvai les autres au salon. Melany semblait dans tous ses états tandis que Julie tentait de la calmer.

— Qu'est-ce que tu as vu là-bas ? lui demandai-je.

— Ils m'ont avertie de quitter les lieux ! s'alarma-t-elle.

— Calme-toi, lui intima Julie en lui prenant les deux mains. C'est fini, maintenant. Raconte-nous...

— Il faut quitter le manoir ! s'exclama Melany. Nous sommes tous en danger ! Nori nous cache des choses... Des forces titanesques vont bientôt se déchaîner ici !

— Si nous demeurons dans nos enveloppes, il ne peut rien nous arriver, objectai-je.

— Je ne sais pas, Sam. Je ne sais vraiment pas. Je m'en vais demain. Faites ce que vous voulez, mais moi, je fiche le camp d'ici !

— Es-tu certaine de ça ? demanda Julie.

— Quoi ? Crois-tu que j'ai rêvé tout ça ? protesta Melany.

— Ce n'est pas ce que je voulais dire, mais...

— Je pars demain ! Si vous voulez ignorer les signes divins, ce sera tant pis pour vous ! s'exclama Melany.

Elle quitta le salon en marmonnant.

Le lendemain, sa chambre était vide. Elle semblait avoir quitté le manoir durant la nuit.

# 9

Deux heures plus tard, alors que Julie et moi étions dans la bibliothèque, on entendit un cri. Cela semblait être Morris. Julie et moi quittâmes le local à la course.

Il fallait s'y attendre… Morris avait retrouvé le corps inanimé de Ted dans un coin. Une seringue se trouvait à côté de son corps. Overdose.

On vint chercher son corps. Deux morts en si peu de temps… Est-ce que le malheur allait enfin quitter le manoir ?

Eh bien non. La situation empira encore. Les esprits errants déplaçaient maintenant des objets dans le manoir. La vaisselle, ou autres objets cassants, volait souvent dans les airs pour se fracasser plus loin. Les chaises de la salle à manger se déplaçaient toutes seules, l'éclairage fluctuait souvent, et j'en passe…

On dormait mal la nuit, souvent réveillés par toutes sortes de bruits, de craquements et de lamentations. Le manoir était devenu une sorte de château hanté !

Julie eut la bénédiction du prof afin qu'elle puisse dormir dans ma chambre. Richard et Morris étaient sur le bord de craquer. Ils étaient devenus deux boules de nerfs se chamaillant pour des riens.

Puis, Linda en rajouta. Elle nous réveilla tous en sursaut, un matin, hurlant à tue-tête dans le corridor. Armée d'un grand couteau de cuisine, elle semblait poursuivre une cible invisible.

Je me lançai à sa poursuite lui criant à pleins poumons de se réveiller. Ce tintamarre attira les autres, et nous essayâmes tous de la raisonner afin qu'elle sorte de sa transe. Puis, elle se réfugia sous la table de la salle à manger, donnant au hasard des coups de couteau dans le vide.

Le professeur parvint à lui faire lâcher le couteau en récitant des incantations dans une langue qui nous était inconnue. Puis, Linda tomba inerte au sol. On la sortit de sous la table. Elle semblait dormir profondément.

Linda fut ramenée dans son lit, et on la couvrit soigneusement.

La sonnerie du téléphone dans le corridor nous fit tous sursauter, Nori y compris. Ce dernier se dirigea vers l'appareil et décrocha. Un sourire illumina son visage en un rien de temps. Il semblait discuter avec quelqu'un qui lui apportait de bonnes nouvelles, puis il raccrocha pour nous rejoindre dans la chambre de Linda, qui dormait paisiblement.

— Tommy Reins s'en vient! Le spécialiste! Il pourra enfin m'aider à extérioriser l'esprit désincarné qui hante Linda. Il sera là dans une heure.

Ce fut tout un soulagement quand on aperçut enfin monsieur Reins arriver.

Vêtu d'un complet avec cravate et portant une valise noire, il avait l'apparence d'un homme d'affaires tout droit sorti d'un bureau. Petit et maigrichon, il avait le crâne rasé et un regard noir pénétrant. Il avait l'air d'un homme dans la cinquantaine avec une petite barbe et une moustache grisonnantes. Il se présenta, et le professeur l'emmena immédiatement dans la chambre de Linda.

Le professeur nous invita à les laisser seuls tous les deux avec Linda, nous informant qu'ils allaient procéder à l'exorcisme.

— Vous risquez d'entendre des bruits et des cris de toutes sortes, nous prévint le professeur. N'entrez ici sous aucun prétexte! Est-ce clair?

On lui fit signe que oui.

On vit le professeur emmener monsieur Reins dans la chambre le Linda. On se demandait ce que pouvait bien contenir la valise de l'étranger. Puis, on entendit la porte se verrouiller.

La séance commença apparemment dans le calme, car on n'entendit aucun bruit. On n'avait pas le droit de pénétrer dans la chambre, mais cela ne nous empêchait pas de nous tenir près de la porte et… d'écouter un peu…

Vinrent alors des grondements et des bruits sourds. On ne savait pas ce qui se passait là-dedans, mais le fait d'entendre tous ces bruits sans voir ce qui se passait atteignait la limite du tolérable.

Nous dûmes retenir Richard deux fois, car il voulait défoncer la porte à la suite des cris répétés de Linda qui suppliait les deux hommes de la laisser tranquille.

La fin de l'exorcisme fut tellement intense en bruits étranges et en cris distordus que nous dûmes nous éloigner de la porte afin de reprendre nos esprits.

Finalement, une grosse heure et demie s'écoula avant que les cris et cognements cessent. Nous vîmes le professeur sortir de la chambre, complètement épuisé, suivi du petit homme, qui n'en menait pas large non plus.

Nori l'invita à demeurer au manoir afin de l'aider à régler le problème des entités spectrales qui nous hantaient chaque nuit.

Monsieur Reins accepta avec plaisir.

— Vous pouvez aller voir Linda dans sa chambre maintenant, annonça le professeur.

L'étranger nous salua brièvement, l'air hagard. Il accompagna Nori, avec sa petite valise noire, vers ses nouveaux quartiers. Il ne semblait jamais quitter cette petite malle. Il devait s'en servir comme oreiller la nuit, je suppose...

— Alors? Comment vas-tu? demandai-je à Linda en me précipitant vers elle.

Elle était allongée dans son lit.

— J'ai mal à la tête, je suis étourdie et engourdie... à part ça... ça va, je crois.

— Et le parasite? demanda Julie.

— Il a quitté mon corps. Je me sens libre à nouveau. C'est une sensation agréable de redevenir maître de son corps. D'être seule dans sa tête. Ç'a été tout un combat, vous savez? Selon Nori, le parasite a appelé du renfort afin de pouvoir demeurer en moi. Mais monsieur Reins et le professeur ont également appelé de l'aide bénéfique de leur côté.

» Vous devriez tous arrêter de vous projeter; c'est trop dangereux. Pour ma part, jamais je ne recommencerai. Je vais vous quitter demain. Je quitterai ce manoir maudit et tout ce monde interdit. Le combat entre les forces du mal et celles du bien n'est pas terminé ici. Je l'ai senti.

On regarda tous Linda, ne sachant pas quoi répondre. Puis, elle conclut :

— Maintenant, laissez-moi. Tout ce que je veux, c'est dormir. L'étranger m'a donné un puissant somnifère et je ressens déjà son effet.

— Repose-toi bien, alors, lui répondit doucement Morris.

Nous lui fîmes tous une brève accolade et nous la quittâmes.

Le lendemain, elle nous fit ses adieux, nous enjoignant de la suivre, mais personne d'entre nous n'obtempéra. On avait encore chacun un cheminement à suivre. On voulait quitter le manoir quand on se sentirait prêts.

Dans l'après-midi, au gymnase, Richard et moi tentions de décompresser un peu en dépensant notre énergie sur les appareils.

Morris vint nous rejoindre et il nous confia que son manque de concentration, toujours aussi défaillant malgré ses pratiques avec Nori, l'emmenait dans des lieux inconnus.

C'était chaque fois la même chose : son corps astral se retrouvait subitement trop loin de son corps. N'ayant pas de références tangibles de l'endroit où il se trouvait, le cordon d'argent ramenait avec autorité son corps astral vers son enveloppe physique. La peur ressentie par l'esprit de Morris déclenchait chaque fois ce phénomène de protection automatique.

— Nori n'est pas si efficace que ça, approuva Richard. Il a réussi à nous donner la technique pour nous projeter volontairement et consciemment, mais il semble incapable de régler nos problèmes de l'autre côté. Pour ma part, je m'enfonce toujours dans les sphères inférieures. Ma dernière visite a été tellement horrible que je crois que je vais cesser toute projection. Je pense à m'en aller moi aussi. La dernière répercussion que j'ai vécue lors de ce voyage fut trop douloureuse à mon goût !

— Raconte-nous ta dernière projection, demanda Morris.

— Je suis allé beaucoup trop loin dans les sphères inférieures… ça m'a secoué! Le professeur n'a rien pu faire pour
moi. C'est toujours le même voyage, de plus en plus profond : au pays des larves!

— Mais que sont ces larves exactement? demanda
Morris.

— Des ombres, des habitants malveillants assoiffés
d'énergie. En leur présence, notre corps astral est littéralement vampirisé par ces entités. C'est un monde d'horreur,
de souffrance et de désespoir. Ces êtres sont de bas niveau
moral et n'hésitent pas à s'approprier l'énergie des visiteurs
qui contiennent encore l'étincelle de la vie.

» Ma dernière visite en bas fut atroce, car ces larves semblaient attendre mon retour et m'ont tendu une embuscade.
Ils se sont tous jetés sur moi! Par chance, cet assaut a créé
une sorte de panique intense dans mon corps astral. La
traction de mon câble fut si forte que mon corps leur a glissé
d'entre les mains malgré tous leurs efforts pour me retenir…
Alors comme…

Un vacarme infernal interrompit soudain le témoignage
de Richard. Julie apparut comme un boulet de canon dans
le gymnase.

— Venez voir! cria-t-elle.

Nous nous précipitâmes tous les trois à sa poursuite. On
ne courut pas longtemps pour constater le phénomène
incroyable qui sévissait près du quartier de Nori.

Des langues de flammes couraient au plafond et des
éclairs dansaient partout sur le plancher. On arrêta de
courir net, figés par le spectacle ahurissant. Richard tremblait comme une feuille à côté de nous. Il finit par nous
déclarer d'une voix chevrotante :

— C'en est trop ! Je fous le camp de cette maison des horreurs !

— Attends Richard, lui répondis-je en vain : il était déjà parti vers sa chambre.

Des cris nous parvinrent. Ils semblaient émaner de Nori et du petit homme chauve.

— Il faut aller les aider ! criai-je aux deux autres.

Le vacarme s'intensifiait. Un grondement sourd mêlé d'un sifflement strident assourdissant.

— On te suit, cria Morris.

— Julie ! Retourne dans ta chambre !

— Pas question Sam, rugit-elle, le visage blanc comme un linge. Je ne resterai pas seule dans mon coin pendant que toutes ces forces sont déchaînées ici !

Je ne pipai mot et retournai mon regard vers l'avant. C'était l'enfer là-bas. Je commençai à douter qu'il s'agissait d'une bonne idée de foncer vers ce tumulte de forces déchaînées.

On attendit un moment indéterminé, figés par la peur. De nouveaux cris de Nori nous sortirent enfin de notre frayeur.

On décida enfin de marcher lentement vers le quartier de Nori, essayant d'ignorer les langues de flammes qui serpentaient au-dessus de nos têtes.

— N'allez pas là-bas ! perça difficilement une voix derrière nous.

C'était Richard. Il avait ramassé à la hâte quelques effets personnels dans une malle à moitié fermée et s'apprêtait à quitter les lieux.

— Fuyez cet enfer ! s'égosilla Richard au loin. Mais fuyez donc !

— Attends-nous dehors! cria Morris en joignant ses mains en porte-voix pour se faire entendre.

Richard nous fit signe de quitter les lieux en balançant son bras libre dans les airs, puis il prit la fuite.

On retourna notre regard vers l'avant. La tempête surnaturelle ne semblait pas se calmer, bien au contraire : les langues de feu prenaient de l'expansion et nous chauffaient le visage. Les éclairs sur le plancher devenaient plus nombreux et devenaient aveuglants.

On prit notre courage à deux mains pour continuer vers la chambre de Nori.

La porte de la chambre était verrouillée. Des flashes multicolores surgissaient sous l'interstice de la porte. C'était vraiment le chaos là-dedans.

Des cris furent entendus de nouveau, provenant à la fois de Nori et du spécialiste. Cela électrisa en moi un surplus d'adrénaline, et je me mis en tête de défoncer la porte avec Morris.

La porte céda après le deuxième assaut pendant que Julie, acculée au mur opposé, semblait transformée en statue de pierre.

Ce qu'on découvrit à l'intérieur nous laissa ébahis.

Les deux forces opposées étaient présentes. D'un côté se trouvait une sorte de démon de feu d'une hauteur qui atteignait le plafond. Ses cornes immenses avec des yeux d'un jaune brillant témoignaient de sa puissance maléfique.

De l'autre côté se trouvait une sorte d'être blanc-bleuté, presque insoutenable au regard tant la lumière qu'il dégageait était intense.

Entre les deux se trouvaient Nori, les bras dressés dans les airs, criant des incantations, et le petit chauve avec sa valise. Cette dernière était ouverte, déposée sur le sol. Son contenu multicolore brillait de mille feux ; elle avait l'air remplie de cristaux. Le petit chauve semblait immobile, les bras tendus entre les deux forces présentes. Il semblait absorber une partie des flammes et des éclairs comme un paratonnerre.

Nori se retourna un moment, s'apercevant qu'on l'observait.

— Retournez dans vos chambres ! C'est trop dangereux ici !

Nous demeurâmes figés devant ce spectacle, incapables d'obéir à Nori.

Les forces entre les deux êtres magiques semblèrent se déchaîner davantage : chacun des deux antagonistes étaient décidés à ne pas céder une once de terrain. Puis, tout se passa comme dans un rêve éveillé. Trop rapidement, trop confusément...

Morris et moi fûmes violemment repoussés pour rejoindre Julie sur le mur. Nori sembla appeler des forces suprêmes et l'ange lumineux sembla prendre le dessus avec ces éclairs assourdissants. Puis, ce fut le noir total.

Je repris soudain connaissance, étendu sur le plancher avec Morris et Julie, toujours dans les vapes.

— Nous avons réussi, chuchota Nori au-dessus de moi en souriant.

Il m'aida à me relever. Une forte odeur d'ozone flottait autour de nous. Monsieur Reins se tenait près de nous, valise fermée. Il aidait les deux autres à reprendre connaissance en leur faisant respirer un truc inconnu contenu dans sa main, rosie par la chaleur.

Julie et Morris finirent par émerger eux aussi. Nori remercia l'étranger et celui-ci nous regarda un moment d'un air paternel, sans dire un mot. Puis, il prit sa valise et nous quitta. Sa mission était accomplie. Nori nous raconta qu'une trop grande concentration d'extériorisation astrale avait eu lieu au manoir. Cela avait attiré trop d'esprits désincarnés et les forces opposées avaient fini par en venir aux coups. Melany et Linda avaient eu raison.

On ne retrouva plus de trace de Richard, qui avait fui les lieux en fonçant avec sa voiture dans la grille à la sortie malgré les signes du gardien.

La nuit suivante fut paisible, sans rapt, sans bruit, sans lueur. Julie dormait paisiblement près de moi tandis que je fixais le plafond. Je n'avais pas encore fini mes extériorisations ici...

Il ne restait plus que trois étudiants au manoir, moi compris. Mais au moins, tout semblait revenu dans l'ordre.

## 10

Morris nous quitta deux jours plus tard. Il avait décidé qu'il en avait assez vu comme ça.

Julie demeura sur les lieux, hésitante à se pratiquer à nouveau sur d'autres projections volontaires malgré le calme revenu au manoir.

Mais moi, pour ma part, je n'avais pas terminé. Il fallait que j'examine à nouveau la base 51.

J'attendis un soir, me promenant un moment au-dessus de la propriété. C'était le calme complet. Je n'entrevis aucun esprit désincarné qui rôdait dans les parages. Je décidai donc de me concentrer fortement sur la base. Cela m'amena à la vitesse de la lumière dans le sous-sol où se trouvaient des extraterrestres vivants qui discutaient avec mon père et sa foutue armée.

Alors que je voulus entreprendre un voyage vers d'autres secteurs de ce sous-sol, je reçus un violent choc dans le dos. Cela avait été comme ressentir à la fois une brûlure combinée à une décharge électrique.

Je me retournai et vis avec effroi un homme, en chair et en os, qui m'observait.

C'était un homme qui semblait être très âgé. Pas très grand et le dos courbé. Il avait un monocle sur son œil gauche. Un regard aigri mais vif, intelligent. Il tenait une sorte de canne en bois pointée vers moi. Le bout de ce manche de bois se terminait par une pointe d'acier spécial. Je ressentais la force négative qui émanait de cette pointe qui pouvait traverser mon corps, pourtant immatériel.

Le vieil homme, tout vêtu de noir et coiffé d'un chapeau haut de forme, m'envisageait d'un regard mauvais.

— Je te vois! dit le vieillard d'une voix rauque.

Puis, il me surprit de vitesse en enfonçant sa canne dans mon ventre. Je me pliai de douleur en m'affalant sur le plancher. La perturbation fut telle que la force d'attraction de mon câble parut défaillir.

J'eus la désagréable impression qu'un autre coup de ce genre allait rompre définitivement ce lien ténu qui me reliait à mon corps, là-bas… Ce vieillard allait me tuer avec sa maudite canne!

L'enseignement de Nori ne m'avait pas alarmé. J'avais ignoré ses mises en garde concernant les visites non autorisées et l'existence d'une canne spéciale pouvant affecter le corps astral. Le vieil homme qui se tenait devant moi était un médium de premier ordre.

— Je vois ton câble, ricana le vieil homme en fermant les yeux à moitié.

Il semblait voir au loin, comme si son don pouvait faire voyager sa conscience sans quitter son corps.

— Je vois à distance ton enveloppe corporelle, reprit-il. Dans quelques instants, je saurai où tu te caches !

Je réussis in extremis à rassembler un reste d'énergie, me concentrant sur la traction de mon câble. Il fallait que je quitte ces lieux au plus vite !

— Pars d'ici ! me cria le médium. Tu n'as pas le droit de venir en ces lieux !

Je ne me le fis pas dire deux fois. Mon câble me ramena soudain avec plus de force et je me laissai tirer par lui.

Ma répercussion fut d'une affreuse violence. Je criai de douleur comme un damné en revenant dans mon corps. Une douleur atroce assaillait tout mon être comme si j'étais brûlé vif ! Je crus que j'allais mourir sur mon lit tant mon cœur battait de façon désordonnée. J'avais le souffle court. Puis, je perdis connaissance.

Lorsque j'émergeai enfin, je me sentais d'une grande faiblesse.

— Tu te réveilles enfin, Sam ! Tu as eu une grosse répercussion !

— Combien de temps... hésitai-je, tremblant de tous mes membres.

— Tu nous as fait une de ces peurs ! reprit Julie.

— Mais qu'as-tu fait, au juste ? dit une voix de l'autre côté de mon lit.

Nori me fixait, d'un air incertain, attendant des réponses.

— Tu as dormi pendant presque 24 heures, le reste de la nuit et toute la journée, rugit Nori. Tu étais tellement parti que je n'ai jamais réussi à te réveiller. Tes signes vitaux étaient normaux, mais ton corps semblait complètement vidé d'énergie.

— Nori s'est tenu astralement près de toi un bon moment, continua Julie. Il voyait que ton corps n'était pas en danger mais seulement… vide d'énergie.

Je repensai à la canne… Mon voyage interdit. Le médium… J'avais failli y rester. Puis, un déclic se fit soudainement dans ma tête : et si le médium avait réellement vu où se trouvait mon enveloppe corporelle ? Cette pensée me rendit un peu de force et je tentai de me redresser.

— Non, m'ordonna le professeur. Reste allongé et repose-toi. On rediscutera plus tard de…

Un bruit saccadé interrompit Nori. Le bruit augmenta en intensité. Cela ressemblait à un bruit d'hélicoptère. L'appareil survolait le domaine !

Puis, tout se déroula comme dans un cauchemar.

On entendit une fenêtre se briser. Nori et Julie quittèrent ma chambre à la hâte pour voir ce qui se passait. Je tentai de me mettre debout, mais les murs dansaient devant moi. Je me laissai retomber sur le lit.

J'entendis Julie crier au loin avec Nori.

Des bruits de suffocation…

Une fumée envahit les lieux… Ce n'était pas la fumée d'un incendie.

Je me mis à suffoquer à mon tour, percevant au loin des ordres donnés par des hommes qui semblaient se précipiter dans le manoir.

Je tentai à nouveau de me lever et de prendre la fuite… Je savais hélas ce qui se passait… On venait me chercher… ou plutôt mon père venait me cueillir. Le gaz qui serpentait au sol était un gaz soporifique.

Je parvins in extremis au cadre de ma porte, puis je tombai à genoux, respirant malgré moi le gaz maudit.

Puis, j'aperçus des soldats vêtus de masques à gaz qui s'approchaient de moi.

Nori et Julie devaient être sans connaissance plus loin. Je me maudis intérieurement de mon imprudence.

Je me sentis soulever par des bras… puis ce fut encore le noir total.

▲▼▲

Je me réveillai dans un cachot, l'esprit confus. Que s'était-il passé ?

La mémoire me revint par bribes… l'hélico, les soldats… Où étais-je exactement ? Qu'était-il advenu de Nori et de Julie ?

— Alors fiston, on émerge enfin ?

Je me redressai de sur mon lit, reconnaissant cette voix déplaisante.

Mon père m'observait avec mépris de l'autre côté des barreaux de ma cellule. Le maudit médium se tenait à ses côtés, souriant de toutes ses dents jaunes.

— Tu voulais visiter la base, eh bien, tu y es !

— Où suis-je ?

— Dans la prison de la base. Tu as dû faire connaissance avec Nestor, je crois, continua mon père en me montrant le médium qui souriait toujours.

La vieille ordure semblait jouir au maximum du moment présent.

— Libérez-moi! objectai-je. Vous n'avez pas le droit!

— Tu n'avais pas le droit de venir ici non plus, railla le médium. Tu en sais beaucoup trop maintenant…

— Tu vas moisir le reste de tes jours ici, jeune imbécile! approuva mon père. Ta voiture a été saisie et apportée dans un endroit secret. Personne ne sait que tu es ici. Tu es officiellement mort, jeune homme!

— Non! hurlai-je. Qu'avez-vous fait de Nori et de Julie?

— Ils sont ici en ce moment, dans un autre bloc. Ils sont actuellement traités avec de puissantes drogues…

— Je ne crois pas qu'ils se souviendront de notre petite visite au manoir, railla de plus belle le médium. En fait, je me demande s'ils se rappelleront ce qu'ils sont…

— Espèces de fumiers!

— Tu en sais beaucoup trop fiston. C'est une question de sécurité nationale, je le crains. Même si je le voulais, je n'aurais pas le droit de te faire sortir d'ici. Tu ne m'as pas donné le choix, fiston!

— Allez vous faire foutre, toi et ton vieux débris!

— Tu pourras voyager avec ton corps astral tant que tu voudras, me répliqua le médium. Cela n'a plus d'importance maintenant.

— Tant que ton corps physique restera ici, que pourrais-tu faire de toute façon? approuva mon père. Adieu fiston et ne…

Un bruit sourd se fit entendre dans la base. Mon père et le médium regardèrent le plafond un moment, incrédules.

Puis, une lumière vive m'enveloppa. Mon corps parut se dissoudre devant mon père et le médium, qui avait soudainement perdu de sa superbe. Puis, ce fut encore les ténèbres...

▲▼▲

— Nous n'avons pas été très discrets cette fois, affirma Gemi.

— C'était inutile dans ce cas, répondit Vorg. Ce lieu était déjà visité par d'autres civilisations. Regarde-moi ce corps. Il n'est pas vraiment en grande forme physique celui-là.

— Il faudra qu'il passe aussi à l'entraînement avant la grande aventure.

— Mais il a un don... Un don que les autres que nous avons emmenés ici n'ont pas. Il peut faire quitter à volonté son esprit et voyager ailleurs! As-tu pensé au scénario qu'on pourra bâtir avec cet individu?

— Cet indigène pourra en effet nous apporter de grandes surprises et pourra émerveiller notre peuple lors du visionnement de l'épreuve des bagues. Mais la machine... tiendra-t-elle le coup? Elle chauffe tellement!

— Encore un seul spécimen, et c'est terminé!

# Chapitre 10

## *Zombies de sous-sol*

1

Spécimen numéro 10
Sexe : mâle
Âge : 21 ans
État physique : excellent
Dénommé : Eddy Miller

Sydney, Australie, 2008.

La Cougar 69 roulait à tombeau ouvert sur une autoroute menant à Sydney. Son conducteur avait importé cette voiture des États-Unis. Le chiffre 427 était peint en noir sur le côté des ailes avant. La voiture était peinte d'un orange voyant.

Une vieille chanson des années 80, *I don't need a gun*, jouait à plein tube dans la voiture. Cette chanson collait vraiment bien avec son conducteur...

Eddy pilotait la Cougar en zigzaguant sur l'autoroute, doublant tout le monde.

Eddy n'avait peur de rien, c'était comme ça. Il était videur dans un bar de danseuses de la ville, et son physique très imposant faisait en sorte qu'aucun client n'osait en venir aux coups avec lui.

Il était bien bâti : environ 2 mètres de hauteur avec un poids d'un peu plus de 150 kilos tout en muscles. Le crâne rasé, avec un regard de tueur... Non, il ne fallait surtout pas le chercher.

Il était fort comme un bœuf. Tellement qu'il pouvait repousser en même temps, en jouant, trois hommes à la fois.

Et les femmes lui couraient après. Elles faisaient la file pour devenir sa petite amie malgré sa réputation de brute et d'homme sans moralité.

Il gardait rarement une petite amie plus d'un mois...

Ses anciennes conquêtes le décrivaient toutes comme un homme violent, vil et sans pitié.

Mais les femmes qui le rencontraient pour la première fois tombaient toujours sous le charme irrésistible de l'homme. Il dégageait une sorte d'aura qui attirait les femmes comme des papillons vers une lumière.

Eddy quitta l'autoroute afin de s'enfoncer dans le centre-ville de Sydney. Il circula rapidement vers la résidence de sa nouvelle petite amie, Mary.

Elle était la nouvelle copine « courageuse » d'Eddy. C'était une blonde assez belle pour faire tourner bien des têtes, elle avait un caractère paisible. Elle semblait beaucoup trop bien pour sortir avec une grosse brute comme Eddy.

Lorsque la Cougar se gara en avant de la résidence de Mary, Eddy klaxonna à deux reprises. Sa copine sortit rapidement, sans se faire attendre.

Elle savait qu'il était impatient, un autre de ses défauts. Il ne fallait pas faire perdre son temps à monsieur, sinon...

— Allô, Eddy, haleta Mary en pénétrant dans la voiture.

Ils s'échangèrent un long baiser et Eddy lui demanda :

— On va au restaurant de Willy. Tu étais au courant ?

— Oui, Elizabeth m'a appelée tout à l'heure. Vas-tu chercher les autres ?

— Ouais…

Eddy enfonça brutalement l'accélérateur et fit crisser les deux pneus arrière de la Cougar. Le puissant moteur faisait enfoncer la tête de Mary sur l'appui-tête et cela la rendait mal à l'aise. Elle trouvait souvent qu'Eddy roulait beaucoup trop vite. Mais elle n'osait pas lui dire, elle avait trop peur de lui. Elle endurait les manœuvres violentes de la voiture sans piper mot.

Mary était le « record » d'Eddy. Cela faisait trois longs mois qu'elle endurait ce type. Elle aimait tellement être vue avec cet homme costaud qui dégageait une attraction insensée.

La Cougar fut bientôt pleine : Roger et sa copine, Elizabeth, ainsi que Mike étaient assis sur la banquette arrière. Eddy était le meneur du groupe. Il avait le don de convaincre les autres de son groupe de faire presque n'importe quoi.

Mike, lui, était son plus grand copain. Là où Eddy allait, Mike allait.

Il était châtain, cheveux courts aussi, et d'un physique normal. D'un tempérament assez dingue, il était un vrai paquet de nerfs et blaguait tout le temps. Il n'avait pas de copine.

Roger, lui, le plus petit du groupe, avec ses grosses lunettes et ses cheveux luisants lissés sur la tête, avait un look plutôt rétro. Il avait un caractère timide bien que très curieux de nature.

Sa petite amie, Elizabeth, une brunette aux cheveux assez courts, était une vraie fendante. Elle donnait toujours l'air de n'avoir peur de rien et avait une attitude arrogante envers plusieurs. D'ailleurs, on comprenait mal comment elle pouvait sortir avec Roger, qui semblait si poli et discret.

Tout ce beau monde arriva quelques minutes plus tard au restaurant de Willy. C'était un casse-croûte populaire dans ce secteur de la ville. Les serveuses faisaient le service en patins à roues alignées.

Elizabeth parlait avec une copine avec son cellulaire tandis que les autres passaient leur commande. Quand vint son tour, elle regarda brièvement la serveuse et lui dicta sa commande en gardant toujours son téléphone sur l'oreille.

## 2

Le groupe commença à manger et en vint inévitablement encore sur l'un des nouveaux mystères du centre-ville : l'hôpital abandonné du docteur Hans. Ils connaissaient tous la rumeur mais en parlaient rarement.

Ce qui déclencha de nouveau cette discussion fut l'apparition dans le restaurant d'un étudiant étrange qui avait le prénom de Steven.

Le groupe l'observait de loin. Il était assis seul à une table en train de dévorer, comme d'habitude, un roman d'horreur.

La rumeur sur ce fameux hôpital était que d'horribles évènements s'y seraient déroulés au cours de la Seconde

Guerre mondiale. Ensuite, on a commencé à raconter que des esprits hantaient la bâtisse depuis son abandon. Une sorte de malédiction résiduelle en raison du lourd passé de cette propriété. C'est précisément ces rumeurs de mauvais esprits qui avaient piqué la curiosité du groupe. Officiellement, cet établissement avait en fait été une sorte d'hôpital psychiatrique où on aurait mené toutes sortes d'expériences sur des individus.

L'hôpital avait été fermé à cause de mauvais traitements administrés aux patients.

— Alors c'est lui, Steven? demanda Mike.

— Oui, répondit Eddy. Il paraît qu'il aurait hérité de ce petit hôpital...

Le groupe continua de manger et d'observer discrètement Steven. Maintenant, la rumeur circulait sur cet établissement à propos du fait que de drôles d'évènements y seraient survenus. Certains racontaient que des gens avaient tenté d'aller visiter l'établissement et qu'ils n'en étaient jamais revenus. D'autres racontaient que l'hôpital était hanté d'âmes malveillantes : fantômes de personnes décédées au cours de la guerre.

Le groupe des cinq avait longtemps fabulé sur ce manoir, et la venue de Steven avait stimulé leur imagination.

Il faisait très chaud pour un soir d'automne. Quelques jeunes conducteurs en mal de sensations passaient à vive allure en faisant rugir leurs moteurs.

— Alors, on va le voir demain, ce Steven? demanda Eddy.

— Oui! répondit Elizabeth. Allons voir ce qu'il voudra bien nous dire sur ce fameux hôpital de fou!

— Laissons tomber cette histoire! objecta Mary. Ce Steven ne me dit rien qui vaille et son hôpital non plus!

— Oh toi, Mary la prudente! Si on t'écoutait, on ne sortirait même pas le soir, juste au cas où des... fantômes pourraient nous enlever! se moqua Elizabeth.

— Tu ne trouves pas que tu exagères un peu? dit Mary d'un air agacé.

— Pas du tout, c'est la pure vérité!

— Ça suffit, les filles! interrompit Roger. Moi aussi, ça me fout la trouille d'aller voir cet hôpital...

Eddy lui lança un mauvais regard. Un regard qui voulait dire : si tu veux rester dans la bande, ne commence pas à faire le trouillard.

Eddy tolérait avec humeur la peur que pouvait ressentir une fille, mais pas celle ressentie par un homme. Surtout pas un gars faisant partie de sa bande.

— Quoi? Ai-je bien entendu? lança Mary à haute voix. Qui a dit qu'on irait mettre les pieds là?

Eddy répondit :

— J'étais sur le point de te le dire, mais... Roger a tout balancé.

Ce dernier regardait le plancher en redressant ses lunettes trop lourdes et faisait mine d'ignorer le regard d'Eddy. Il grignotait nerveusement sa pizza.

— Il n'est pas question que l'un de nous aille visiter ce trou à rat! continua Mary encore plus fort.

— Du calme, Mary, rassura Eddy. Pour l'instant, on va juste aller parler à Steven demain et on va le faire parler de son hôpital. Il n'y a aucun risque là-dedans.

— N'aie pas peur! se moqua Elizabeth. Si Steven était un vampire, on ne le verrait pas le jour!

Mary la fusilla du regard en voulant lui dire de se taire.

Le lendemain à l'école, pendant la pause de l'avant-midi, le groupe osa demander de s'asseoir près de Steven, qui était encore plongé dans un roman de terreur. Ils firent brièvement connaissance en se présentant tous mutuellement. Eddy ne tarda pas à attaquer le sujet :

— Alors, c'est bien vrai que tu es propriétaire de l'hôpital du docteur Hans, là-bas ?

Steven rit un bon coup en laissant découvrir ses dents jaunâtres. Il avait les cheveux courts et fins. Mais sa chevelure paraissait grasse et sa peau, huileuse. Il était assez maigre et avait des yeux sombres, sans vie.

— Qu'est-ce que vous avez tous à me regarder comme ça ? répondit Steven. Vous me prenez pour une espèce de monstre ?

Il rit encore.

— Eh bien, vous avez peut-être raison... Oui, c'est bien moi le nouveau proprio de cette bâtisse. Un héritage... vous voyez ?

Mary le regardait sans cesse et ressentait en ce personnage un être abject.

— C'est qu'on aimerait bien aller y jeter un coup d'œil ! dit Mike en donnant un petit coup de coude à Eddy.

Mary regarda Mike d'un mauvais œil. Elle savait bien que le groupe avait l'intention d'aller mettre le nez dans cette propriété et qu'elle ne pourrait pas laisser son ami y aller sans elle. En fait, elle serait plus inquiète de le laisser aller là-bas sans elle que d'y aller elle-même.

— Si vous voulez savoir ce qu'il y a là-bas, vous devrez jouer le jeu selon mes règles.

— Quelles règles ? demanda Roger.

— Eh bien, si vous voulez savoir ce qu'il y a là-bas, vous devrez y passer une nuit complète sans possibilité d'y sortir ni de communiquer avec l'extérieur. La ligne téléphonique sera coupée le soir de votre visite. En revanche (il se passa la langue sur la lèvre comme s'il jouissait du moment), vous pourrez explorer entièrement l'hôpital.

» Vous pourrez évidemment y coucher très confortablement. Cette bâtisse a toujours été bien entretenue. Elle est rigoureusement propre et dans un parfait état. Mais je vous préviens d'une chose : il est inutile une fois là-bas de penser à vous évader : la propriété est entourée d'une forte grille électrifiée. De toute façon, une fois à l'intérieur, vous ne pourrez en sortir quand je vous aurai quittés. Toutes les portes sont blindées et les fenêtres sont grillagées. Je viendrai vous déverrouiller la porte le lendemain matin à 9 h précises ! Et il y a la surprise...

— La surprise ? demanda Elizabeth, curieuse.

— Oui, le soir, à 21 h, vous aurez accès à un endroit secret de cette bâtisse. Une porte de métal se déverrouillera précisément à cette heure, vous permettant d'accéder au sous-sol que j'appellerais... hmmm, l'âme de cet hôpital ! Ça vous plaît tout ça, n'est-ce pas ?

— Mais qu'y a-t-il au juste dans ce sous-sol ? demanda Roger.

— C'est une surprise, je vous l'ai dit !

— En résumé, dit Eddy, on entre le soir, on visite, et le lendemain, tu reviens nous chercher. C'est bien ça ?

— C'est tout à fait ça.

— C'est tout à fait dingue cette histoire ! objecta Mary. Être séquestrés toute une nuit dans un hôpital psychiatrique abandonné depuis des lustres! On ne te connaît même pas!

— Je ne crois pas vous avoir dit que je vous y emmenais de force! dit Steven.

— Allons Mary, rassura Eddy. On ne va tout de même pas s'enfermer là sans le dire à personne! On n'aura qu'à le dire à quelques personnes proches. Si elles ne nous voient pas le lendemain, elles n'auront qu'à appeler la police! N'est-ce pas Steven?

— C'est comme vous voulez...

— En tout cas, moi, ça me va! continua Eddy. Et toi Mike?

— On y va quand?

Mary lâcha un soupir de désespoir. Elizabeth et Roger paraissaient s'amuser et firent signe aux autres que l'entente leur convenait aussi.

— Et toi, Mary? cingla Elizabeth sur un air de défi.

— Ne pourrions-nous pas en discuter avant de foncer tête baissée dans l'inconnu?

— Bon d'accord, conclut Eddy. Nous en discuterons et... nous te donnerons notre réponse plus tard; c'est d'accord Steven?

Ce dernier rit de nouveau et avoua :

— Moi, j'ai tout mon temps; ils vous attendront patiemment...

— Qui ça «ils»? demanda Mary

— Mes fantômes, voyons, mes fantômes! dit Steven, sarcastique.

Les autres rirent en chœur, sauf Mary.

Le groupe salua Steven et le quitta. Mike déclara sur un air bouffon :

— Des fantômes, ah que j'ai peur ! Nous allons voir des fantômes !

Le lendemain, la journée se déroula sans évènements spéciaux. La journée avait été la plus dure pour Mary, qui n'avait pas beaucoup dormi. Ils se retrouvèrent le soir venu au même restaurant que d'habitude. Mary n'avait rien commandé alors que les autres avaient des assiettes bien remplies. Mary, s'apercevant que personne ne semblait vouloir entamer le sujet, s'impatienta et annonça soudain :

— Bon, je vois que votre plan pour cette escapade dans ce donjon ne semble pas vous énerver... à vous voir tous manger comme des gloutons. Êtes-vous tous tombés sur la tête pour vouloir accepter pareille proposition ?

— Tu n'as qu'à passer la nuit chez toi, et le problème sera réglé, rétorqua froidement Elizabeth.

— Tu es folle ? Il n'est pas question que je laisse partir Eddy seul avec vous dans ce trou. Je devrai me résigner à le suivre s'il le faut, mais je tente seulement de vous convaincre de ne pas aller là. Vous ne vous rendez pas compte que ce gars a l'esprit tordu ?

— Mais que veux-tu bien qu'il nous arrive là-bas ? répliqua Eddy. C'est une bâtisse abandonnée depuis des décennies ! On va simplement jeter un coup d'œil et faire taire en même temps la rumeur que l'endroit est hanté !

— Tu ne crois pas à ces histoires de fantômes, j'espère ? demanda Mike sur un ton moqueur.

— Non, je ne crois pas aux fantômes !

— De toute façon, il n'y aura pas de problème, répondit nerveusement Roger, qui ne semblait plus si sûr de lui.

— Ne t'en fais pas, Mary, je te le promets... ce n'est qu'une nuit de visite, et après on sort ! rassura Eddy.

Le groupe discuta un moment, et Mary dut se résigner : tous les membres du groupe voulaient y aller, et elle devrait les suivre si elle voulait rester avec Eddy.

## 3

Alors le lendemain, le groupe informa son intention à Steven. Ce dernier leur confirma qu'ils pouvaient y aller le soir même. Les jeunes avaient hâte de se « faire » peur un court moment dans cette réputée bâtisse.

Le groupe s'y rendit en voiture, et Steven les suivit avec la sienne. Seul Steven pouvait commander l'ouverture de la grille permettant l'accès aux voitures. Ils arrivèrent donc vers les 18 h. C'était un assez grand bâtiment ressemblant à un vieil hôpital désaffecté, mais avec une devanture de maison de fortuné des années 50. Les murs étaient d'une teinte jaunâtre et de nombreuses plantes grimpantes les recouvraient.

Ils finirent par pénétrer dans la bâtisse avec Steven toujours derrière eux. Le groupe contemplait l'immense hall d'entrée, qui était de très belle apparence. La porte était toujours ouverte derrière eux, et Mary regarda la sortie un moment en se retenant de ne pas s'y engouffrer en criant comme une folle.

Le groupe se fit guider vers un quartier privé où allaient les médecins pour se détendre : un salon bien meublé avec une télévision récemment changée par Steven, une petite salle à manger, des salles de bain, etc.

Il leur fit visualiser un plan complet de l'établissement affiché au mur, au cas où il leur prendrait l'envie de faire davantage d'exploration.

— Et voilà, c'est ici que je vous laisse, annonça finalement Steven à la fin de la visite. Faites comme chez vous, mais s'il vous plaît, faites attention, surtout aux meubles, qui sont rares et d'une grande valeur. Comme vous voyez, c'est un endroit très propre et je veux qu'il le soit autant demain, quand je viendrai vous rechercher ; sinon, je vous enverrai la note pour les dégâts.

» Vous avez de la bière dans le frigo, des collations, et la télé est câblée. La porte menant au sous-sol se déverrouillera à 21 h précises. Vous ne pouvez pas la manquer, elle est peinte en rouge et se trouve au fond de la cuisine.

» Elle se verrouillera à nouveau à 7 h précises demain matin. Organisez-vous donc pour être sortis du sous-sol avant 7 h, sinon vous y resterez enfermés ! Du moins, jusqu'à ce que j'arrive… hé hé !

» Si vous voulez vous faire peur en le visitant et en vous racontant des histoires, libre à vous ! À vous de meubler cette soirée comme bon vous semble. Les chambres à coucher sont en haut, et il y a des salles de bain en haut et une à cet étage.

» Amusez-vous bien, et surtout, ne faites pas trop peur à mes… fantômes ! J'en aurai besoin pour attirer d'autres curieux comme vous. Bonne nuit !

Aucun membre du groupe ne répondit, car la plupart le regardaient comme s'il était une bête de cirque.

Steven sortit et referma la porte derrière lui. Les invités entendirent un déclic. Mike alla tester la poignée et constata qu'ils étaient bel et bien enfermés. Il dit à la blague, en prenant un ton faussement paniqué :

— Ça y est, nous sommes cuits! Laissez-moi sortir! Les monstres vont venir nous chercher! Et moi qui ai oublié de faire mon testament!

— Très drôle, Mike, tu es vraiment hilarant! déclara Mary.

Soudain, Roger, qui avait le teint blême, approcha de la porte et bouscula un peu Mike. Il empoigna la poignée et l'essaya.

— Non... Oh non! dit-il

— Quoi? Mais qu'est-ce qui te prend, Roger? demanda Mike.

— Laissez-moi sortir d'ici! J'ai changé d'idée! Je veux m'en aller! cria-t-il.

— Ah, ah! Roger! Calme-toi! cria Eddy. On n'est pas plus en danger ici qu'à l'extérieur.

Roger le regarda un peu avec un air incertain.

— Non, on s'est trompés! On va tous y rester...

Puis, il se dirigea vers un canapé et s'y allongea. Pendant tout ce temps, sa petite amie, Elizabeth, était restée tellement surprise qu'elle n'avait rien fait. Mary rejoignit Roger et tenta de le rassurer. Elizabeth vint les rejoindre ne sachant trop comment réagir.

— Ça va aller maintenant? demanda doucement Mary à Roger.

— Oui... je crois oui... Pour un moment, je me suis senti pris au piège et... j'ai paniqué. Mais ça va maintenant. Merci Mary.

— Oh celui-là... quelle mauviette! siffla Eddy. Si tu continues comme ça à avoir peur tout le temps, je vais t'éjecter de ma bande à grands coups de pied au cul!

Elizabeth ignora la remarque d'Eddy et regarda Roger, puis Mary.

— Excuse-moi, Mary, pour toutes les sottises que t'ai dites, confessa Elizabeth. Je n'ai pas cessé de me moquer de toi.

— C'est oublié maintenant. N'en parlons plus. Je crois que nous devrons tous demeurer unis et passer cette épreuve ensemble.

Ils entendirent Eddy rigoler cruellement derrière eux. Cette aventure ne lui faisait pas peur du tout. Il se moquait éperdument du sentiment de panique des autres.

Quelques minutes plus tard, les jeunes entamèrent leur exploration de l'hôpital.

En aboutissant dans la cuisine, ils découvrirent la fameuse porte de métal. Elle semblait très solide. Sa peinture rouge vif agaçait presque les sens.

Ils essayèrent de l'ouvrir, mais elle était verrouillée, comme l'avait spécifié Steven. Ils découvrirent un peu plus loin une grande salle de bain et un petit local attenant qui semblait être un petit atelier. Ils montèrent un large et grand escalier et trouvèrent à l'étage les chambres à coucher, qu'ils n'explorèrent pas toutes.

À voir le nombre de portes, il devait y en avoir une vingtaine. Ils trouvèrent aussi encore d'autres salles de bain. Tout semblait très propre. Ils redescendirent par la suite et ne trouvèrent pas autre chose. Ils s'installèrent confortablement dans le salon pour regarder la télé.

## 4

Vers 20 h, ils fouillèrent le frigo et se firent un petit régal.

Vers 20 h 30, la lumière du salon s'éteignit soudain. Un cri retentit. Cela semblait venir de Mike. Il n'était plus avec eux.

— Ça y est, ça commence! cria Roger.

Le groupe, pétrifié de peur, à l'exception bien sûr d'Eddy, qui souriait, vit apparaître dans l'obscurité un être tout blanc qui se dirigeait lentement vers eux. L'obscurité masquait les formes précises de l'apparition.

— Bou ou ou ou! Je suis le fantôme de cette maison! dit Mike en prenant le ton d'une voix d'outre-tombe.

La lumière revint. Mike avait rallumé l'interrupteur. Le groupe aperçut Mike recouvert d'un drap blanc. Mary se lança vers lui et retira le drap avec colère.

— Veux-tu nous faire faire une crise cardiaque? Tu ne sais donc pas, pauvre type, que Roger est encore fragile?

Eddy pouffa de rire, au grand désarroi de Mary. Elizabeth rit silencieusement tandis que Roger envisageait tristement Mike.

— Je crois vraiment, Roger, que je vais te sortir de notre bande, annonça Eddy. Tu es trop poule mouillée et tu me fais honte!

— Allons Eddy, siffla Mary. Ne sois pas si dur avec lui. Moi aussi, j'ai peur...

— Ce n'était qu'une plaisanterie, s'excusa Mike. Juste pour vous faire prendre conscience que ces histoires de fantômes sont des sottises !

— Tu as bien failli nous avoir, Mike ! lui dit Elizabeth en lui donnant une bonne tape sur le bras. Mais ne recommence jamais ça, espèce de con ! Tu m'as vraiment foutu la trouille un moment !

Elle s'approcha de Mike et lui chuchota à l'oreille :

— Et je tiens à rester dans la bande ! Alors cesse de faire flipper Roger, d'accord ?

Mike la regarda en souriant. Il leva les épaules par signe d'insouciance.

Puis arriva 21 h.

La bande entendit un signal strident assez stressant qui dura cinq secondes. Puis, ils entendirent un déclic. Ils se précipitèrent vers la cuisine et constatèrent que la porte de métal était déverrouillée et légèrement entrouverte.

Eddy la poussa lentement, et une lumière au sous-sol s'alluma automatiquement, laissant voir un long escalier qui descendait. Mais ils ne descendirent pas tout de suite, car Mary leur suggéra de réfléchir un peu. Ils s'assemblèrent alors dans le salon et en discutèrent un moment. Mary les implora de ne pas y aller et d'attendre simplement le lendemain matin. Eddy et les autres lui répondirent qu'ils étaient venus exprès pour voir les supposés secrets de cet établissement et qu'ils iraient jusqu'au bout.

Mary n'avait donc pas d'autre choix que d'accompagner son ami si elle ne voulait pas rester seule. Ils finirent donc par se retrouver à descendre lentement l'escalier.

Rendus en bas, ils aperçurent une sorte de bureau de réceptionniste. Au mur, derrière le bureau, étaient accrochées différentes photos de groupes de médecins. On pouvait y voir aussi trois photos principales. Le médecin en chef, qui devait probablement être responsable de cette clinique étrange, une autre photo représentant son bras droit, identifié comme un infirmier en chef, et une autre photo représentant une infirmière importante. Les trois photos avaient été identifiées comme prises en l'an 1942.

La photo du médecin en chef laissait paraître un homme d'une cinquantaine d'années, presque chauve et grisonnant. Il avait un regard autoritaire. Sous sa photo, on pouvait lire : Docteur Léonard Hans, directeur général.

— Alors, c'est lui le fameux docteur Hans ! s'écria Eddy.

Son bras droit, lui, possédait un regard vif et intelligent. Il semblait avoir une quarantaine d'années. Il portait le nom de John Vanner. Quant à l'infirmière, identifiée sous le nom d'Helen Stuart, elle semblait être dans la vingtaine.

— Une jolie blonde, constata Mike. J'aurais bien aimé être aux petits soins avec elle !

Les autres ignorèrent sa remarque tant ils étaient absorbés à scruter les alentours. Les jeunes se mirent d'accord pour ne pas s'éloigner les uns des autres. Ils continuèrent leur visite et trouvèrent plusieurs chambres avec des lits munis de sangles. Plus loin, ils trouvèrent une salle d'opération et une salle d'électrochocs.

En s'aventurant plus loin et en prenant d'autres corridors, ils trouvèrent des cellules identiques aux prisons de l'époque. Plus ils avançaient, plus ils constataient que le sous-sol était beaucoup plus vaste que le rez-de-chaussée. Une dernière porte dans le fond d'un couloir attira leur attention. On pouvait y lire « Morgue ».

— Tu ne vas pas me dire que tu vas entrer là-dedans ? demanda Mary à son copain.

— Allons, Mary, rigola Eddy. Tu devrais savoir que les vivants sont plus dangereux que les morts ! J'en suis le parfait exemple.

Les autres pouffèrent nerveusement de rire. Eddy le remarqua. Il leur demanda à voix haute :

— On commence à avoir la trouille par ici ? Qui de nous sera assez brave pour franchir en premier cette porte ?

Mike se faufila dans le groupe tout sourire et fit le comique en feignant une tremblote des mains alors qu'il les approchait de la poignée.

— Veux-tu bien arrêter ton cirque et ouvrir cette fichue porte ! siffla Roger d'une voix tremblante de nervosité.

Roger se devait de ne plus avoir peur et de se maîtriser au plus vite devant son chef, sinon...

Mike lâcha un petit rire nerveux et jeta un regard au groupe surexcité. Puis, il se tourna vers la poignée et approcha ses mains. Il appuya dessus et fit ouvrir lentement la porte pour faire durer le suspense.

Le groupe avança lentement dans le local. Ils regardèrent nerveusement autour d'eux, comme si des fantômes pouvaient leur tomber dessus à tout moment. Seul Eddy ne semblait pas nerveux et semblait plutôt excité de trouver quelque chose qui réussirait enfin à l'apeurer.

Ils constatèrent rapidement que sur la plupart des tables se trouvaient des cadavres recouverts de draps blancs. Mary, littéralement agrippée au bras d'Eddy, lui chuchota :

— Tu ne trouves pas qu'on est allés assez loin comme ça ? Retournons en haut, je t'en prie !

— Veux-tu bien cesser d'avoir la trouille ? On dirait une gamine de six ans ! Tant que nous sommes tous ensemble, rien ne peut nous arriver !

Mike approcha de l'une des tables avec Elizabeth. Il fit signe aux autres qu'ils allaient soulever le drap.

— Attention ! avertit Mike, en prenant un drôle de ton. Mort, qui que tu sois, montre-nous ton vrai visage !

Ils tirèrent sur le drap d'un coup, s'attendant à voir un cadavre répugnant, mais ce ne fut pas le cas. Le corps de l'homme sans vie semblait intact. Un homme d'une trentaine d'années.

Mike lui toucha brièvement le bras et fit un soubresaut. La peau du cadavre semblait être dure et asséchée. D'ailleurs, aucune odeur ne régnait dans le local. Comme si tous les cadavres avaient été conservés par un moyen inconnu. Les étiquettes de chacun des morts démontraient qu'ils étaient tous morts entre 1939 et 1950. Mike retira les autres draps et constata que les autres cadavres avaient une peau identique à celle du premier. Eddy dit calmement à son amie :

— Tu vois Mary, il n'y a pas lieu d'avoir peur ! Ce ne sont que des cadavres, rien de plus !

— Mais comment ils ont… comment ils ont fait… ça ? Je veux dire, ces corps ne semblent pas s'être détériorés !

Les invités remarquèrent alors une petite porte dans le fond de la morgue. Mike fut encore le premier à s'y rendre, suivi d'Elizabeth, qui ne semblait plus avoir peur de rien. Cette porte menait à un laboratoire. Eddy et Mike se mirent en tête de fouiller le labo de fond en comble. Cependant, ce fut Elizabeth qui, en fouillant dans un tiroir, fut la première à mettre la main sur un document étrange.

— Regardez ce que je viens de trouver ! annonça-t-elle.

— Montre-moi ! lui demanda vivement Eddy en lui arrachant impoliment le document des mains.

— Qu'est-ce que c'est que ça… documents top secrets… expérience de prolongement de la vie… compte rendu des personnes mortes-vivantes… Wow ! On est tombés sur quelque chose les amis !

— Tu ne trouves pas bizarre que de tels documents aient été laissés ici, dans un tiroir même pas verrouillé ? interrogea Roger. Croyez-vous qu'on va nous laisser sortir d'ici après qu'on aura pris connaissance de ces documents ? Steven a fait exprès de nous faire voir ça… il va tous nous tuer de toute façon !

— Je voudrais bien voir ça ! rigola Eddy.

— Allons Roger… C'est… peut-être… un oubli ! le rassura Mary.

Eddy pouffa de rire encore en observant Roger qui tremblait comme une feuille, puis il replongea son regard dans le document avec les autres qui regardaient au-dessus de son épaule. Mais ils n'eurent pas le temps de lire grand-chose, car tout l'éclairage du sous-sol s'éteignit. Mary et Roger lancèrent un cri. Eddy échappa le document par terre et regarda un moment autour de lui.

— Oh non ! Il ne manquait plus que ça ! Les fusibles ont sauté ! haleta Roger.

— Calmez-vous, les enfants ! ordonna sèchement Eddy. Restons ensemble. Laissons nos yeux s'habituer à l'obscurité. Il y a une lueur là-bas, c'est peut-être une lumière de secours.

Ils quittèrent le laboratoire en se tenant tous par la main et repassèrent par la morgue. Ils pouvaient y distinguer vaguement les cadavres sur les tables. Roger et Mary trem-blaient de peur en apercevant tous ces morts dans la pénombre, comme s'ils allaient sortir de leurs draps et les attaquer. Elizabeth et Mike étaient devenus soudainement moins sûrs d'eux, mais refusaient de le montrer devant Eddy, qui demeurait inébranlable.

Plus ils avançaient vers la lueur, plus ils voyaient leur chemin. Ils s'aperçurent plus loin que c'était bel et bien une lumière de sécurité, mais sa luminosité violette n'éclairait pas grand-chose. Elle ne diffusait qu'une pâle lueur ambiante qui éclairait à peine le plancher et les murs. Puis, Roger fit signe au groupe d'arrêter. Il demanda avec une voix mal contrôlée et tremblante :

— C'est qui, lui, en avant de nous ?

## 5

Le groupe se figea net en apercevant l'inconnu qui appro-chait. Ils entendirent quelques secondes plus tard une sorte de lamentation. La lumière était trop faible pour qu'ils puis-sent vraiment identifier l'individu. L'étranger qui avançait lentement vers eux semblait marmonner des paroles étranges.

— Qu'est ce qu'on fait ? demanda Mary à son ami.

Eddy toussa fort pour se faire entendre de l'individu et lui demanda :

— Euh… bonsoir ! Qui êtes-vous, m'sieur ? Est-ce que ça va ? C'est toi, Steven ?

L'étranger avançait toujours lentement vers eux sans répondre et continuait ses lamentations. Le groupe com-mença instinctivement à reculer lentement, sauf Eddy. Mary lui tirait le bras vers l'arrière, mais c'était comme essayer de déplacer une voiture garée.

Puis, les lumières revinrent. Les filles hurlèrent de terreur en voyant qui approchait. C'était le docteur Hans avec un gros couteau ensanglanté dans les mains. Il le pointait vers le groupe avec un regard dément. La lame devait mesurer une bonne quarantaine de centimètres. Puis, l'obscurité revint.

— Fichons le camp! cria Roger.

Le groupe se dispersa dans l'obscurité. Ils criaient tous, sauf Eddy, qui reculait lentement. Il n'avait pas peur de l'étranger, mais, ne voyant rien dans le noir, il préféra reculer et finalement s'en aller au lieu de risquer d'être blessé.

La lumière revint quelques secondes plus tard. Eddy, Mary et Mike revinrent ensemble et cherchaient l'escalier, mais ne le trouvèrent pas. Ils constatèrent qu'ils s'étaient égarés.

Plus loin, Roger et Elizabeth s'étaient égarés eux aussi. L'obscurité revint. Mary lâcha un cri.

— Roger? Elizabeth? Où êtes-vous? cria Mike.

— Nous sommes ici! répondit Roger d'une voix lointaine, mais cette dernière semblait provenir de partout.

La lumière revint, mais les lampes sautillaient.

— Où est l'escalier? demanda Mike à bout de souffle.

— Je ne sais pas... je crois qu'on s'est trop enfoncés dans ce labyrinthe! répondit calmement Eddy. Arrête d'avoir peur, Mike... Il y a assez de Roger ici qui a peur pour se pisser dessus! Je crois que je vais le secouer comme un prunier et lui asséner quelques claques pour le remettre à sa place!

— Mais… je n'ai pas peur ! se défendit aussitôt Mike d'une voix un peu chevrotante.

Il avait déjà vu Eddy donner une correction à Roger dans le passé. C'était arrivé un mois plus tôt. Toute la bande était dans la Cougar. Eddy faisait beaucoup de vitesse et Roger avait eu le malheur de lui dire de ralentir un peu. Eddy avait soudainement stoppé la voiture, avait fait sortir Roger et lui avait fait faire de l'hélicoptère un moment. Le tour de l'hélicoptère consistait pour Eddy à empoigner une personne, la lever à bout de bras et la faire tournoyer horizontalement dans les airs. Vu la grande force d'Eddy, faire cette manœuvre ne le faisait même pas grimacer d'effort. Roger avait crié tout le temps qu'il avait tournoyé dans les airs, au grand dam d'Elizabeth, qui avait dû endurer la correction de son petit ami sans pouvoir dire un mot. Alors Mike ne voulait surtout pas se retrouver dans ce manège forcé…

Un bruit derrière eux les fit se retourner. Le docteur avançait toujours vers eux, les menaçant avec son énorme couteau.

— Attendez ! Restons calmes cette fois ! ordonna Mike en faisant comme s'il n'avait plus peur. Ce ne doit être qu'un vilain tour de Steven pour nous faire peur… Le premier coup, il nous a eus et il doit encore se tordre de rire en nous épiant avec un système de surveillance caché !

Les deux autres le regardaient et ne savaient pas s'ils devaient le croire ou non. Mike leur adressa un drôle de sourire et s'avança lentement vers le docteur. Il se mit nez à nez avec le doc, qui avait cessé d'avancer. Le docteur ne regardait ni Mike ni les autres. Il semblait regarder au loin d'un air absent.

— Combien Steven vous a-t-il payé, monsieur, pour nous faire peur? demanda Mike au doc.

Eddy et Mary, immobiles, fixaient l'étranger, ne sachant si la scène qui se déroulait devant eux était réelle ou non. Puis, soudainement, le docteur enfonça brutalement son couteau dans le ventre de Mike. Eddy et Mary sursautèrent en apercevant la pointe de l'arme jaillir à travers le dos avec beaucoup de sang.

Mike tressaillit de douleur quelques secondes et mourut. Il était supporté par le couteau de son meurtrier immobile qui regardait toujours au loin. Mary lâcha un cri de désespoir et d'horreur. La lumière s'éteignit encore. En colère, Eddy fonça alors dans le vide vers le docteur pour le renverser sur le dos et lui régler son compte, mais il manqua complètement son coup.

Il s'était jeté à plat ventre sur le plancher froid, n'ayant réussi à toucher quiconque. La lumière se ralluma et il constata que ni le docteur ni Mike n'étaient présents. Ils s'étaient tous deux volatilisés en un rien de temps! Pourtant, on pouvait apercevoir une bonne flaque de sang sur le plancher. Mary se lança dans les bras de son ami en sanglotant.

— On n'a pas rêvé, balbutia Eddy. Ça s'est réellement déroulé, n'est-ce pas?

— Je veux sortir d'ici! implora sa petite amie en sanglots.

Pendant ce temps, Roger et Elizabeth, totalement paniqués, tentaient en vain de retrouver l'escalier.

L'obscurité revint soudainement et Roger se fit abasourdir par un coup de matraque derrière la tête. Il tomba sur ses deux genoux, à demi inconscient.

Lorsque la lumière revint, il aperçut son amie qui se débattait entre les bras d'un infirmier pendant qu'une infirmière lui faisait une injection. Elizabeth hurlait de terreur.

Cette vision redonna des forces à Roger, qui parvint à se relever et à foncer sur les deux assaillants. Il avait rapidement constaté que ces deux individus étaient les mêmes qu'ils avaient vus sur les photos à l'entrée : le bras droit du docteur et l'infirmière en chef de l'établissement.

Alors que Roger s'approcha de l'infirmier, ce dernier lui enfonça rapidement sa matraque dans le ventre. Roger, le souffle coupé, tomba à nouveau par terre en gémissant.

L'éclairage du corridor poursuivait pendant ce temps son cycle défaillant. Il se ferma à nouveau et revint aussitôt. Mais Roger, en larmes, n'apercevait plus les assaillants. Elizabeth gisait inconsciente par terre. Il se lança vers elle et la prit dans ses bras en essayant de la ranimer. Elle avait le teint pâle, et sa respiration était faible.

— Aidez-moi, quelqu'un, je vous en prie! cria-t-il. À l'aide!

Heureusement pour lui, ses cris guidèrent Eddy et Mary. Ces deux derniers aperçurent avec effroi le corps inanimé d'Elizabeth étendu au sol. Eddy prit Elizabeth dans ses bras. Son ami était trop sous le choc pour faire autre chose que les suivre. Ils quittèrent la zone à la recherche de l'escalier. À un moment donné, ils se retrouvèrent face à face avec le trio meurtrier qui avançait lentement vers eux, comme des zombies.

Les jeunes, découragés, changèrent de direction et empruntèrent rapidement au hasard une série de couloirs. Ils finirent par trouver l'escalier et l'empruntèrent au plus vite. Ils entendirent, pas très loin d'eux, le marmonnement des trois meurtriers à leurs trousses.

Eddy déposa Elizabeth doucement par terre tandis que Mary fermait la porte rouge. Eddy et Roger se concertèrent et poussèrent une lourde armoire devant la porte. Ils en trouvèrent une autre plus loin et la déplacèrent aussi devant la porte. Ils finirent par mettre d'autres meubles plus petits et les empilèrent tous devant les deux armoires. Puis, ils attendirent silencieusement pour savoir si les fous meurtriers les avaient suivis. Ils reculèrent d'instinct en entendant des pas dans l'escalier.

Boum! Ce premier coup sourd fit résonner la porte. Mais il y avait trop de meubles devant. Un autre coup plus fort mais sans résultat ne fit que faire trembler les armoires davantage.

— Allez-vous-en! Laissez-nous tranquilles! cria Mary en pleurs.

Eddy jurait comme un démon. Frustré, il aurait voulu les prendre un par un dans un endroit éclairé et leur faire la peau.

Un troisième et dernier coup se fit entendre, tout aussi fort que le deuxième, mais ce fut en vain pour les zombies de la cave.

Puis, ce fut le silence. Les zombies semblaient avoir abandonné.

Pendant que Roger et Mary demeuraient près d'Elizabeth, qui était toujours inconsciente, Eddy se rua sur les fenêtres et essaya en vain d'en trouver une qui n'avait pas de grillage. Il prit une chaise et la lança sur un des grillages, qui résista sans peine. Il se dirigea vers la porte principale et tenta de la défoncer à coups d'épaule et à coups de pied, mais il se faisait plus mal qu'autre chose. La porte était blindée elle aussi.

Roger prit Elizabeth dans ses bras et l'allongea dans un lit d'une chambre à coucher à l'étage plus haut. Elle chuchota quelque chose et finit par reprendre connaissance au grand bonheur de son ami de cœur :

— Elizabeth ! Ça va aller ! Tu es en sécurité avec nous maintenant. On a enfermé les maniaques en bas. Comment te sens-tu ?

— Très… mal…

Mary et Eddy allèrent les rejoindre dans la chambre.

— Elle a repris connaissance ! s'exclama Mary.

— Oui, mais pourra-t-on la sauver ? sanglota Roger. Ils l'ont peut-être empoisonné ! Elle dit qu'elle se sent très mal !

C'en était trop pour Eddy. Il avait vu son meilleur ami se faire poignarder sous ses yeux et maintenant, une de ses grandes amies de fille pouvait y rester aussi. Il tomba dans une rage subite et se mit à tout vouloir casser. Il descendit l'escalier en trombe et se dirigea vers le salon. Il prit tous les objets qu'il pouvait trouver et les lança au mur. Mary, qui l'avait suivi, lui demanda de se calmer.

— Je vais mettre le feu à cette foutue baraque !

Il sortit un briquet et se dirigea vers les rideaux du salon.

— Non, arrête ! supplia Mary. On est enfermés ici !

Elle lui saisit le bras et lui fit éteindre la flamme déjà allumée.

— Si tu allumes un incendie, on va tous y passer ! avertit Mary.

Roger, qui était descendu un moment et qui avait assisté à la scène, se laissa choir sur un divan et se mit à sangloter. Mary ne l'avait jamais vu dans un pareil état.

— Je vais tous vous saigner! hurla Eddy.

Ce dernier avait pété les plombs et la rage le faisait rugir comme un taureau. Mary finit par le calmer un peu.

## 6

Le temps passa un peu sans autres problèmes. Puis, vers minuit, les invités avaient un peu sommeil, mais aucun d'entre eux n'osait dormir.

Roger veillait toujours son amie à nouveau inconsciente tandis que les autres s'étaient allongés dans le salon.

Eddy jetait souvent un coup d'œil à l'horloge du salon. Le temps lui paraissait passer au ralenti. Vers les 2 h du matin, alors que le couple avait commencé à légèrement s'assoupir, un fracas terrible provenant de la cuisine les fit sursauter du divan.

— Toi, reste ici! ordonna Eddy à son amie.

— Non! N'y va pas! supplia Mary.

— Écoute. Je dois aller voir s'ils ont réussi à forcer notre barrière. Je n'en ai pas pour longtemps…

— Alors je viens avec toi!

— Euh… bon d'accord, mais tiens-toi derrière moi et surveille tout autour de nous.

Le couple se dirigea alors dans la cuisine et s'aperçut, incrédule, que les meubles et la porte semblaient avoir été brisés par le souffle d'une explosion.

— Oh non… ce n'est pas vrai! hurla Eddy. Ces fous dangereux ont réussi à passer!

— Mais… où sont-ils? siffla craintivement Mary.

— Je ne sais pas… auraient-ils eu le temps de sortir assez rapidement et de se cacher quelque part?

Une main puissante se posa sur l'épaule de Mary. Cette dernière crut mourir de peur.

— Louis? dit Eddy incrédule. Mais que fais-tu ici?

Louis était un vieil ami de longue date d'Eddy. Ils s'étaient connus à l'école. Louis était presque aussi costaud qu'Eddy. Eddy présenta Louis à Mary.

— Qu'est-ce qui a fait tout ce… vacarme finalement? demanda Louis. Je dormais tranquille, moi, en haut, et puis… boum!

— Mais… comment es-tu entré? s'enquit Eddy. Et que fais-tu avec ma barre de fer?

— Oh… ça! Je l'ai prise dans le coffre arrière de ta voiture!

— Je sais bien où tu l'as prise, idiot! Mais vas-tu bien me dire comment tu as fait pour entrer dans cette forteresse?

— Je rôdais dans les parages à pied lorsque j'ai vu ta voiture arriver dans la cour de cet hôpital de dingue. Moi aussi, cet endroit m'intriguait depuis peu. Et l'occasion m'était soudainement offerte de découvrir son mystère! Je t'ai vu entrer dans cet hôpital avec tes amis et je voulais y entrer aussi!

» Lorsque vous êtes entrés dans la clinique, le propriétaire…

— Steven, précisa Mary.

— Il a laissé la porte ouverte un certain temps, et vous vous êtes peu à peu enfoncés dans la demeure. Le couvercle de la malle arrière n'était pas complètement fermé, alors j'ai pris ta barre de fer. Alors lorsque je vous ai perdus de vue, je me suis faufilé derrière vous, et je me suis caché dans la bâtisse jusqu'à ce que Steven parte. Ensuite, je suis monté à l'étage, je me suis choisi une chambre au hasard et je me suis allongé. N'entendant rien de spécial, j'ai fini par m'endormir...

Le groupe fut bien content de la présence surprise de Louis. Sa présence avec Eddy allait peut-être renverser les évènements dans le maudit hôpital.

— Sacré Louis, rigola Eddy. On n'avait pas exploré toutes les chambres! On t'aurait trouvé en train de dormir dans l'une d'elles!

Eddy lui raconta qu'ils ne pouvaient pas sortir et tout ce qui s'était passé en bas. Louis se gonfla de colère à la suite de ce récit.

— Alors je te demande, Louis, termina Eddy, si tu aperçois un de ces fumiers, fais-lui son compte!

— Ça, tu peux compter sur moi! Ils vont sortir pieds devant, tes mecs!

Louis semblait dans un autre état. Il était prêt à affronter n'importe qui. Mary l'observa et, bien qu'elle sût que c'était l'ami d'Eddy, Louis lui inspirait une certaine crainte. Se tenir à côté d'Eddy et du nouveau venu était comme de se tenir à côté de deux machines à tuer... et il ne fallait surtout pas que ces machines se retournent un jour contre eux...

Trop souvent, elle avait vu des individus se faire donner une sévère raclée par Eddy. Chaque fois, ses adversaires en sortaient grièvement blessés et repartaient en ambulance.

Mais cette fois, Eddy était accompagné par son ami, qui semblait aussi enragé que lui. Eddy ne voulait pas seulement blesser ses adversaires : il voulait les anéantir, les décapiter, les saigner, bref, leur donner une mort très violente.

— Ils veulent jouer avec nous, très bien ! On va s'amuser !
lança Eddy. On va aller faire nos courses à l'atelier et prendre
nos armes !

Ils passèrent donc à l'atelier et y prirent quelques outils
lourds : marteaux, grosses clés, etc.

Eddy donna la tâche à Mary de veiller sur Elizabeth
avec Roger. Il lui donna une petite hache pour elle et un
marteau pour Roger. Eddy avait pris la plus grosse clé
accrochée au mur, et Louis avait la barre de fer.

Une fois dans la cuisine, Eddy et Louis tassèrent le reste
des débris devant la porte rouge. Ils s'enfoncèrent sans peur
dans l'escalier. Mary referma la porte derrière eux.

Les deux comparses entreprirent alors d'explorer le
sous-sol de l'hôpital afin de trouver les trois zombies. Ils ne
trouvèrent cependant rien. Pas de trace de Mike ni des trois
maniaques. Ils rejoignirent plus tard le pied de l'escalier et
ressortirent du sous-sol.

Le temps passa et le soleil commençait à se lever.
L'horloge indiquait 7 h du matin. Plus que deux heures
à attendre avant que la porte principale s'ouvre. Eddy se
jura de sauter à la gorge de Steven aussitôt qu'il le verrait.

Un bruit sourd immédiatement suivi d'un cri de femme
les fit sursauter. Le fracas venant d'en haut, les deux gars
montèrent les marches en courant en se préparant au pire.

Ils trouvèrent la porte de la chambre d'Elizabeth
défoncée. Mary et Roger étaient acculés au pied du mur par
le trio de zombies. Elizabeth était toujours allongée au lit et
inconsciente. Le docteur mort-vivant, toujours armé de son
couteau, se trouvait avec son assistant qui, lui, tenait une

matraque. Ils se préparaient à leur asséner leurs coups fatals. L'infirmière se tenait immobile derrière et regardait le spectacle avec un affreux rictus.

Mais par où étaient-ils passés ? se demandèrent Eddy et Louis. Y avait-il un autre escalier secret dans cet endroit de fous ?

Lorsque l'infirmière vit arriver les deux gros hommes, elle avança vers eux lentement en brandissant sa seringue. Eddy ne lui donna pas le temps de faire grand-chose. Il lui lança la clé en plein visage de toutes ses forces. L'infirmière hurla de douleur en tombant. Louis passa rapidement derrière elle et la redressa en l'assoyant et lui tordit le cou. Un bruit de nuque brisée se fit entendre et le corps de l'infirmière tomba lourdement au sol. Il se désagrégea rapidement sous les yeux ébahis du groupe dans une fumée noire et inodore. Il ne resta plus du corps qu'un tas de cendre moins de 10 secondes après sa mort. Eddy ramassa la clé. Les deux autres zombies oublièrent Mary et Roger, tous deux figés de peur. Ils se retournèrent vers Louis et Eddy.

— Faisons la peau de ces deux connards ! ordonna-t-il à Louis.

Ce dernier était dans un état second. Il grogna un peu.

Les deux zombies étaient vraiment mal partis. Les deux colosses allaient faire leur fête : plus rien ne pouvait les arrêter. Eddy tenait le docteur en respect avec sa clé tandis que Louis avançait vers l'assistant. Ce dernier frappa Louis aux côtes avec son bâton. Louis grimaça à peine.

— C'est tout ce que... tu sais faire ? lança-t-il à son adversaire. Je vais te montrer... moi... comment on... frappe !

Louis frappa le bras de l'assistant, qui perdit sa matraque en grimaçant de douleur. Il recula un peu, se tenant le bras, qui était probablement fracturé. Il se pencha lentement pour aller chercher sa matraque avec son autre bras, mais Louis lui assena un coup terrifiant derrière la tête. Le crâne défoncé par la barre de fer, l'assistant tomba raide mort par terre avec quelques soubresauts. Son corps se désagrégea aussi rapidement que celui de l'infirmière.

Le docteur grogna de colère et voulut charger Eddy, mais ce dernier ne lui laissa pas le temps d'agir. Il contourna rapidement le docteur et lui asséna un puissant coup de pied sur le côté du genou, qui se brisa net en se tordant à l'envers.

Le docteur hurla de douleur en essayant de se porter sur son autre genou. Mary avait crié de terreur pendant presque tout ce temps, mais Louis et Eddy ne l'entendaient plus. Elle apercevait ses deux compagnons penchés sur le docteur, le frappant encore et encore... Les cris du docteur se mélangeaient aux cris de rage de Louis et Eddy. Puis, submergée par ce spectacle sanglant, elle perdit connaissance elle aussi...

C'est alors qu'Eddy, en pleine furie de combat, fut emporté par les Nantasiens...

Gemi avait trop poussé sa nouvelle machine à explorer le temps. De la fumée se mit à s'en échapper et elle prit feu. Gemi ordonna à Vorg d'emporter le dernier corps avec les gardes dans la salle et il cria à tout le monde de quitter le local.

Puis, la machine explosa. La déflagration tua Gemi et les autres scientifiques qui n'avaient pas eu le temps de fuir du local. Le système de sécurité à bord isola rapidement la section incendiée et le feu fut vite éteint par le système automatisé.

Gemi emporta le secret de la conception de la machine dans sa mort. Les notes de tous ses travaux se trouvant avec lui, elles brûlèrent dans l'incendie. La conception d'une autre machine à voyager dans le temps allait être très ardue. Aucun autre scientifique nantasien n'avait autant de connaissances dans le domaine.

La perte de Gemi, le plus grand scientifique que Nantas ait vu naître, fut énorme… mais cela n'allait pas empêcher les Nantasiens de poursuivre leur expérience avec les Terriens et de réaliser le film !

# Glossaire

A

**ADN.** abréviation de : acide désoxyribonucléique. L'ADN à partir duquel sont formés les chromosomes, contrôle le développement de nos cellules et la transmission des caractères héréditaires. Les gènes sont des sections d'ADN qui sont en fait des unités d'information génétiques.

**Artefact.** Objet ou dispositif aux fonctions parfois inconnues créées par une race disparue ou étrangère à un monde connu.

**Avion furtif.** Aéronef dont la structure spéciale absorbe les ondes radars ennemies au lieu de les réfléchir.

**C**

**Câble astral.** Lien ténu qui relie notre esprit à notre enveloppe charnelle. Souvent appelé le câble d'argent. Il peut s'étirer quasiment à l'infini entre le corps et l'esprit qui l'a quitté lors d'un voyage astral. La rupture du câble astral signifie la mort.

**Canon radiant.** Faisceau d'énergie à haute puissance énergétique. Ce type d'arme remplace les vieux rayons lasers de l'ancien temps. La plupart des navires sont équipés de cette arme populaire. La puissance de ce faisceau peut cependant fortement varier selon la technologie du bloc d'énergie qui l'alimente. Les faisceaux Miradors constituent des radiants de classe moyenne.

**Catalepsie astrale.** État de paralysie temporaire du corps qui précède la sortie de son corps astral. Il peut se manifester par des visions de lumières, des sons inconnus et vibratoires. Le corps physique peut être soumis également à une courte période de vibrations.

**Champ de force.** Présent sur tout vaisseau de combat qui se respecte, il varie beaucoup en efficacité selon la technologie du navire. Certains champs de force de haute technologie sont multicouches et protègent davantage le navire avant qu'il soit atteint directement sur sa coque.

**Corps astral.** Double du corps physique sous forme spirituelle. Parfois décrit comme étant le fantôme ou l'esprit qui habite notre enveloppe physique.

**D**

**Désintégrateurs.** Faisceau de particules ayant la capacité d'anéantir la structure moléculaire d'une cible. Les navires de moyen à haut de gamme peuvent en être équipés. La puissance des désintégrateurs est proportionnelle à la technologie du bloc d'énergie qui alimente ce rayon.

**Dimension (autre).** Les autres dimensions ou univers parallèles sont des mondes voisins aux nôtres comportant beaucoup de similitudes mais aussi quelques différences notables. Plus un voyageur s'enfonce profondément dans d'autres mondes, plus il risque de rencontrer des différences physiques naturelles ou existentielles entre lui-même et les êtres vivants.

**Drone.** Aéronef sans pilote pouvant être téléguidé à distance pour des missions d'espionnage ou d'attaque en territoires ennemis.

**E**

**Entités désincarnées.** Esprit désincarné qui n'a pas encore quitté notre monde. Ces entités rôdent parfois comme des âmes en peine, rageant de ne pas avoir pu terminer leur mission sur terre. Certaines entités de nature viles peuvent profiter d'un corps physique abandonné temporairement de son corps astral pour s'en approcher et s'en approprier. Le retour du «vrai» propriétaire dans le corps à ce moment, fait en sorte que l'individu est victime de dédoublement de la personnalité. Peu à peu, un exorcisme devra avoir lieu avant que l'individu perde la raison.

**Ésotérique.** Définit un domaine qui touche des mondes sur-
naturels comme les esprits, les ovnis, les phénomènes paranormaux, etc.

**E.T.** Abréviation anglaise pour : «*Extra-Terrestrial*» et signifiant extraterrestre. Entité vivante ou objet provenant hors
de notre planète.

# G

**Guidage radar de missiles.** Plusieurs types de guidage peuvent conduire un missile vers sa cible ennemie. Il y a par
exemple, un guidage par infrarouge par lequel la fusée se
guidera par l'émission de chaleur des moteurs ennemis. Ce
type de guidage peut parfois être déjoué par des leurres
lancés par la cible. Ces leurres dégagent de la chaleur pour
tromper le missile.

Le guidage radar semi-actif demande au missile d'être
en partie guidé par le radar du lanceur. Des leurres métalliques ou divers, lancés au dernier instant par la cible, peuvent parfois en venir à bout.

Quant au guidage radar actif, le missile acquiert de lui-
même sa cible sans intervention de la part du lanceur. Ce
type de missile, fort perfectionné, doté d'une grande autonomie et de manœuvrabilité est difficile à tromper par des
leurres.

# H

**Humanoïde.** Entité vivante ou robotique ayant grossièrement l'apparence humaine, (une tête, deux bras, un torse et

deux jambes). L'apparence de la peau, du nombre d'organe des sens et de leur emplacement, par exemple, peuvent parfois fortement différer.

**Hyperespace.** Méthode de transport emprunté par les navires spatiaux équipés de moteurs supraluminiques. Cette méthode permet à un vaisseau de passer du point A au point B rapidement dans l'espace. Lorsque le navire approche de son objectif, il doit quitter l'hyperespace et voyager à vitesse subluminique (vitesse inférieure à celle de la lumière). La vitesse subluminique permet au timonier de guider précisément le navire sans danger vers son objectif.

# m

**Missile à détonation quantique.** Missile dont sont équipés le vaisseau-mère Nantasien, *Irisa,* et tous ses croiseurs de combats qui se trouvent dans sa soute. Ces missiles sont dotés d'une chambre antimatière et un missile à lui seul peut rayer une planète entière de la carte. L'explosion qui s'ensuit au contact déclenche une réaction en chaîne entre la matière et l'antimatière. C'est l'arme la plus puissante de la technologie nantasienne et elle ne doit être utilisée qu'en dernier recours, vu sa capacité de destruction apocalyptique. Ces projectiles sont peu nombreux à bord et doivent être utilisés avec grande parcimonie. Ils sont très longs à produire, d'un coût exorbitant et très compliqués à assembler.

**Morphologie.** Définit l'apparence physique générale et parfois insolite d'un être vivant.

**Moteur supraluminique.** Moteur de haute technologie équipant un navire spatial. Il permet les voyages plus rapides que la lumière en empruntant l'hyperespace. Ce moteur permet le voyage interstellaire (d'un système solaire à l'autre dans une même galaxie).

**Moteur supraluminique hyperbolique.** D'une technologie encore plus élaborée, il augmente considérablement l'autonomie et la vitesse d'un navire en lui permettant le voyage intergalactique (d'une galaxie à l'autre.) Le vaisseau équipé de tels moteurs emprunte lui aussi l'hyperespace, mais le saut du point A au point B est beaucoup plus grand que ceux accomplis par les moteurs supraluminiques réguliers.

# N

**N.S.A.** Terme américain désignant la «National Security Agency». Cet organisme gère les plus hauts secrets d'états des États-Unis.

# P

**Paranormal.** Activité liée au domaine ésotérique de pouvoir démontré par certains individus. Généralement, ces pouvoirs ne peuvent être expliqués par la science conventionnelle.

**Plan astral.** Sphères supérieures ou inférieures à notre monde pouvant parfois être accessibles par le corps astral.

**Projection astrale.** Sortie du corps de l'esprit qui peut voyager vers d'autres lieux et ce, sans la mort de l'enveloppe charnelle.

**Q**

**Q.I.** Abréviation de «quotient intellectuel». Mesure générale de la performance du cerveau humain.

**R**

**Rapt.** Kidnapping d'un individu. Manifestations physiques causées par des esprits dans une demeure.

**Répercussion astrale.** Entrée violente et douloureuse du corps astral dans son enveloppe physique, suite à une peur ou à un danger immédiat.

**S**

**Sortie astrale.** Voyage plus ou moins contrôlé du double astral hors du corps selon l'expérience et la maîtrise de l'individu.

**Spatiocroiseur intergalactique.** Vaisseau spatial majeur et fortement armé ayant la capacité de voyager entre les galaxies.

**T**

**Télékinésie.** Capacité qui permet de bouger ou d'influencer la matière à distance.

**Téléportation.** Capacité qui permet de se transporter instantanément d'un point à l'autre en une fraction de seconde.

**Terraformation.** Procédé majeur d'implantation de dispositifs perfectionnés sur un monde hostile qui permet de modifier l'atmosphère, la température et la pression atmosphérique d'une planète. La terraformation ne permet pas par contre, de modifier la force de gravité d'une planète.

**Torpilles.** La première génération de torpilles fut celle à photon. Quelques navires de combat en sont encore équipés. Suivent après les torpilles à neutron, plus puissantes et plus rapides. En dernier lieu, les torpilles au plasma, encore plus puissantes. Ces dernières équipent la plupart des croiseurs haut de gamme.

**Torpilles mégahydri.** Torpilles à guidage radar actif à mémorisation ciblée. Cet armement de la technologie nantasienne leur permet d'abattre facilement les champs de force des bâtiments ennemis. La chambre intérieure de la torpille est constituée d'hydrogène et d'hélium comprimé ainsi que de plutonium concentré. La détonation se compare à un petit soleil qui exploserait sur l'ennemi. La torpille est dotée d'une très grande vélocité et peut facilement changer de cap grâce à ses propulseurs latéraux. Lorsqu'elle acquiert la cible, les leurres lancés par cette dernière seront totalement inefficaces. L'ennemi n'aura d'autre choix que de tenter de faire sauter la torpille ou de prendre la fuite dans l'hyperespace.

# V

**Vaisseau mère.** Vaisseau de grande taille pouvant accueillir dans ses soutes d'autres navires de plus petites tailles allant par exemple de l'intercepteur, du bombardier planétaire ou de croiseurs de combats.

# Z

**Zenor.** Dans l'univers existe la matière et l'énergie. Le facteur Zenor est une troisième existence qui a été inventée par les Quandrasiens. Il permet à certains dispositifs Quandrasiens d'agir sur d'autres dispositifs, et ce, qu'elle que soit la distance entre eux dans l'univers.

# Chapitre I

## *Où suis-je ?*

J'ouvris un œil... puis un autre. Les lumières du plafond m'aveuglaient. Je me rendis compte que j'étais allongé sur un lit étroit. Mes sens revenaient peu à peu, les premiers à fonctionner dans mon corps maigrelet encore engourdi. Je tournai la tête et je pris conscience que je n'étais pas seul. D'autres personnes étaient allongées comme moi sur d'étroites couchettes. Ces dernières semblaient d'ailleurs être les seuls objets dans ce local tout de blanc immaculé. Je me redressai lentement, légèrement étourdi. Les autres firent de même, l'un après l'autre. Ils avaient tous le même regard intrigué, ne comprenant pas ce qui s'était passé. Nous étions 10 en tout, 6 hommes et 4 femmes.

Était-ce une de mes projections astrales qui avaient mal tourné? Non, ridicule. Je me trouvais bien en chair et en os dans ce lieu inconnu. Mais comment j'avais fait pour quitter ma cellule de la base 51, ça, je n'en avais aucune idée.

— Que s'est-il passé? Où sommes-nous? demanda une femme brunette très séduisante.

— Je ne sais pas... j'étais dans une cell... euh... J'étais ailleurs et je me suis retrouvé ici, balbutiai-je.

Je me dirigeai vers elle et lui serrai la main pour me présenter. Elle me plaisait grandement, et son séduisant sourire m'avait immédiatement conquis.

— Sam Wilson, et toi?

— Nancy Callaghan. J'étais à bord de notre voiture avec mon mari. Ça va te paraître dingue, mais on venait de quitter un monde parallèle puis soudain, ce fut le trou noir. Je ne me souviens pas ce qui s'est passé... Je me retrouve ici avec toi et tous ces étrangers... C'est dingue, non? Mon mari doit être mort d'inquiétude...

Elle était déjà mariée... Zut alors... Cette femme avait les cheveux bouclés tombant légèrement en bas de ses épaules. Ses yeux noisette étaient enjôleurs et invitants. Elle n'était pas très grande, mais tellement attirante... Je lui répondis :

— C'est étrange, effectivement. Les autres non plus n'ont pas l'air de comprendre pourquoi nous avons tous atterri ici.

Nancy se retourna et s'approcha des autres pour les questionner un peu. Pour ma part, je gardai mes distances un moment, observant tout le monde. Je vis alors un véritable colosse se lever rapidement de sa couchette. Il devait mesurer environ 2 mètres et peser dans les 150 kilos. Il avait la tête rasée.

Il était enragé comme un taureau. Le colosse semblait revenir d'un combat à poings nus et voulait toujours en découdre. Il se dirigea vers l'un des murs, ignorant totalement tout le monde.

Une autre femme l'accompagna vers le mur. Svelte, athlétique. Une rousse aux cheveux trop courts, tout ébouriffés.

Ces deux-là semblaient faits de la même trempe. De purs combattants.

J'observai un moment les murs, moi aussi, mais de façon plus posée. La paroi semblait totalement lisse, dénuée de toute porte. Alors comment étions-nous entrés là ?

Puis, le géant se fâcha, constatant qu'il était pris au piège. Il se mit à frapper les murs de puissants coups de pied et de poing. La femme athlétique, près de lui, allait de long en large, comme un fauve pris dans une cage. Je m'éloignai du mur, constatant qu'il n'y avait rien à faire. J'aurais peut-être pu explorer les alentours par projection astrale si j'avais été seul dans un endroit tranquille. Mais dans ce tohu-bohu incessant, c'était hors de question : tout le monde parlait en même temps. Je constatai aussi que des individus parmi nous ne parlaient pas l'anglais. Il semblait y avoir un Allemand, un Japonais, un Italien et un Russe. Ils communiquaient difficilement entre eux par signes, pour essayer de se faire comprendre.

La femme athlétique semblait parler français, alors je ne comprenais pas non plus ce qu'elle disait. Enfin, il y avait aussi une femme qui pleurait et qui répétait sans cesse des paroles en espagnol. Cette dernière était une femme quelconque, aux cheveux noirs bouclés lui allant jusqu'aux épaules. Bien que d'apparence ordinaire, cette femme dégageait un grand charisme. Elle voulait prendre contact avec les autres, mais personne ne comprenait ce qu'elle disait.

Il y avait aussi une reine de beauté, si je puis dire. Nancy, que je trouvais très belle il y a un instant, paraissait ordinaire à côté d'elle. Elle avait un accent britannique. Genre belle à croquer mais impossible à séduire... Elle semblait très froide et tellement intimidante.

Puis, le Japonais se mit à parler anglais. Il semblait au moins bilingue, ce qui allait me faciliter la tâche pour parler avec lui. C'était un homme dans la quarantaine avancée, un peu bedonnant, les cheveux noirs et lissés sur la tête. Je me dirigeai vers lui pour lui demander :

— Tu comprends ce qui se passe ici ?

— Non. Il semble que nous avons été enlevés par une force inconnue. J'étais poursuivi par... des individus de la NSA.

— Par la NSA ? lui demandai-je, étonné.

— Ils me poursuivaient pour me coincer parce que j'en savais probablement trop sur l'existence des Rods... Ils ont fini par me rattraper, mais juste avant qu'ils ne me mettent la main au collet, ce fut le trou noir. Et... je me suis réveillé ici. Et les autres personnes ici, tu les connais ?

— Non ! Pas le moins du monde. Je crois que le mieux serait qu'on se rassemble tous ici, au centre de la pièce, et que nous fassions un peu connaissance. Je me nomme Sam Wilson. Je suis américain, et toi ?

— Je suis Hayato Tanaka. Je viens du Japon, mais je peux parler anglais comme toi. Essayons de nous rassembler